suhrkamp taschenbuch 4183

NEWGOTHIC

Herausgegeben von Dietmar Dath
Band 2

Amerika im Jahr 2015. Kerry Hackett unterzieht sich einer unheimlichen Transformation. Sie verschmilzt mit einem parabiologisch erschaffenen Wesen und wird zu einer Art alchemistischer Gottheit: übermenschlich, übersexualisiert und fähig, ihrer Gestalt jede nur erdenkliche Form zu verleihen. Sie verlässt die von einem totalitären Regime beherrschten USA und zieht in den Dschungel Brasiliens. Dort erprobt sie ihre neuen Fähigkeiten an jenen, die sich ihrer für würdig erweisen, und strebt auf eine neue Daseinsstufe zu.

Paul Di Filippo, 1954 in Providence, Rhode Island, geboren, ist Verfasser zahlreicher Science-fiction-Erzählungen und -Romane. *Mund voll Zungen* ist sein erster ins Deutsche übertragener Roman.

Paul Di Filippo

Mund voll Zungen

Ihre totipotenten Tropicanalia

Roman

Aus dem amerikanischen Englisch
von Katja Bendels
und Dietmar Dath

Mit einem Vorwort von
Dietmar Dath

Suhrkamp

Die Originalausgabe erschien 2002
bei Cosmos Books

Dieses Werk wurde vermittelt durch die
Literarische Agentur Thomas Schlück GmbH, 30827 Garbsen.

Umschlagillustration: Christopher Tauber

suhrkamp taschenbuch 4183
Deutsche Erstausgabe
Erste Auflage 2010

Druck: CPI – Ebner & Spiegel, Ulm
Printed in Germany
Umschlag: Göllner, Michels
ISBN 978-3-518-46183-9

1 2 3 4 5 6 – 15 14 13 12 11 10

Dietmar Dath

Die Hüterin des Fiebers

Der Peitschenschlag im grellen Scheinwerferlicht der Pornoproduktion auf einem gesetzlosen Hinterhof in San Francisco kann für alle Beteiligten schrecklich öde sein; die Berührung zweier schüchterner Füßchen unter der frischgewaschenen Bettdecke eines spießigen Hotels andererseits das Aufregendste.

Erotische Literatur handelt davon, dass Überschreitung und Zucht, Chaos und Ritual, Orgie und Treue einander wie alle Gegensatzpaare, die überhaupt etwas taugen, nicht nur berühren und ergänzen (dass sie das tun, weiß ja sogar die Theologie), sondern im tiefsten Grund sogar bedingen (dies wissen nur Schmuddelengel und alle, die gelernt haben, denen zuzuhören). Von unten kann man sich über das freuen, was oben ist, und umgekehrt. Nur heute Nacht (nicht im vage Unendlichen) ist Ewigkeit. Das Fassbare ist das Heilige.

Deshalb lehrt schon die walisische Dichterin des fünfzehnten Jahrhunderts christlicher Zeitrechnung Gwerful Mechain in ihrem Werk »Cywydd y Cedor«, dass alle sauberen Barden, die Frauen und Mädchen besingen, ohne dabei auf die Vagina einzugehen, in Wirklichkeit Frauenverächter seien, weil sie im Verschweigen der körperlichen Schönheit die angeblich geliebte geistige zum bloßen Schamschleier erniedrigen. Ganz nach derselben Einsicht feiern Diderots »Geschwätzige Kleinode« das Einanderausgeliefertsein von Hier und Himmel, von genauer Sittenbeobachtung (bei der Schilderung der Liebeslügen, mit der Menschen einander zum Kuscheln verführen) und abstruser Phantastik (wer hat schon mal eine Muschi sprechen hören? – selbst die Titelheldin in Carlton Mellicks Meisterwerk »The Haunted Vagina« von 2006 bleibt weitgehend stumm, und die ist immerhin das Portal in eine andere Welt).

Man wird solche wuselnden Widersprüche – Erfüllung von Gesetzen heißt deren Überwindung, Abstraktionen kann man anfassen, Berührungen kann man denken, ein arrangierter Augenblick kann so spontan sein wie ein spontaner, umgekehrt, streng formalisiert – bei allen Klassikern der Gattung finden: In den Biographien von Göttinnen, die der taipingzeitliche Chinese Sun Wei geschrieben hat, wie in den Celestina-Dialogen des Fernando de Rojas, bei Kathy Acker wie bei den Surrealisten, bei Sappho wie bei Aphra Behn, bei Ariost so gut wie bei Lucie Delarue-Mardrus (»Will dich begehren, bis ich weinen muss«).

In Paul Di Filippos Roman »A Mouthful of Tongues« aus dem Jahr 2002 ist jener wichtige paradoxe Grundzug der ganzen Gattung allgegenwärtig.

Er trägt nicht allein die den Erzählgang überwölbende gnostische Licht-und-Schatten-Architektur (durch Erniedrigung zur Freiheit, durch Mord zum Gebären, durch Egoismus zur Großzügigkeit ...), sondern bleibt sich ähnlich bis in einzelne Wendungen, die das Riesige mit dem Intimen, das Objektivste mit dem Privatesten vermählen, als ständiger »seachange of self« (das geheimnisvolle Wort vom Wechsel der Meere als Chiffre für die Wandlung aller Wahrnehmungen, das Di Filippo an zentraler Stelle gebraucht, hat die englischsprachige Literatur von Shakespeare gelernt; es steht in seinem tiefsten Märchen, dem »Sturm«).

»A Mouthful of Tongues« ist eine Irrfahrt: Aus einer nahen innerstädtischen Zukunft, die im schlimmen Zeichen von Überwachung, Schäbigkeit, Anomie, kriechender Durchseuchung des Lebens mit letalem Hoffnungsschwund und nagendem Stumpfsinn vor sich hin darbt, führt der Weg in den Nabel Gottes, nämlich in die bizarre Biotik eines künstlichen Lebewesens, dessen Zellen sich zu jeder überhaupt vorstellbaren Art Organ zusammenfinden können.

Als das Geschöpf im Leib der Heldin Kerry Hackett zu

sich kommt, hebt diese köstliche Katastrophe das Mädchen aus dem trostlosen Alltag in ein neues, kosmisches Spiel. Kerry flieht die urbane Enge und betritt magisch-realistische Tropen, das Land Bahia, wo sie den schwitzenden Machismo der lokalen männlichen Eliten verführt, kapert, auffrisst und als Zunder bei der Erschaffung einer neuen, verspielt perversen Welt verbrennt.

Ein Schamane stellt sie auf ihrem Pfad lustvoller Vernichtung und erkennt in ihr eine Heilige, die von den Spuren der Leiden ihres vorigen Lebens entstellt ist. Mit Hilfe seines Stammes kann sie ihre Narben abstreifen, wie eine vollkommen transzendente, in allen Farben des Glücksversprechens schillernde Schlange falsche irdische Haut loswird.

Wer ist Kerry Hackett?

Ein zartes und verletzliches, immer hellwaches Herz, das zum hormonbrandlodernden Ungeheuer wird, auf dass die zahllosen kleinlichen, missgünstigen, ferngesteuerten Arschlöcher, mit denen die Menschenwelt zugestopft ist bis in die letzte Ritze, die Zärtlichkeit schöner Seelen nicht länger als Einladung zu deren Vergewaltigung missdeuten können und ihre Verletzlichkeit nicht länger als Aufforderung, sie zu verletzen.

Diese Kerry Hackett, Rächerin zerknickter Orchideen und Hüterin des Fiebers, hat sich nur einer ausdenken können, der weiß, dass Kunst, die auf sich hält, das Leben weder imitiert noch ersetzt, sondern steigert. So jemand ist Paul Di Filippo.

Wie wird man Paul Di Filippo?

Als die meisten anderen jungen Wilden im Science-fiction-Genre sonnenbrillenmaskierte, in schwarzes Leder gehüllte, mit frühen tragbaren Personalcomputern behängte Verfechter der Untergattung »Cyberpunk« (also von Computernetzwerken, rechnenden Räumen und virtuellen Spielen hypnotisiert) waren, wandte sich Di Filippo einer anderen Strömung der spekulativen Phantastik zu, die er »Ribofunk« nannte; »Ribo« nach den Ribosomen in der Zelle, kleinen Montagestationen für Proteine, »Funk« nach der vertracktesten Körpermusik der großen und ruhmreichen schwarzen Band- und Chaosorchestertradition.

»Biologie statt Informatik« wäre eine viel zu grobe Beschreibung für den Schritt, mit dem Di Filippo seinerzeit ins Eigene fand. Denn da »Biologie« und »Informatik« wissenschaftliche und nicht ästhetische Vokabeln sind, verfehlen sie die Geste, um die es ihm ging. Der Unterschied zwischen anderen und ihm, der sich in den beiden Gattungsnamen »Cyberpunk« und »Ribofunk« ausspricht, ist eher als Inschrift der Differenz zwischen dem herkömmlich verbiestert besserwisserischen Rebellentemperament und einem viel kniffligeren zu verstehen statt als banale Verschiedenheit von Forschungsfeldern.

Kybernetik ist eckig, Ribosomen dagegen sind quietschlebendig; Punk ist (gerechtfertigter, aber auf die Dauer wirklich nicht abendfüllender) Schockprotest, Funk dagegen meint die Beweglichkeit derer, die Besseres zu tun haben, als in verhärmter Daueradoleszenz gegen irgendetwas Vorgefundenes aufzubegehren. Küssen und den eigenen Speichel mit dem einer anderen, interessanten Person vermischen, statt von der Bühne in die Menge spucken; die bunten Haare des mit sich selbst sehr gut befreundeten George Clinton statt die ebenso bunten Haare unzufriedener, in sich pathetisch zerrissener Lehrlinge, Gymnasiastinnen oder Hausbesetzer.

Spiel doch mal ein neues Lied, zorniges Geschlecht!

Spielen lernen kann man bei Paul Di Filippo so gründlich, dass man sich schließlich fragt, ob es überhaupt irgendeinen Ernst des Lebens gibt, der nicht schöner, umfassender und wahrer würde, wenn man ihn anginge wie dieser Autor seine Themen: In der Datenspeicherromanze »Ciphers« spielt er so behende mit dem Zitatenschatz der alten und neuen Dichtungen (von Christopher Marlowes Faust bis zu Songtexten von Little Richard), dass selbst das Fassungsvermögen der sogenannten Postmoderne zerreißt; in der Multiversumsgroteske »Fuzzy Dice« wagt er, was Einstein dem lieben Gott untersagen wollte, nämlich mit dem Kosmos Würfel zu spielen; in der Erzählung »Walt and Emily« spielt er gar mit dem Allerkostbarsten – dem Herzen der Dichterin Emily Dickinson (und das gelingt ihm, ohne dass dieses komplizierteste und unersetzlichste aller literarischen Organe bei seinen Jongleurstricks auch nur einen Kratzer abbekäme).

Dass ich, um mal eben persönlich zu werden (es geht ja um Lust, Liebe, Freiheit und Schmerzen in »A Mouthful of Tongues«, wie sollte also zu vermeiden sein, dass man persönlich wird?), diesen Autor sehr bewundere, wird man gemerkt haben.

Der Versuch, die Übersetzung von Katja Bendels mit ein paar eigenen Einfällen zu unterstützen, die von dem zehren, was ich über Di Filippo, seine Quellen und Absichten zu wissen meine, hat hoffentlich davon profitiert, dass mir die Bewunderung genug Bescheidenheit beigebracht hat, um mich wissen zu lassen: Vollständig sind die Flexibilität seiner Sprache, die mit allen Feuern gewaschene Vielfalt seiner Tonfälle und der Reichtum seiner Anspielungen ohnehin nicht zu übertragen.

Ein weniger anspruchsvolles, der unerreichbaren Vollständigkeit an Wert aber ebenbürtiges Ziel blieb mir bei der Arbeit immer vor Augen: Die Übertragung der Haltung, die der Dichter eingenommen hat, als er seine Heldin zeichnete.

Di Filippo zeigt uns seine Kerry so, wie die beste erotische Literatur (ein paar Beispiele habe ich oben genannt) uns ihre wichtigsten Menschen zeigt – als Seele, die ihren Körper nicht irgendwie »hat« (oder, ein anderes dummes dualistisches Bild, von diesem bewohnt wird), sondern in diesem Körper sie selbst werden will (also nie abschließend »ist«; den Zustand der Identität des empfindenden mit dem verstehenden Ich erreicht das Denktier Mensch wohl nie; immer aber sehnt es sich nach ihm, fast so sehr wie nach dem anderen Menschen, von dem es geliebt wird).

Schlechte erotische Texte wollen (und erreichen) nur, dass man die Puppen, die sich in ihnen winden, für ein paar gepresste Augenblicke begehrt. Paul Di Filippos Buch dagegen will (und erreicht), dass der aufmerksame Leser, die sorgfältige Leserin das Raubkatzenkind Kerry liebt.

Sind wir wie sie?

Ist sie wie wir?

Nein. Ja. Vielleicht.

Gewissheiten gibt es hier keine; Gespür überall.

Das ist Liebe.

Mund voll Zungen

Ihre totipotenten Tropicanalia

IN MEMORIAM
Kathy Acker
1948-1997

Über unbekannte astrale Ozeane, wo unzählige saftig grüne Inseln blühen, deren Küstenlinien an die Formen weiblicher Körper erinnern, steuert Pussy ihren schwerfälligen schwarzbeflaggten muschelbewachsenen Korsaren noch immer gen Ewigkeit. Als Herrin einer lüsternen Piratencrew plant sie das Getümmel der Übertretungen, befehligt Plünderzüge im Reich der Ideen, stiehlt Schatzkartenfetzen der Wortkunst aus den verschlossenen Koffern braver Bürger und narrt alle jämmerlichen Jäger.

Für Deborah

Sie sah, sie kam, sie siegte.

»Wie habe ich ganze Nächte hindurch die armen, schönen, zärtlichen, sanften Frauen von ehedem beweint, deren Arme sich für den Kuß auftaten und die nun tot sind! Der Kuß selber ist unsterblich! Er geht von Lippe zu Lippe, von Jahrhundert zu Jahrhundert, von Zeitalter zu Zeitalter. Die Menschen pflücken ihn, geben ihn und sterben.

Guy de Maupassant, »Das Haar«

»Die … ›erogenen‹ Zonen [können] aber ebenso auch als ›gnosogen‹ bezeichnet werden …, denn sie führen nicht nur zur ›Lust‹, sondern sind ebenso auch *Erkenntnis*stellen der Wirklichkeit.«

Erich Neumann, Das Kind

»Er litt darunter, fleischlose Gestalten gezeichnet zu haben, die sich in einer verrückten Welt bewegten und niemals überzeugen konnten.«

Georges Bataille, Abbé C.

Erster Teil

Wieder in diesen Traum. Den tiefen, dunklen, gefährlichen Traum.

Pelziger Mulch unter ihren nackten Füßen knackt mit jedem vorsichtigen Schritt, kleine Zweige und leere Samenhülsen kribbeln unter ihren Fußsohlen. Getöntes Sonnenlicht schweißt hoch oben Blatt an Stamm im dichten schlitzdurchschossenen lebendigen Blätterdach, färbt die gerillten Baumstämme bronzefarben, federt von den Früchten und Nüssen, die an den Zweigen hängen, verirrt sich im dichten Unterholz, regnet bernsteinfarben von den Bögen der Lianen. Die geheime Sprache der Insekten dringt wie ein hieratisches Summen an ihre Ohren, die Rufe der Vögel begleiten wie kryptische Weisungen ihren Weg. Feuchtschwüle Luft liebkost ihren – unbekleideten? Ja, gänzlich unbekleideten – Körper.

Mit jedem Schritt lockt der üppige Dschungel sie tiefer in sich hinein, Zuversicht und Wohlbehagen branden in ihr auf. Freudig breitet sie ihre Arme aus und streichelt warmgoldene Baumstämme und wächsern jadegrüne Blätter. Sie kniet nieder, um wohlschmeckendes Regenwasser aus dem unwirklich reinen Kelch einer Karnivore zu trinken, während die Stempel ihre Nase kitzeln. Schwermütige Eidechsen huschen von den heißen Steinplatten, um unter einladend zeltförmigen Farnwedeln Schutz zu suchen. Ein Papagei mit rotgestreiftem Schnabel folgt von Ast zu Ast flatternd ihrem zufallsgebahnten Weg und zwinkert ihr mit schräg gelegtem Köpfchen zu. Schmetterlinge, so groß wie ein zartes Damentaschentuch und ebenso kunstvoll verziert, umschweben sie schimmernd für einen Moment, bevor sie davonfliegen.

Da sieht sie den mächtigen, selbstbewussten Abdruck einer Tatze, der ein nacktes Fleckchen Erde schmückt.

Ängstlich versteckt sich die Sonne hinter einer vorüberziehenden Wolke. Ein unsichtbares Ungeheuer hustet bellend. Eine Schlange huscht über den Pfad, nicht mehr als ein Schlingern im Augenwinkel. Irgendwo lacht ein Affe. Der Tatzenabdruck scheint vor ihren Augen zu wachsen, bis er ihr gesamtes Blickfeld ausfüllt. Er lässt die Zeit stillstehen, seine Form beschwört das Werkzeug herauf, das es in den Boden gestempelt hat: vier mit kräftigen Krallen versehene Zehen, raue Ballen so groß wie Untertassen; die Afterkralle hat eine dünne Linie in den Boden geritzt.

Drei oder sechs Sandkörner lösen sich vom Rand des Tatzenabdrucks und stürzen in seine Tiefen, bringen die Zeit zurück. Panisch beginnt sie zu rennen.

Jetzt ist der Dschungel nicht mehr einladend, sondern bedrohlich. Zweige schlagen gegen ihre Arme und hinterlassen rote Striemen. Dornen bohren sich in ihre Flanken. Die verborgenen Öffnungen von Kaninchenhöhlen laden ein, sich die Knöchel zu brechen. Bäume rücken näher zusammen, um ihr den Weg zu verstellen.

Ihr Atem keucht aus den Lungen, Schweiß brennt in ihren Augen. Ihre Zunge schmeckt Blut, das langsam über ihre Oberlippe rinnt wie die ersten Tropfen aus einem brechenden Damm.

Sie stürzt aus einer Wand peitschender Zweige und Blätter auf eine weite, grasbedeckte Lichtung – und erkennt zu spät, welch fatalen Fehler sie begangen hat. Sie dreht um, versucht zurückzulaufen, doch der feinmaschige Vorhang verhindert jedes Eindringen. Verzweifelt sprintet sie über die Waldlichtung, in der Hoffnung auf Rettung.

Auf halber Strecke blickt sie zurück wie von einer fremden Macht gezwungen.

Der Jaguar ist aus dem Wald herausgetreten.

Er ist größer als sie, seine massige Präsenz dominiert die Lichtung wie ein herabgefallenes Stück sternenloses Universum, sein schwarzes Fell schimmert als Mantel, gesponnen aus tiefster Nacht. Trotz der Entfernung zwischen Frau und Tier erfüllt das Gesicht des Jaguars ihr gesamtes Sichtfeld: Seine Tasthaare, dick und glänzend wie Glasfaser, ragen an beiden Seiten seines runden Mauls eine halbe Armlänge weit in die Luft. Seine roten Augen leuchten, die feuchten Nüstern sind gebläht, die Kehle pulsiert mit der rohen Lebenskraft seines Herzschlags. Eine Zunge wie ein samtener Waschlappen schnellt hervor, gleitet einmal ums Maul und verschwindet wieder. Der Schwanz, wie die geschmeidig geschwungene Linie eines alten Meisters auf Leinwand, peitscht die schwüle Luft.

Beinahe gelähmt vor Furcht, das Bild der Katze in ihre Seele gemeißelt, versucht sie weiterzulaufen, stolpert nach nur wenigen Schritten und landet auf Händen und Knien.

Schon ist der Jaguar über ihr, auf ihr, umhüllt sie mit seinem massigen Körper wie ein schwerer Umhang. Starr vor Angst, bleibt ihr der Schrei in der Kehle stecken.

Sie wartet auf den Biss, der ihr das Genick brechen wird.

Doch der bleibt aus. Langsam, während saurer Schweiß ihre Achselhöhlen ätzt, kehrt genügend Verstand zurück, um feinere Eindrücke aufzunehmen.

Die Vorderläufe des Jaguars pressen ihre Rippen unterhalb der gefluteten Achselhöhlen zusammen wie pelzige Fassdauben. Der schwere Kopf liegt auf ihrer rechten Schulter, sein linkes Ohr umschließt das ihre wie zwei Hälften einer Muschel; würde sie sich jetzt umdrehen, müßte sie in seine schlitzförmigen Pupillen blicken. Warmer fleischiger Atem gleitet über ihre Wangen. Die muskulösen Hinterbeine des Jaguars umklammern ihre von außen, der einzige Schmerz, den sie spürt, stammt von einer Afterkralle, die sich in ihren Schenkel bohrt.

Dann schiebt sich etwas langsam wie eine träge Vorahnung zwischen ihre Arschbacken.

Der anschwellende Penis des Jaguars, prall und voller Saft, gleitet aus seiner pelzigen Hülle, über der Wurzel bildet sich ein Knoten in der Größe einer doppelten Walnuss. Das heiße Glied der Katze entflammt ihr zartes Fleisch, und ihre verräterische Möse, die keinen Unterschied macht zwischen Biest und Mensch, schwillt bereitwillig an.

Der Jaguar hält sie noch immer fest umklammert. Jetzt rutscht er langsam, Zentimeter um Zentimeter zurück, bis sein borstiges Kinn in ihrem Genick ruht. Die Spitze seines Glieds bewegt sich zielsicher zwischen ihren Arschbacken hindurch, verweilt für einen Moment an ihrem Anus und ruht dann an den feurigen Lippen ihrer Möse.

Der Jaguar krümmt den Rücken, und sein Glied gleitet bis zum Knoten hinein. Sie schreit auf, fällt mit dem Oberkörper nach vorn, und die Katze stößt ganz hinein.

Sie ficken. Ihre rechte Wange liegt im weichen Gras, ihre Nippel kratzen über die Erde.

Jedes Mal, wenn der Knoten hinein oder hinaus gleitet, stöhnt sie wortlos auf. Ihre inneren Schamlippen folgen den Bewegungen des Katzenpimmels und stülpen sich abwechselnd nach innen und außen.

Die Stöße des Jaguars werden schneller, und ihre Arschbacken erzittern in klangvollen Schwingungen. Ein letzter, beinahe unerträglicher Stoß lässt den Jaguar ejakulieren und bringt sie zu ihrem eigenen titanischen Höhepunkt.

Während der walnussförmige Knoten ihre Gebärmutter verschließt, durchströmt die brodelnde Flüssigkeit ihren Körper und die Transformation beginnt. Sie spürt, wie ihre Gliedmaßen schmelzen und sich neu formen, wie ihr Rumpf sich streckt und ihr Gesicht sich verwandelt.

Sekunden später lassen die beiden Jaguare sich ins üppige Gras fallen, zwei geschmeidige schwarze Raubkatzen, die eine groß, die andere klein, liegen ineinander verschlungen und lecken sich gegenseitig die Mäuler unter der Sonne.

Kerry Hackett öffnet die Augen. Das letzte Beben ihres Traumorgasmus verläuft auf ihren nackten Gliedern und verebbt in ihrem Unterleib. Eine leichte Röte legt sich ihr um Hals und Dekolleté wie ein leuchtender Ringkragen. Ihr ist so heiß, dass sie trotz der eisigen Winterkälte in ihrer ungeheizten Wohnung die Decke von sich strampelt. (Der Strom ist wieder einmal rationiert, diesmal bis zum Mittag.) Ihre eigensinnige Möse hat einen feuchten Fleck auf den Bettlaken hinterlassen. Ob Tango es merken wird? Wohl kaum, denn der hünenhafte Mann schläft tief und fest auf seiner Seite des Bettes wie ein bereits teilweise eingefallener, aber mit seinem bleichen Antlitz noch immer gutaussehender Leichnam in Erwartung der zärtlichen Fürsorge eines Einbalsamierers.

Die Uhr auf dem Nachttisch zeigt in leuchtend roten Ziffern sechs Uhr dreißig, noch eine halbe Stunde bis zur eingestellten Weckzeit. Kerry schaltet den Alarm aus und gleitet aus dem Bett. Der raue Holzboden beleidigt ihre Füße, und sie eilt ins Bad, wo zumindest eine Baumwollmatte zwischen ihr und der Welt vermittelt.

Im hell erleuchteten Badezimmer, hinter verschlossener Tür, bildet ihr Atem Dunstwolken in der kalten Luft. Sie flutet die Keramikschüssel der eisigen Toilette mit dampfender Pisse. Dank klammer Geldbörse und Rationierung gibt es wieder einmal kein Klopapier. Egal, sie wird gleich eine heiße Dusche nehmen – sofern die Gasversorgung der Stadt nicht wieder zusammengebrochen ist.

Bevor sie vom Klo aufsteht, sucht sie nach Anzeichen ihrer anstehenden Periode. Noch nichts.

Kerry kann dem Hahn tatsächlich heißes Wasser entlocken. Sie entspannt ihre Muskeln, die sich in Erwartung einer eisigen Enttäuschung verkrampft hatten, und schrubbt sich das Gesicht mit dem Schaum eines kleinen Restchens gelber Seife. Sie lässt das Handtuch vor ihrem Gesicht herabsinken und betrachtet sich im Spiegel: kurzes dichtes schwarzes Haar, das fransig in die hohe Stirn fällt, kornblumenblaue Augen, eine kleine Nase, volle breite Lippen, ein rebellisch vorgerecktes Kinn. Doch ein Teil ihrer Gesichtszüge versinkt in Getöse: Ein gigantisches portweinrotes Muttermal, immerwährender Liebesbeweis der Götter, Erinnerung an einen ungeschickten Klapperstorch, erstreckt sich über ihr halbes Gesicht, die Karte einer Terra Incognita, die einen asymmetrischen Teil von Stirn, Nase, linker Augenhöhle, Wange und Kiefer verdeckt.

Unter der Dusche seift Kerry sich ein und schrubbt kräftig zwischen ihren Beinen, als versuche sie den immer wiederkehrenden Traum fortzuwaschen. Sie knetet ihre Möse, wie um den Samen des Traumjaguars herauszuquetschen – oder vielleicht auch tiefer hineinzupressen. Obwohl sie sexuell befriedigt ist, reagieren ihre Brustwarzen auf die Berührung. Sie stellt die Dusche ab und steigt hinaus. Das Wasser, das von ihren stehenden Brüsten hinabrinnt, erinnert an die Lichtstrahlen, die in ihrem Traum von den Lianen rieselten.

Sie putzt sich die Zähne mit Backpulver und Bleichmittel, die körnige Paste in der hohlen Hand. Am von der Feuchtigkeit beschlagenen Spiegel legt sie ein minimales Make-up auf: frostige Augen und eisige Lippen, passend zum Nagellack.

Wieder im Schlafzimmer, bloß vom Licht aus dem Badezimmer erhellt, zieht Kerry sich rasch an. Azurblauer BH mit passendem Slip. Schwarze Strumpfhose, die weit oben, dort wo sie zusammenkommen und sich straffen, ihre Schenkel umspannt. Ihr braunes, zweitbestes Kostüm scheint das sauberste zu sein. Eine goldene Kette, die einmal ihrer Mutter gehörte, schmiegt sich eng um ihren wohlgeformten Hals und ergänzt tapfer und ohne Unterstützung weiterer Schmuckstücke das Outfit. Ein alter Stoffmantel mit falschem Fellkragen. Stiefel, um durch die verschneiten Straßen zu laufen, unauffällige Schuhe mit flachen Absätzen in der Handtasche. Sie nimmt ihre Geldbörse von der Kommode, schaut in deren enttäuschende Abgründe und zupft schließlich einen ihrer beiden letzten NU-Fünfer heraus, den sie unter Tangos sechs Medikamentendöschen auf dem Küchentisch schiebt, wo er ihn sehen wird.

Ihr Liebhaber schläft immer noch, das Gesicht tief im Kissen vergraben. Kerry seufzt, küsst ihn flüchtig auf den Hinterkopf und verlässt die Wohnung ohne Frühstück und Abschiedsgruß.

Im Foyer verbreitet eine einzelne gelbe Glühbirne schummriges Licht. Die Haustür mit ihrem aufgebrochenen Schloss steht einen Spalt breit offen. Inmitten des ganzen Mülls, den der Wind hereingeweht hat, döst ein Obdachloser, eingerollt in eine schmierige blaue U-Haul-Decke. Sein tuberkulöses bärtiges Gesicht, das aus der Decke hervorschaut, starrt so von Schmutz, dass es unmöglich ist, Hautfarbe und Alter zu bestimmen. Als Kerry versucht, um ihn herumzusteigen, bewegt sich der Polyester-Kokon. Der Mann öffnet ein wässriges Auge und streckt seine vor Kälte schwarzgefrorene Hand aus.

»'n bisschen Kleingeld, Miss?«

Kerry kramt eine Handvoll neuer Blech- und alter Silbermünzen hervor und schüttet einen kleinen Betrag in die von Schwielen zerfurchte Hand.

»Göttersegen, Lady.«

Sie öffnet die Tür ein wenig weiter, bis diese beinahe die deckenumwickelten Füße des Obdachlosen zerquetscht, und tritt hinaus.

Die Dämmerung führt einen heftigen Kampf gegen ganze Bataillone panzergrauer Wolken. Wochenalter Schnee, der mittlerweile aussieht wie in Ruß gewälztes, zerfressenes Plastik, häuft sich vor den Kellerfenstern und klebt in festgestampften Flecken auf dem Bürgersteig, eine tückische Falle für jeden Fußgänger. Kerry steigt vorsichtig die zehn bröckelnden Treppenstufen hinab, zieht den Mantel enger und macht sich auf den Weg zur Arbeit.

Nationalgardisten, Jäger in Tarnanzügen auf der Pirsch im Großstadtdschungel, scheinen an diesem Morgen allgegenwärtig, was nur eine mäßig beruhigende Wirkung hat. Zu zweit oder in Dreierteams, gelegentlich auch als Quartett, ziehen sie wachsam ihre Runden durch das Viertel. Dabei tragen sie ihre glänzenden Gewehre wie Zelebranten auf dem Land ihre Getreidebündel. (Die Verierergruppen unter ihnen tragen zudem noch die einzelnen Zutaten einer Schaumlähmkanone für den Fall plötzlicher Aufstände.) Die jungen Garden, egal ob Mann oder Frau, beachten sie kaum, und auch Kerry geht mit erhobenem Kopf und starr geradeaus gerichtetem Blick an ihnen vorbei.

Abgesehen von einem methanolgetriebenen Bus, einer Limousine und ein paar Trikes, die durch die Straßen schlittern, ist der Verkehr beinahe vollständig zusammengebrochen.

An einer Kreuzung hört Kerry plötzlich Schüsse – ein kleinkalibriges Rattern – und zuckt unwillkürlich zusammen. Doch da die Fußgänger vor ihr keine Anstalten machen, sich in Sicherheit zu bringen, läuft auch sie vorsichtig weiter. Das Geheimnis der Schüsse wird bald gelüftet: Auf der Shepard Street ist eine Gruppe von Bauarbeitern damit beschäftigt, eine Barrikade aus Sperrholz um ein noch qualmendes Gebäude zu errichten, das Rattern ihrer Bolzenschussgeräte simuliert den Angriff.

Als sie nur noch einen Block von ihrem Bürogebäude entfernt ist, kauft sich Kerry ihr Frühstück an einem unbemannten Verkaufswagen: einen in Folie verschweißten Bagel, bereits geschnitten und belegt, und Kräutertee in einem Pappbecher. Der Wagen nimmt ihre drei Nudiemünzen entgegen und eilt davon, um – seinen programmierten Befehlen folgend – den nächsten Kunden zu verführen.

Wenig später ist sie am Ziel. Dezente Schilder aus Bronze an dem unauffälligen Gebäude verweisen auf die hier ansässigen Firmen. Kerrys Blick wandert zu einem der Namen: DIAVERDE PARABIOLOGICALS. Ein kleines Atrium bildet den Eingangsbereich. Sie nickt dem Empfangschef, den beiden privaten Sicherheitsleuten hinter der Panzerglasscheibe und deren Kollegen zu, die durch die Empfangshalle patrouillieren. Den keimfreien Bagel auf dem Deckel ihres Pappbechers balancierend, hält sie ihre freie Hand in das Maul eines an die Wand montierten Scanners. Der stiehlt ihr einige tote Hautzellen, unterzieht sie einer Doppelhelix-

Identitätsprüfung und versichert sich mithilfe weiterer Tests, dass ihre Hand noch immer am dazugehörigen Körper befestigt ist. Kurz darauf öffnet ein Aufzug seine Türen und bittet sie einzutreten.

Diaverde belegt die Etagen zehn bis fünfzehn des Gebäudes. Kerry fährt bis ganz nach oben, in die Verwaltung, wo die Türen des Aufzugs sich in einen zweiten Empfangsbereich öffnen. Hinter einem kleinen Tisch sitzt eine von Kerrys Kolleginnen, eine junge, hübsche Frau mit glänzendem Josephine-Baker-Afro und großen Kreolohrringen. Ihre Kleidung ist billig aber elegant. Die junge Frau wirft einen Blick auf die Uhr am Empfangstresen und sagt: »Acht Uhr. Du bist früh dran.«

»Hallo, Oreesha. Ich konnte nicht schlafen. Ist er schon da?«

»Glaub nicht, aber wer kann das bei unserem Phantomboss schon wissen?«

»Dann gönn ich mir ein paar Minuten, um zu frühstücken. Mir ist schon ganz flau im Magen.«

»Mach nur, Kleine. Hast du das abgebrannte Haus auf der Shepard gesehen?«

»Ja, weißt du, was da passiert ist?«

»Du hast die Wahl, angeblich war es entweder eine Bombenfabrik oder ein Bienenstock.«

»Wenn es tatsächlich ein Bienenstock gewesen wäre, hätte die Garde das Ding bis auf die Grundmauern abgefackelt.«

Oreesha zuckt mit den Schultern, sodass ihre Ohrringe wackeln. »Vielleicht lassen sie es ja mal etwas ruhiger angehen. Von schmutzigem Honig hat am Ende schließlich niemand was.«

»Sowieso egal. Ich hab schon genug um die Ohren, ohne mir auch noch über so was den Kopf zu zerbrechen.«

Kerrys kleines Büro bildet das Durchgangszimmer zwischen Oreeshas Arbeitsplatz und den Räumen ihres Chefs. Sie stellt ihr Frühstück auf den aufgeräumten Schreibtisch, schaltet den Computer an, schält sich aus ihrem Mantel, tauscht ihre Stiefel gegen die Schuhe in ihrer Tasche und setzt sich. Nach wenigen Sekunden erscheint auf dem Desktop Diaverdes metamorphischer Bildschirmschoner: Ein Blatt, das sich in einen Fisch verwandelt; der Fisch verwandelt sich in einen Krebs, der Krebs in einen Vogel, Vogel in Mensch, Mensch in Blatt und so weiter, eine Endlosschleife. Kerry blickt über die Schulter zu der goldenen Tür mit dem Namen ihres Chefs: PETER JARIUS, GESCHÄFTSFÜHRER. Drinnen ist alles still. Sie nimmt den Deckel vom Teebecher, zieht den Bagel aus seinem Kondom und beginnt mit kleinen Bissen und Schlucken zu frühstücken.

Sie klickt sich gerade durch die E-Mails der Abteilungsleiter, bearbeitet die weniger wichtigen selbst und markiert die anderen für ihren Chef, als die Tür hinter ihr geöffnet wird.

»Ms. Hackett, würden Sie bitte in mein Büro kommen?«

Kerry erstarrt. Instinktiv gleitet ihre Hand zu dem Mal in ihrem Gesicht. Die schlanken weißen Finger streichen über die dunkelviolette Epidermis. Hitze verbrennt ihre Handfläche. Kerry zwingt ihre Muskeln sich zu entspannen und senkt die Hand. Ohne sich umzudrehen sagt sie: »Sofort, Mr. Jarius.« Sie meldet sich ab (Firmenregeln: Sobald man seinen Platz verlässt, hat man sich abzumelden, selbst wenn angeblich alles gesichert ist), nimmt ihren PDA und tritt durch die angelehnte Tür in das Büro ihres Chefs.

Jarius hat sich bereits wieder hinter seinem sündhaft teuren Schreibtisch niedergelassen, dessen gewollt bescheidenes Design jedem Eintretenden sofort ins Auge fällt.

Die großen Fenster hinter ihm bieten freie Aussicht auf das heruntergekommene Viertel. Er trägt einen maßgeschneiderten, kragenlosen Anzug in modischem burgunderrot, so dunkel, dass es beinahe schwarz wirkt. Sein rostroter Spitzbart, Koteletten und Haartolle sind mit grauen Strähnen durchzogen, die dunkle Gesichtshaut ist mit winzigen, alten Aknenarben gesprenkelt. Jarius empfängt Kerry mit einem strahlenden Lächeln. Kreideweiße Zähne leuchten im grapefruitfarbenen Zahnfleisch; seine Stimme hat die Resonanz einer Regenwassertonne. Wie die Fühler eines neugierigen Insekts gleitet sein Blick über seine Sekretärin, bevor er auf ihrem Gesicht – ihrem Makel? – zur Ruhe kommt.

»Ein wirklich ausgesprochen elegantes Kostüm, das Sie heute tragen, Ms. Hackett.«

Kerrys unbefleckte Gesichtshälfte nähert sich farblich ein klein wenig ihrem Gegenstück. »Es ist nicht so, dass ich es nicht früher schon einmal getragen hätte.«

»Nun, heute passt es ganz besonders gut. Sehen Sie, wir erwarten nämlich überraschenden Besuch – einige Senatoren wünschen eine Besichtigung unseres Hauses –, und da Sie mich während der Führung und auch heute Abend zum Dinner begleiten werden, ist Ihre äußere Erscheinung heute von besonderer Bedeutung. Was selbstverständlich nicht bedeutet, dass Ihr Auftreten jemals unprofessionell oder nicht schicklich gewesen wäre.«

»Dinner? Heute? Aber ich hatte schon Pläne für den Abend …«

Jarius wischt ihre trivialen Vorhaben mit einer lässigen Handbewegung fort. »Dann müssen Sie es eben absagen. Schließlich kann man unmöglich von mir verlangen, dass ich ganz allein mit diesen neugierigen Regierungstrotteln fertig werde. Stellen Sie sich bloß vor, die fragen mich nach Statistiken! Kosten! Zahlen! Das ist Ihr Metier, Ms. Hackett, Teil Ihres ultra-kompetenten Propriums.« Jarius zeigt noch einmal sein strahlendstes Lächeln. »Sehen wir den Tatsachen ins Auge, Ms. Hackett, als meine persönliche Assistentin sind Sie nun einmal unentbehrlich.«

»Ich muss zu Hause anrufen.«

Jarius runzelt die Stirn. Er sieht aus wie ein verärgerter Demiurg. »Darf ich fragen, ob Sie noch immer mit diesem Herrn zusammenleben, der Sie letzten Monat zu unserer Weihnachtsfeier begleitet hat? Wie hieß er noch gleich … Mr. Santangelo, nicht wahr?«

»Ja, warum?«

»Es ist nur«, Jarius' Miene verriet leichten Widerwillen, »Sie beide wirken so unharmonisch zusammen. Er scheint mir ein wenig … roh und verwahrlost für eine Frau Ihrer Klasse.«

»Tango hatte es in letzter Zeit nicht leicht. Er ist ein guter Mann.«

»›Tango‹. Ein ziemlich kindischer Spitzname.«

Kerry schweigt, und Jarius fährt fort: »Der Unglückliche leidet noch immer unter seiner … Krankheit?«

»Ja, das tut er.«

»Und ich gehe davon aus, er nimmt seine Medikamente, diese semipotenten Mittelchen, mit denen die Konkurrenz die bemitleidenswerten Patienten an sich bindet? Es wäre wahrlich bedauerlich, wenn Sie seinem entfesselten Ungeziefer zum Opfer fielen, Ms. Hackett, sollte er sich nicht an die Vorschriften halten.«

»Ich sorge schon dafür, dass er seine Tabletten nimmt.«

»All diese Medikamente sind sehr teuer, nicht wahr? Selbst wenn die Versicherung einen Teil der Kosten übernimmt, so reißen sie doch sicherlich ein nicht unerhebliches Loch in Ihre Haushaltskasse …«

»Wir kommen zurecht.«

»Nun, vielleicht könnte ich eine kleine Gehaltserhöhung arrangieren, Ms. Hackett. Tatsächlich sind Sie weit mehr als eine vorbildliche und engagierte Mitarbeiterin. Ich finde, wir beide verstehen uns ganz ausgezeichnet.«

»Vielen Dank, Mr. Jarius.«

Jarius schiebt den Ärmel seines Manschettenhemdes ein wenig zur Seite und schaut auf die Uhr. »Die Senatoren werden in einer guten Stunde hier eintreffen. Ms. Presser wird uns informieren, sobald sie hier sind. Ich gehe davon aus, Sie möchten vorher noch ihren praktischen kleinen Taschencomputer mit ein paar imposanten Zahlen und Fakten füttern.«

Er schwingt in seinem Sessel herum und schaut aus dem Fenster. Das Gespräch ist beendet.

Wieder in ihrem Büro, sitzt Kerry einen Moment lang still und mit den Händen im Schoß an ihrem Schreibtisch, bevor sie ihr Firmenhandy herausholt, um zu Hause anzurufen. Doch sie erreicht nur den Anrufbeantworter. »Tango, ich bin's. Bist du da? Bitte nimm ab.« Keine menschliche Intervention stört die maschinelle Leere am anderen Ende der Leitung. Sie erklärt dem Band, dass sie – ungeplant und ungewollt – am Abend erst spät nach Hause kommen wird. Dann verbindet sie ihren PDA mit ihrem Computer und überträgt einige Daten und Fakten zu aktuellen Projekten. Kurze Zeit später führt Oreesha die Besucher herein, und Jarius tritt aus seinem Büro, um die Senatoren herzlich zu begrüßen. Dank der leichten aber effektiven Waffen, die sie unter ihren grauen Senatorenroben tragen, bieten die vier Besucher ein recht voluminöses Erscheinungsbild.

Jarius greift die einzige Frau und Ranghöchste unter ihnen freundschaftlich am Ellbogen und führt sie und ihre Begleiter zu den Aufzügen. Kerry folgt ihnen.

»Sie werden staunen, Senatorin Ferryway. Wir haben Ihnen einiges zu bieten«, tönt Jarius. »Wahrlich phantastische parabiologische Entwicklungen, die die Investitionen unserer Steuerzahler tausendfach entlohnen werden.«

Ferryway schaut sich verschwörerisch um, als hätte sie Angst, belauscht zu werden. »Wir interessieren uns vor allem für das Benthos-Projekt.«

Jarius strahlt vor Freude. »Fraglos vielversprechend. Natürlich nichts für die breite Öffentlichkeit.«

»Selbstverständlich.«

Kerry durchsucht die Daten auf ihrem PDA. Es gibt keinen Eintrag zu einem Projekt namens Benthos.

Die nächsten Stunden vergehen mit Präsentationen, Interviews mit Diaverde-Wissenschaftlern, Computersimulationen, Darbietungen griesgrämiger Versuchstiere, langweiligen Diavorführungen, Vorträgen und einem gemeinsamen Mittagessen in der firmeneigenen Cafeteria. Bis zum Kaffee sind die Senatoren in entsprechende faktenindizierte Benommenheit versunken. Nur Ferryway kommt noch einmal auf ihre zuvor gestellte Frage zurück.

»Wie ich sehe, haben Sie sich das Benthos-Projekt bis zuletzt aufgehoben.«

»Ganz recht, Frau Senatorin. Die Letzten werden die Ersten sein, ha ha ha – wenn ich so religiös kryptisch sein darf. Wollen wir?«

Der Sicherheitstrakt erstreckt sich über einen kompletten Flügel des zehnten Stocks. Den Zutritt regelt ein Handscanner. Noch bevor Jarius seine Hand ausstrecken kann, um ihnen Eintritt zu verschaffen, fragt Ferryway mit einem abschätzigen Blick auf Kerry: »Ist Ihre Sekretärin für diesen Bereich freigegeben?«

»Aber natürlich ist sie das«, entgegnet Jarius voller Inbrunst. »Sie hat freien Zutritt zum gesamten Sicherheitsbereich. Ms. Hackett, wenn Sie so freundlich wären …« Fast könnte man glauben, er sei mehr darum bemüht, Kerry zu imponieren als der Senatorin zu versichern, dass alles seine Richtigkeit hat.

Jarius zeigt auf den Scanner. Zögernd hält Kerry ihre Hand an das Gerät, das sie nie zuvor benutzt hat.

Mit einem dumpfen Klacken fahren die elektromagnetischen Spulen aus der Tür.

Jarius lässt den Senatoren mit einer leichten Verbeugung den Vortritt und schenkt der verwirrten Kerry ein schelmisches Lächeln, während sie die Abteilung vom Projekt Benthos betreten.

»Ich erkläre es Ihnen später, meine Liebe«, flüstert er ihr zu.

Hinter einer dicken Stahltür sitzen einige Techniker und Wissenschaftler an ihren jeweiligen Arbeitsplätzen, die eher an kleine, individualisierte Fabrikanlagen oder die verschachtelten Lebensräume scheuer Meeresbewohner an einem Riff erinnern. Kerry erkennt überdimensionale Titrationsaufbauten, Helios-Genkanonen, kryogenische Dewargefäße, Ultraschall-Autoklaven, DNA-Sequenzierer und

Protein-Linker, aber die meisten der wunderlichen Gerätschaften hat sie noch nie gesehen. Die Mitarbeiter nicken den Eintretenden kurz zu und beugen sich dann wieder über ihre alchemistischen Laboratorien. Nur ein stämmiger Kerl mit dunklen Haaren und dem watschelnden Gang eines Zirkusbären kommt zögerlich lächelnd auf sie zu.

»Dr. Teague, unsere Freunde hier interessieren sich für die Früchte Ihrer brillanten Arbeit.«

Teagues Lächeln verwandelt sich in ein echtes Freudestrahlen. Offensichtlich genießt er die unerwartete Aufmerksamkeit dieser einflussreichen Laien. »Ah, Sie kommen wegen des Benthos. Ausgezeichnet, ausgezeichnet. Folgen Sie mir.«

Am anderen Ende des Labors bietet ein Fenster den Blick in einen luftdicht verschlossenen Raum, in den ein paar fernbedienbare Handschuhe hineinragen. An der Außenseite der Scheibe werden die Handgelenke von einem Joystick und einigen Knöpfen flankiert. Aufkleber mit der allgemein bekannten radförmigen Labrys warnen vor Biogiftgefahr.

Teague stellt sich an die Kontrolleinheit, drückt flink auf zwei Knöpfe und bewegt den Joystick. Hinter der Scheibe fährt ein ferngesteuerter Trolley zu einer sich hebenden Luke, die aussieht wie die Tür eines Speiseaufzugs.

»Das Benthos«, erklärt Teague, »ist die einzige existierende Kreatur, die zu 100 Prozent aus echtzeit-totipotenten Zellen besteht. Es lebt unter penibel überwachten Bedingungen, die viele Parameter der menschlichen Physiologie imitieren. Wir können es nur für kurze Zeit in den Ansichtsbehälter umfüllen.«

Ein kleiner Container, der aussieht wie ein mit einem Deckel und vielen Messgeräten versehenes Aquarium, wird auf einer metallenen Zunge aus der Klappe und auf den Laborwagen geschoben. Teague manövriert diesen samt seiner Ladung vor das Fenster, sodass die Zuschauer erkennen können, was dort in der Flüssigkeit schwimmt.

Samtige, goldig-rote Windungen, eine Fülle runzliger

amorpher Gliedmaßen, die sich mit fließender Anmut umeinander winden und ihre feinen haarigen, hakenähnlichen oder papillären Strukturen manchmal schüchtern verbergen, dann wieder selbstbewusst zur Schau stellen. Die seltsam unzentrierte Kreatur schlängelt und windet sich mit lässiger Eleganz, gewährt neckend Einblicke in weitere verborgene Ansammlungen von Gliedmaßen, streckt elfenhaft zarte Pseudopodien und Fangarme aus, nur um sie sogleich wieder einzuziehen, und verbirgt mit dieser extravaganten Darbietung ihre wahre Form wie eine Tänzerin, umhüllt von einem transparenten und doch undurchdringlichen Schleier. Das Benthos scheint kaum schwerer als eine Katze, aber dank seiner Dehnbarkeit und Geschmeidigkeit fähig, eine Fläche von mehreren Quadratmetern zu bedecken.

Kerry kann den Blick nicht von dem fraktal hypnotischen Geschöpf abwenden. Seine Schönheit verschlägt ihr fast den Atem. Das Benthos glitzert in ihren Augen, als hätte man die leere geschmeidige Lichtertracht eines Matadors zum Leben erweckt. Wie konnte sie in diesem Gebäude arbeiten, ohne die pulsierende Anwesenheit dieses unglaublichen lebendigen Kunstwerks selbst durch die Betonböden von fünf Stockwerken hindurch zu spüren?

Auch die Senatoren scheinen von diesem fremdartigen Wesen wie gebannt. Ferryway findet als Erste die Sprache wieder.

»Und … und es kann wirklich all das, was man von ihm berichtet?«

»Sie haben die Videos gesehen, Frau Senatorin. Glauben Sie, wir hätten das alles nur vorgetäuscht?«, antwortet Jarius.

»Natürlich nicht. Aber es ist einfach unglaublich.«

Jarius' Zähne blinken. »Eben diese Wirkung zu erzielen ist eine Spezialität von Diaverde, Frau Senatorin.«

Kerry, die ängstlich und gleichzeitig sehnsüchtig darauf gewartet hat, dass Teague die Handschuhe anzieht, um in das Aquarium zu greifen und seinen wuseligen Gefangenen zu streicheln, ist beinahe ein wenig enttäuscht, als der Wissenschaftler verkündet: »Ich muss das Benthos jetzt wieder in seinen homöostatischen Container zurücklegen.«

»Ich denke, wir haben auch genug gesehen«, bemerkt Jarius vorsichtig, und als niemand protestiert, führt er die Gruppe wieder aus dem Sicherheitstrakt hinaus.

Den Rest des Tages ist Kerry wie betäubt, doch wenn sie für einen kurzen Moment aus ihrer grüblerischen Fugue erwacht, findet sie sich ebenso gewissenhaft bei der Arbeit wie gewohnt. Während drei solcher Wachphasen versucht sie Tango zu erreichen, jedoch ohne Erfolg. Schließlich nähert sich der Feierabend und Oreesha steckt den Kopf in Kerrys Büro.

»Die Limousine steht unten.« Sie zwinkert Kerry zu. »Tu mir einen Gefallen und bestell das teuerste Gericht auf der Karte. Leute wie wir werden schließlich nicht oft von den großen Tieren zum Essen eingeladen.«

»Und wenn ich das teuerste Gericht gar nicht mag?«

»Scheiße, Mädel, dann wirst du *lernen*, es zu mögen!«

Peter Jarius' Wagen wartet in der gut gesicherten Tiefgarage. Auf freier Straße in ein Auto zu steigen verleitet nur zu terroristischen Übergriffen. Kerry, in Mantel und Stiefeln, steht nervös neben der Limousine und wartet. Der Chauffeur, der mit ausdruckslosem Gesicht hinter dem Lenkrad sitzt, wirkt aufmerksam, aber nicht unterwürfig. Erst eine knappe halbe Stunde nachdem fast alle Diaverde-Mitarbeiter das Gebäude verlassen haben, tritt Jarius aus dem Aufzug. Er sieht Kerry, verzieht das Gesicht zu seinem üblichen genau kalkulierten Lächeln und kommt zu ihr herüber.

»Oh, Ms. Hackett, entschuldigen Sie bitte, dass ich Sie in diesem kargen Kreuzgang so lange habe warten lassen. Bei all den Anforderungen an einen Geschäftsführer wünsche ich mir manchmal mein bescheidenes Dasein im Labor zurück. Aber, wem sage ich das. Schließlich kennen Sie meinen importunen Terminkalender so gut wie ich selbst, und so hoffe ich, dass Sie mir die Verspätung vergeben.«

»Aber natürlich, Mr. Jarius.«

»Was halten Sie vom ›Gierigen Kakadu‹?

»Ich habe bisher nur davon gehört …«

»Es bietet alles, was das Geschwätz der Leute mit mehr Geld als Grips erwarten lässt, und noch viel mehr. Wollen wir?«

Jarius hält ihr die Tür auf, sie klettert hinein und er hinter ihr her, sodass sie gezwungen ist weiterzurutschen. Dabei schiebt sich zwangsläufig ihr Rock über ihre Schenkel, und Jarius betrachtet ihre entblößten Beine, nicht anzüglich, sondern mit gänzlich leidenschaftsloser Anerkennung. Sie verkneift sich das fraglos peinliche Zurechtrücken ihrer Kleidung und schaut aus dem Fenster.

Allmählich wird es dunkel, und die Straßen – Arkaden, in denen die immergleichen Spiele der kalten Traumfresserei nur wenige Kunden anziehen – leeren sich. Patrouillen streifen durch die Dämmerung. Kerry beobachtet, wie eine Gruppe schwerbewaffneter Banditen einen Bettler in die Mangel nimmt. Als sie ihn umdrehen, um ihn zu filzen, erkennt sie, dass der Mann eine blaue Decke um den Rücken geschlungen trägt wie einen improvisierten Rucksack.

Der Haupteingang des »Gierigen Kakadu« besteht aus einem von Mauern eingefassten Säulengang. Bewaffnete Wachmänner sorgen für die Sicherheit der ankommenden Gäste. Jarius bietet Kerry den Arm, um sie hineinzuführen. Der karibische Portier mit Zylinder und einem freundlichen schwarzen Gesicht, das hervorragend mit seiner kakaosamtigen Stimme harmoniert, öffnet ihnen die schweren Glastüren und sagt: »Ziemlich ungemütlich hier draußen, Freunde. Nur herein mit Euch.«

Zitronen- und selleriefarbenes Licht, Plastikpalmen, computeranimierte Tierattrappen, digitalisierter Dschungelsound, künstliche Düfte und hin und wieder eine zarte Nebelwolke, die von der Decke hinunterschwebt, gerade genug, um einen leichten Schimmer auf die Haut der Anwesenden zu zaubern und ihre sündhaft teuren Frisuren zu befeuchten. Das Servierpersonal ist durchweg weiblich. Jede Kellnerin trägt einen Busch Federn am Po und eine kranichartige Halskrause. Ihre oben wie unten auffallend kurz geratenen Kostümchen leuchten wie Kolibrifedern.

Kerry und ihr Boss werden an einen kleinen Tisch für zwei Personen geführt.

»Wo werden die Senatoren sitzen?«

Ein unschuldiges Lächeln teilt Jarius' aknevernarbtes Gesicht. »Die ehrwürdigen Abgeordneten mussten unerwartet nach Ottawa zurückkehren. Ihr Anruf war es, der mich so spät noch in meinem Büro aufgehalten hat. Doch als ich in die Tiefgarage kam und Sie so treu dort warten sah, brachte ich es einfach nicht über mich, unseren kleinen, lang erwarteten Ausflug abzusagen.«

Kerry setzt sich gar nicht erst hin. »I-Ich sollte jetzt gehen. Das ist nicht richtig.«

Jarius seufzt dramatisch. »Ms. Hackett, möchten Sie mir, einem Ihrer engsten Kollegen, tatsächlich die unschuldige Freude vorenthalten, ein wenig Zeit außerhalb des Büros mit Ihnen zu verbringen? Sind Sie denn niemals nach einem langen, harten Arbeitstag mit – sagen wir Ms. Pressler – auf einen Drink ausgegangen? Sie möchten mir diese freundschaftliche Geste doch nicht verweigern, oder?«

»Ich weiß nicht …«

Mit einer theatralischen Handbewegung legt Jarius nachdenklich die Spitze seines Zeigefingers an seinen Kieferknochen. »Mr. Santangelo sitzt doch nicht etwa brav mit dem Abendessen zu Hause und wartet darauf, dass Sie heimkommen?«

Kerry runzelt die Stirn und antwortet zögernd: »Ich habe den ganzen Tag über versucht, ihn zu erreichen.«

»Dann ist es abgemacht.« Jarius klatscht triumphierend in die Hände. »Bitte entspannen Sie Ihre müden Glieder in diesem herrlich bequemen Sessel und lassen Sie uns hören, was der bereits beflissen wartende Sommelier von den Schätzen seines Weinkellers zu berichten hat. Er birst ja beinahe vor Stolz.«

Wenige Minuten später nippt Kerry an einem Wein, wie sie ihn so vollmundig und aromatisch, beerig-herb und holzig nie zuvor gekostet hat. Jarius unterhält sie mit kleinen Anekdoten über die Reichen und Mächtigen, Menschen, die sie selbst nur aus der Zeitung kennt. Allmählich lockert sich das unsichtbare Netz aus Stress, dass unübersehbar ihre Schultern spannt, die Sorgenfalten, die ihr vom Muttermal gezeichnetes Gesicht zerfurchen, werden weicher, und bei ihrem dritten Glas lacht sie herzlich über Jarius' bissige Bemerkungen. Als die Vorspeise gereicht wird (Austern), gerät das Gespräch ins Stocken. Skeptisch betrachtet Kerry die Pastillen schillernden Muschelfleisches in ihren Schalen, doch Jarius ermuntert sie nachdrücklich, und nach dem ersten zaghaften Bissen langt sie tüchtig zu.

»Bravo, meine Liebe! Bieten Sie allen Dingen, die Ihnen Angst machen, nur mutig die Stirn.«

»Ich wünschte, das könnte ich, Mr. Jarius.«

»Bitte, Kerry – nennen Sie mich Peter.«

»Einverstanden … Peter.«

Als die großen, kunstvoll angerichteten Platten mit ihrer herrlich duftenden Fracht gebracht werden, tupft Jarius sich mit seiner purpurroten Serviette die Lippen und betrachtet Kerry mit scharfem prüfendem Blick. Schließlich fragt er: »Erzählen Sie mir, meine Liebe, was wünschen Sie sich für dieses kurze Leben, das wir alle miteinander teilen? Wovon träumen Sie?«

Kerry lehnt sich zurück, um die Frage ernsthaft zu überdenken und schlägt die Beine übereinander, sodass ein wippender Fuß unter der Tischdecke hervorlugt. »Oh je, Peter, ich weiß nicht. Eine Menge Dinge, die sich wohl jeder wünscht. Geld, eine schönere Wohnung, einen besseren Job …«

Jarius fasst sich theatralisch an die Brust. »Aha! Dann bin ich wohl ein niederträchtiger Troll und Diaverde ist eine feuchte, dunkle, brutale Erzmine!«

Kerry lacht. »Oh nein, ganz und gar nicht. Aber Sie müssen zugeben, dass mein Job nicht unbedingt viel Raum für Kreativität lässt.«

»Nun ja, meiner auch nicht. Aber ohne uns herrschte schließlich das Chaos! Nun, das alles sind materielle Güter, selbst die berufliche Erfüllung, von der Sie träumen. Was ist mit den anderen Dingen? Welche geheimen Träume und Wünsche verbergen sich in Ihrem Herzen? Ich brenne darauf, es zu erfahren.«

»Nun, ich würde gerne in einer weniger komplizierten, friedlicheren Welt leben …«

Wieder hebt Jarius mit schmerzverzerrter Miene die Hand. »Als Nächstes erzählen Sie mir noch, dass Sie alten Leuten helfen möchten. Und auch wenn Sie es an Charme und Anmut mit jeder Schönheitskönigin aufnehmen könnten, so bin ich doch ein wenig beleidigt.«

»Aber Peter, Sie sind nicht alt! Also tun Sie nicht so, nur um mein Mitleid zu erregen.«

»Sie haben mich erwischt. Ich buhle um Ihr Mitgefühl, Kerry, und um Ihre Zuneigung. Aus diesem Grund habe ich Sie auch für das Benthos-Projekt freigegeben, als Zeichen meiner Wertschätzung. Aber bitte, fahren Sie fort.«

»Oh, ich weiß gar nicht, wie ich es erklären soll. Manchmal sehne ich mich nach einer … einer Welt, die man vielleicht als primitiv bezeichnen würde. Ein wenig wild, grün und tropisch, wo Gefühle und Probleme, Bedürfnisse und ihre Erfüllung einfach und unkompliziert sind. Eine Welt, in der ich wahrhaft frei bin und die Dinge mit allen Sinnen erleben kann.«

»Wie die Liebe, zum Beispiel?«

»Ja.«

»Und sexuelle Begierde?«

Kerry nimmt ihre Gabel und spielt mit den Resten auf ihrem Teller, bevor sie mit gesenktem Blick antwortet. »Ja, natürlich.«

Eine der Papageienfrauen schiebt den Dessertwagen an ihren Tisch. Die schwingenden Bewegungen eines gestürzten Puddings lassen Kerry unwillkürlich, aber unübersehbar vor den angebotenen Leckereien zurückzucken. Sie reißt sich zusammen und wählt ein Stück des erdbraunen Schokoladenkuchens. Jarius hat ihnen beiden in der Zwischenzeit zwei Kaffee mit Schuss bestellt.

Als sie sich von ihrem Tisch erheben, um das Restaurant zu verlassen, vollführt Kerry mit ihrem Stuhl einen linkischen Fandango, bevor sie ihr Gleichgewicht wiederfindet. Blitzschnell ist Jarius an ihrer Seite und legt einen stützenden Arm um ihre Taille.

»Gestatten Sie, meine Liebe. In meinen alten Venen entfaltet der Alkohol nicht mehr dieselbe Kraft wie in ihren jugendlichen Arterien. Mein Herz hat gelernt, genügsam zu sein, während Ihres noch zu sehr dürstet.«

»Oh, Mr. Jarius … 'tschuldigung … Peter … das haben Sie aber schön gesagt.«

»Nicht annähernd so schön wie Ihr Tanz mit dem Stuhl, meine Liebe.«

Kerry kichert, und gemeinsam verlassen sie die künstliche Grotte des »Gierigen Kakadu«.

Tiefdunkle Nacht, eisige Kälte, die vertikalen Zyklopenaugen der Ampeln, das blökende Hupen der Autos, und dann sind sie am Ziel. In einer weiteren Tiefgarage öffnet der Chauffeur die Tür der Limousine. An die elegante schlanke Gestalt von Peter Jarius gelehnt, fährt Kerry im Lift nach oben. In jedem Stockwerk, an dem sie vorbeikommen, klingelt es leise. Jarius hat seinen Arm noch immer um ihre Taille gelegt. Ihre Füße versinken in dem knöcheltiefen dunkelbraunen Teppich seiner vom Zwielicht nur schwach erhellten Wohnung.

»Befreien Sie sich doch von Ihren unbequemen Galoschen, Kerry. Dieses weiche Meer aus Wolle sehnt sich danach, Ihre schlanken Knöchel zu umspülen.«

Auf Socken trippelt Kerry zu dem beigefarbenen Ledersofa, vollführt eine beschwipste Drehung und lässt sich mit einer melodramatischen Geste in die weichen Polster fallen.

»Was für ein herrlicher Abend! Und was für eine reizende Idee, hierher zu kommen.«

Jarius steht mit dem Rücken zu ihr an der Bar und klimpert leise mit den Gläsern.

»Nur ein einfaches Rendezvous, eine kleine Belohnung, die wir uns schon weit früher einmal hätten gönnen sollen. Aber lassen Sie uns nicht über vergangene Versäumnisse sprechen.«

Jarius lässt sich mit zwei gefüllten Gläsern neben ihr auf der Couch nieder. Kerry nimmt ihr Glas, nippt, und seufzt.

»Peter, Sie waren heute Abend wirklich furchtbar nett zu mir.«

»Das ist nichts weiter als ein Zeichen meiner Zuneigung, meine Liebe.«

Kerry nimmt einen großen Schluck von ihrem torfig schmeckenden Drink, senkt die Hand mit dem Glas auf ihren Schoß, lässt den Kopf nach hinten gegen die warmen Polster fallen und schließt für einen kurzen Moment die Augen. Als sie sie wieder aufschlägt, ist Jarius damit beschäftigt, die Knöpfe ihres dünnen braunen Blazers zu öffnen.

»Ich möchte, dass du dich entspannst, meine Liebe. Und natürlich möchte ich deine wunderschönen jugendlichen Brüste sehen, die ich nun schon so lange nur aus der Ferne, über den tiefen Graben der Hierarchie hinweg bewundern konnte, der uns so grausam trennt.«

Kerry sitzt einfach nur da. Die muschelförmige blaue Spitze ihres Büstenhalters zieht sich über ihre helle Haut wie Wellen über einen weißen Sandstrand, die Finger des Mannes sind wie neugierige Krabben. Jarius findet den Verschluss zwischen ihren Brüsten und öffnet ihn. Mit einem beinah unmerklichen leisen Flüstern gleiten die Körbchen zur Seite und enthüllen zwei wohlgeformte Rundungen. Jarius' schnurrbartgerahmte Lippen umschließen eine ihrer gierigen Knospen, während er deren Schwester zwischen Daumen und Zeigefinger rollt.

Kerrys linke Hand schiebt die andere Brust nach oben,

um ihr die gleiche Aufmerksamkeit zuteilwerden zu lassen. Sie hebt das Glas von ihrem Schoß, sucht blind nach Regal, Tisch oder Sofalehne und stellt es dann in die Luft. Es stürzt hinab und tränkt den durstigen Teppich. Von ihrer Last befreit, greift Kerrys rechte Hand in Jarius' Nacken.

Minutenlang genießen ihre Brüste das Saugen und Streicheln, bevor sie die Beine öffnet. Jarius nimmt das Angebot sogleich an, seine Hand streichelt langsam über ihre nylonumhüllten Schenkel und gelangt mit jedem Zenit ein wenig höher bis zu dem Streifen nackter Haut unter ihren Lenden. Kerry hebt den Po, um ihren Rock zu befreien und zu vollenden, was – anfangs noch ungewollt – beim Einsteigen in die Limousine seinen Anfang genommen hat. Als Jarius durch den lavendelblauen Stoff ihres Slips greift, entfährt ihr ein leises Wimmern. Ihre Hand gleitet über die Wölbung seines Glieds in seiner Hose.

Und dann: Ende der Vorstellung. Kerry öffnet die Augen. Jarius steht am Schreibtisch und zieht mit seinen launenhaften Fingern eines der Schubfächer auf.

»Peter, was …«

In dem dämmrigen Zimmer bilden Jarius' Augen zwei funkelnde Punkte, als hätten sie alles Licht in sich zusammengezogen. »Bevor wir weitermachen, meine Liebe, möchte ich dich um einen Gefallen bitten, etwas, das mein Pläsier in höchstem Maße steigern würde. Es ist nur eine Kleinigkeit, die uns beiden jedoch, so hoffe ich, ein besonderes Vergnügen bereiten wird. Würdest Du bitte dies hier überziehen?«

Die Kleinigkeit, die er aus der Schublade hervorholt, sieht auf den ersten Blick aus wie ein großer weicher Lappen aus weißem Leder. Doch dann enthüllt Jarius das Geheimnis wie ein stolzer Verkäufer seine Ware.

Die aus weichem Kalbsleder gefertigte Kappe mit dem Reißverschluss sieht aus wie das Accessoire tausender gewöhnlicher Pornophantasien – mit nur einem Unterschied: einer sorgfältig abgenähten asymmetrischen Öffnung auf der linken Seite in der exakten Form von Kerrys auberginefarbenem Muttermal. Mit dieser Kappe würde ihr stiller, manchmal verdrängter aber nie vergessener Makel leuchten wie unter einer aktinischen Lampe.

Kerry starrt auf das unerwartete Fetisch-Requisit und zupft nervös ihren Rock zurecht. »Nein … Ich kann nicht. Ich würde mich nicht wohl dabei fühlen.«

Wie ein finsterer Papst, der einem neuen Bischof seine rechtmäßige Kopfbedeckung aufsetzen möchte, gleitet Jarius demonstrativ mit der Kappe in der Hand neben ihr auf das Sofa. »Meine Liebe, du wirst diesen offensichtlichsten deiner Reize doch nicht etwa verleugnen wollen? Dieses unschuldige Accessoire soll nur dazu dienen, die Begierde deines Liebhabers auf deinen unvergleichlich sinnlichen Schönheitsfehler zu lenken. Wie oft habe ich davon geträumt, dein beflecktes, vom Makel der Natur gezeichnetes Antlitz zu küssen und zu liebkosen. Du bist wie eine überreife Frucht, die ihrer Ernte harrt. Dabei entgeht dir hoffentlich nicht, dass ich mich auch jetzt, so nah am Ziel unserer lang ersehnten Intimität, in meinem Begehren zügle, bis ich deine Zustimmung erfahren habe. Unser erstes Mal muss einfach perfekt sein …«

Kerrys Brüste sind bereits wieder in blaue Spitze gehüllt, und sie ist damit beschäftigt, die Knöpfe ihres Blazers zu schließen. »Mr. Jarius, ich muss jetzt leider gehen. Vielen Dank für das Essen, es tut mir wirklich leid, wenn ich Ihnen einen falschen Eindruck von uns beiden vermittelt habe.«

Jarius betrachtet die jungfräuliche Kappe, die er über die schrumpfende Erektion in seiner Hose drapiert hat. »Ich habe sie extra für dich anfertigen lassen, Kerry.«

Ihr linker Stiefel weigert sich, ihrem rechten Fuß Quartier zu gewähren. Kerry wechselt das Bein und streift erst den einen, dann den anderen wasserfesten Stiefel über. »Könnten Sie Ihren Chauffeur bitten, mich nach Hause zu fahren, Mr. Jarius? Es ist schon spät, und die Straßen sind nicht sicher.«

Mit hängenden Schultern sitzt Jarius einen Moment lang

da und streichelt stumm über das weiche Leder. Dann reißt er sich zusammen, richtet sich wieder auf und legt die Kappe beiseite. »Unsere Beziehung ist damit nicht beendet, Ms. Hackett. Wir werden diese Angelegenheit zu einem späteren Zeitpunkt besprechen.« Er steht auf und geht hinüber zur Gegensprechanlage an der Wohnungstür. Nachdem er mit leiser Stimme ein paar Anweisungen erteilt hat, wendet er sich wieder an Kerry.

»Anselmo wird Sie unten erwarten.«

Mit ihrem Mantel über dem Arm stürzt Kerry aus der Wohnung.

Jetzt in der Nacht ist die hallende Tiefgarage mit ihren kalten schwitzenden Betonwänden noch eisiger als ein paar Stunden zuvor. Kerry eilt zur Limousine, die bereits mit laufendem Motor wartet, und nennt dem Fahrer die Adresse. Anselmo schenkt ihr etwa so viel Beachtung wie einem Pappkarton, mit dessen Lieferung er betraut wurde. Während der kurzen Fahrt starrt Kerry mit leerem Blick aus dem Fenster, als katalogisiere sie stumpfsinnig die vielen Arten leidenschaftsloser Perversion in dieser Stadt. Sie hat sich noch nicht ganz durch die offenstehende Tür ihres Wohnhauses gezwängt, als die Limousine schon in einer Wolke frostiger Abgase verschwindet. (Diesmal beherbergt das kleine Foyer keine Obdachlosen.)

Im ersten Moment scheint die kleine, von dämmrigem Licht erfüllte Wohnung wie das unbewohnte Schalenhaus einer Krabbe. Ohne Leben. Das einsame Nachtlicht über der Küchenzeile, das sich bei Dunkelheit von selbst anschaltet, wirft seinen sinnlosen Lichtstrahl auf den leeren Küchentisch. Wie erwartet sind die fünf Nudie-Dollar, die Kerry vor nun beinahe zwanzig Stunden dorthin gelegt hat, verschwunden; doch auch die sechs Medikamentendöschen sind nicht mehr da.

»Ich hab die Rezepte auf dem Schwarzmarkt verkauft.«

Tangos unwirsche lallende Stimme kommt aus der Ecke des Wohnzimmers, in der sein Lieblingssessel steht, ein klobiger Goodwill mit Blumenmuster, der eher an eine Hängematte als an ein Möbelstück denken lässt. Kerry geht durch den dunklen, ihr so vertrauten Raum und setzt sich auf die breite Armlehne des Sessels. Mit einer Hand streicht sie ihm das krause Haar aus dem Gesicht.

»Du bist schon ganz heiß«, sagt sie leise. »Warum hast du das nur getan?«

Tango schnaubt verächtlich. »Als ob dich das einen Scheißdreck interessiert. Weißt du überhaupt, wie spät es ist? Verdammt, warum hätte ich es nicht tun sollen? Sie werden mich niemals heilen, mich nicht, und auch keinen der anderen. Diese Pillen sind nichts als ein scheißteurer Tropfen auf den heißen Stein. Da kann ich's auch gleich sein lassen.«

»Nein, kannst du nicht.« Kerrys ernsthaft traurige Stimme droht zu brechen. »Du musst sofort losgehen und sie von dem Kerl zurückholen, dem du sie verkauft hast. Du musst!«

Tango donnert zurück: »Ich muss überhaupt nichts, du Schlampe!« Er schiebt seine Pranke unter ihren Rock. »Hast es wohl nicht mal für nötig gehalten, den Slip zu wechseln, was? Du kleines Flittchen! Er tropft ja jetzt noch aus dir raus.«

»Nein Tango, es ist nicht …«

Seine von der Krankheit geschwächten, aber noch immer starken Pranken umschlingen ihre Taille, sodass sie sich nicht mehr bewegen kann. Er springt auf. »Auch wenn ich es nicht mehr lange mache, werde ich dir schon noch zeigen, wen du zu ficken hast!«

»Tango, nicht …« Kerry versucht vergeblich, sich aus seinem Griff zu befreien, doch er hebt sie hoch und trägt sie zappelnd ins Schlafzimmer. Die Lichtbalken, die durch die Jalousien fallen, schlitzen den Fußboden und die Möbel in schmale Streifen. Er wirft sie auf die zerknüllten Laken und öffnet den Reißverschluss seiner Hose.

Kerrys Stimme sucht verzweifelt den richtigen Ton, um

ihn zur Vernunft zu bringen, doch heraus kommt nur ein unkontrolliertes Zittern. »Wir können miteinander schlafen, Tango, aber du musst ein Kondom benutzen, vor allem, wenn du deine Medizin heute noch nicht genommen hast …«

»Halt die Schnauze. Ich steck meinen Schwanz eh nicht da rein, wo der geile Bock schon war.«

Verzweifelt versucht Kerry sich aufzurichten. »Tango, nein …«

Er dreht sie auf den Bauch und drückt sie wieder auf die Laken. Während er sie mit einer Hand im Nacken festhält, zieht er mit der anderen den Stoff ihres Slips zur Seite, den ihr zerknitterter Rock bereits entblößt hat. Kerry schluchzt leise. Er kniet sich auf sie, und sein Schwanz leuchtet in einem der Lichtstreifen, die durch die Jalousien fallen. Dicke Striemen wie zeremonielle Narben ziehen sich um sein von Pellagra gezeichnetes Glied. Er spuckt in die Hand, reibt den Speichel auf sein narbiges Rohr und bringt es vor Kerrys Anus in Stellung.

Die dicke Eichel des Mannes dringt durch das enge Loch, an dem die schmale Gliedspitze ihres Traumjaguars zuvor nur vorsichtig genagt hat.

Zum Glück führen Tangos brutale Stöße ihn schnell zum Höhepunkt. Er zieht seinen Schwanz wieder heraus und weicht zurück bis ans andere Ende des Zimmers. Kerrys leises Wimmern kontrapunktiert das Geräusch des sich schließenden Reißverschlusses.

»So, und jetzt verschwinde.«

Kerry unterdrückt ihr Schluchzen. »Was? Das meinst du doch nicht …«

»Zisch ab, oder ich prügel dich aus der Wohnung.«

»Aber wo soll ich denn hin?«

»Zurück zu deinem geilen Bock.«

»Ich kann nicht. Und er ist nicht mein …«

Tangos Arm fegt Parfümfläschchen und Fotos von ihrer Kommode. »Ich habe gesagt, du sollst verschwinden! Oder willst du warten, bis ich ihn wieder hochkriege?«

Für einen langen Moment blickt Kerry auf die gekrümmte, keuchende, zerzauste Gestalt, die ihr gegenübersteht. Der Ausdruck von Unglauben in ihrem Gesicht verwandelt sich in grimmige Resignation. Langsam und unter Schmerzen gleitet sie vom Bett. Einer ihrer Strümpfe ist bis auf die Wade hinuntergerutscht. Sie macht keine Anstalten, in Schrank oder Schreibtisch zu kramen, nimmt nur ihre Tasche und ihren Mantel und schleicht ohne weiteres Bitten oder Jammern aus der Wohnung, wie eine Gefangene, die sich nach jahrzehntelangem Eingesperrtsein plötzlich mit dem lang erwarteten, aber unwirklichen Ende ihrer Einkerkerung und dem Ausblick auf eine fremde, feindliche Welt konfrontiert sieht.

Auf einem Treppenabsatz bleibt sie stehen, um ihre Strümpfe zurechtzurücken. Als sie die Hand wieder unter ihrem Rock hervorzieht, ist diese nass und rostrot verschmiert. »Oh nein, auch das noch.« Sie kramt in ihrer Tasche nach einer Binde, packt sie aus und klebt sie, ohne sich um ihre exponierte Position zu kümmern, etwas ungelenk in ihren Slip.

Auch jetzt liegt kein freundlicher Penner im Hauseingang. Kerry tritt hinaus auf die menschenleere Straße. Sie zieht ihren dünnen Mantel noch enger um sich und verlässt ihr brutal geschändetes, verlorenes Heim.

Auf etwa halber Strecke zu dem einzigen Ort, an den sie gehen kann, trifft sie auf einen einzelnen Soldaten. Sie bleibt stehen und wartet in einer möglichst unbedrohlich wirkenden Körperhaltung, die Hände weit von den Taschen ihres Mantels fortgestreckt. Der Soldat kommt mit schnellen Schritten und schussbereiter Waffe auf sie zu.

Mit seiner Uniform und Ausrüstung wirkt der junge schlanke Mann noch ein wenig unbeholfen, fast so, als hätte er sich gerade erst verpflichtet. Sein Gesicht unter dem Helm sieht aus wie das Antlitz einer heidnischen Ikone, eine somatische Landschaft aus poliertem Tropenholz. Das Namenschild an seiner Brust kennzeichnet ihn als PVT. SHANGOLD.

Kerry, die noch immer unbeweglich dasteht, zittert vor Kälte. »Mein Ausweis ist in meiner Handtasche …«

»Halt's Maul und komm mit!«

»Aber warum? Warten Sie … wo ist Ihr Partner?«

Der Soldat ergreift ihren Arm. »Ich hab gesagt, du sollst das Maul halten!« Er zerrt sie vorwärts, sodass Kerry gezwungen ist, vor ihm her zu stolpern. Es sind nur wenige Schritte bis zum Eingang einer dunklen Gasse. Der Mann schleudert sie in den feuchten, stinkenden Tunnel, und Kerry prallt mit lautem Donnern gegen einen großen Metallcontainer. Der Riemen ihrer Handtasche reißt und die Tasche fällt zu Boden. Als sie sich umdreht, sieht sie, dass der Soldat sich die Waffe auf den Rücken geschlungen hat.

»Hinknien.«

»Nein, bitte …«

Er drückt ihr beide Hände auf die Schultern und zwingt sie in die Knie. Schotter beißt durch ihre Nylonstrümpfe, und die Spitzen ihrer Schuhe graben zwei tiefe Mulden in den Schmutz der Straße. Jetzt krallt sich eine Hand in die kurzen zarten Härchen an ihrem Nacken und zieht ihr Gesicht bis auf wenige Zentimeter vor seinen Hosenschlitz. Als er den Knopf öffnet und den Reißverschluss hinunterzieht, sackt sein unbeschnittener, von Haaren umgebener Schwanz auf seinen pflaumenförmigen schrumpeligen Hodensack. Er trägt keine Unterhose. Ein dicker Daumen hebt das fleischige Glied an ihren Mund, zwei Finger derselben Hand schieben sich zwischen ihre Lippen, die Nägel kratzen über ihre Zähne.

Widerwillig öffnet Kerry den Mund, und der Soldatenpimmel vereinigt sich mit ihrer Zunge. Die feuchte Wärme ihrer Mundhöhle lässt ihn rasch anschwellen und sich zwischen ihren Lippen entfalten. Mit immer heftigeren Stößen, wobei er ihren Kopf wie eine Handpuppe im Rhythmus seiner Hüften vor und zurückbewegt, vögelt der schwarze Soldat ihren Mund.

Kerry hält die Augen geschlossen und stützt sich notgedrungen gegen die haarigen Schenkel des Mannes. Ein kehliges Stöhnen entfährt ihm, und die zunehmend schneller werdenden Bewegungen versprechen baldige Ejakulation.

Im letzten Moment zieht er sich zurück. Kerry wendet das Gesicht zur Seite, und er pumpt seine Wichse durch die Luft auf ihr Muttermal: silbrig glänzende Seen sammeln sich auf dem weinroten Kontinent, Quecksilber sprenkelt den Wald ihrer Wimpern.

Als Kerry die Hand zu ihrem besudelten Gesicht hebt, durchschneidet etwas die Luft über ihrem Kopf. Ein markerschütternder dumpfer Schlag ertönt, unbelebte Materie kollidiert mit Fleisch und Knochen, und der Soldat bricht auf dem Boden der Gasse zusammen.

Kerry ordnet unbeholfen ihre Beine, steht auf und blickt zum Container.

In der geöffneten Tür, wie Mr. Punch in einer Pantomime, steht der Penner, der gewöhnlich ihr Haus heimsucht. Er hält ein verbogenes Stück Rohr in der Hand; das Ende, mit dem er zugeschlagen hat, ist schwarz von Blut. Mit einem anzüglichen beinahe zahnlosen Grinsen sagt er: »Geh'n Sie lieber schnell nach Hause, Lady.«

Ihre Hand zittert noch immer, als Kerry sie gegen den Security Scanner am Eingang des Diaverde-Gebäudes hält. Aus der Sicherheit ihrer synthetischen Kanzel aus Panzerglas heraus beobachten die beiden akkurat gestylten Nachtwächter sie argwöhnisch. Obwohl sie Kerry erkannt haben, macht ihre schmutzige, zerzauste, handtaschenlose Erscheinung sie misstrauisch, und erst als der Aufzug ihre Identität bestätigt und sie bittet einzutreten, löst sich ihre Anspannung ein wenig.

Zu dieser Nachtzeit hat selbst der ehrgeizigste Wissenschaftler das Gebäude verlassen. Die leeren Gänge des zehnten Stocks hallen wider von dem Geräusch ihrer Schritte, und es klingt, als liefe ihr spektrales Double direkt neben ihr. Der zweite Scanner an der Tür zum Benthos-Projekt reagiert bereitwillig auf die zaghafte Berührung ihrer Handfläche.

Sobald die Tür hinter ihr ins Schloss fällt, schalten sich automatisch die Lichter an. Es gelingt ihr, der Kontrolleinheit die richtigen Befehle zu geben, mit denen Dr. Teague am Nachmittag das Benthos aus seiner homöostatischen Umgebung hervorgeholt hat. Nach nur einer Minute steht der Trolley mit dem Aquarium auf der anderen Seite der Glasscheibe und in Reichweite der fernbedienbaren Handschuhe.

Das agile, geschmeidige Benthos folgt seinem ganz eigenen Schlaf- und Wachrhythmus und ist in der Nacht genauso aktiv wie am Tage. Vielleicht benötigt es keine Ruhepausen, und künstliche, bis zum Bersten mit Energie gefüllte Speicher ermöglichen das ununterbrochene seidige Wirbeln und das winkende Peitschen seiner Tentakel, sein neckisches Zusammenrollen und seine verführerischen Involutionen.

Mühsam löst Kerry sich von dem Anblick dieser fremdlüstern begehrenswerten Kreatur, totipotente Herrscherin in ihrem kleinen Reich, und geht hinüber zu einem der Arbeitsplätze. Unter den ordentlich abgelegten Werkzeugen findet sie ein scharfes Messer, das sie, die Klinge zwischen Daumen und Zeigefinger ihrer rechten Hand, in einen der mit Metallmanschetten versehenen Arbeitshandschuhe schiebt. Die Klinge gleitet in die Zeigefingerspitze des Handschuhs, bleibt kurz im dicken Gummi hängen, reagiert auf Kerrys leichten Druck und lugt dann neugierig in den abgeriegelten Raum hinter der Scheibe. An der Kontrolleinheit leuchtet eine rote Warnlampe auf. Kerry dreht das Messer ein wenig, um das Loch zu vergrößern, dann zieht sie es zurück und lässt es zu Boden fallen. Erneut fährt sie mit der Hand in den Handschuh, der sogleich bereitwillig zum Leben erwacht. Sie öffnet den mit einem Scharnier verschlossenen Deckel des Aquariums und taucht ihren eingeschnittenen Finger in das Wasser.

Das Benthos ist augenblicklich hellwach und begierig wie ein Liebhaber. Es komprimiert sich zu einem langen dünnen

Faden und fließt in die verstümmelte Fingerspitze des Handschuhs wie ein fein gesticktes Spitzentuch durch einen Ehering.

Bevor Kerry ihre Hand aus der Gummihülle zurückziehen kann, rast das Benthos bereits ihren Arm hinauf und gleitet schleimig über die nackte Haut unter ihrer Kleidung. Sie stolpert rückwärts, und die Servomotoren der nun leeren Handschuhe winseln noch einmal kurz auf, bevor sie endgültig verstummen.

In ihrem Ausschnitt erscheint ein breites funkelndes korallenrotes Pseudopodium und biegt sich ein wenig zurück wie eine Kobra, die in aller Ruhe die richtige Stelle wählt, um zuzubeißen. Plötzlich öffnet Kerry unwillkürlich den Mund, keucht auf und greift sich im selben Moment zwischen die Beine.

Ein Teil des Benthos, der sich vor ihrem Gesicht aufgebaut hat, stürzt sich zwischen ihren Lippen hindurch und ihre Kehle hinab, als hätte jemand den alten Zirkustrick, bei dem der Zauberer einen Seidenschal aus seinem Schlund zieht, einfach umgekehrt. Weitere Arme gleiten über ihr erschrockenes Gesicht und dringen wie Windnadeln in Augen, Ohren und Nase.

Kerry stürzt rücklings zu Boden. Unter dem knallbunten Film, mit dem das Benthos sie überzogen hat, wirkt ihr Gesicht plötzlich gespenstisch ruhig.

Dann beginnt Kerry Hacketts Transsubstantiation, eine Umwandlung des Fleisches in mehr als nur Fleisch, in fremde Pracht, Schöpfung der Nymphenmacht.

Wie von einer gefräßigen Säure zersetzt, beginnt Kerrys Kleidung allmählich sich aufzulösen. Doch das verflüssigte Rohmaterial sammelt sich nicht in Pfützen auf dem Fußboden oder verdunstet; nein, es wird gierig von ihrer neuen hyperporösen Haut absorbiert. Accessoires aus Metall fallen klimpernd zu Boden. Die dünne Goldkette ihrer Mutter zerspringt unter dem steigenden Druck, gleitet von ihrem Hals und sammelt sich auf dem Fußboden wie ein Sonnenstrahl im Regenwald.

Eine kleine Ewigkeit liegt Kerry nackt und bewegungslos da. Dann durchzieht sie ein krampfartiges Zittern. Ihr Körper wird unnatürlich platt und breit, wie ein schmelzender Airbag, aus dem man die Luft ablässt. Ihre Gesichtszüge und Brüste implodieren und verschwinden nach innen. Zornige Wellen organischer Farben jagen über die ovoide Landschaft ihres Körpers.

Die folgende Stunde verbringt die Kerry-Larve damit, intelligent zu wuchern. Die Wellen metabolischer Hitze, die von dem autokatalytischen protoplasmischen Hügel aufsteigen, wecken die Klimaanlage aus ihrem Nachtschlaf.

Das nächste Stadium totipotenter Evolution manifestiert sich zuerst in fraktalen Wellen, so als würde man ein feinmaschiges Netz unter der Larvenepidermis von unterschiedlichen Punkten aus in Wallung bringen. Dann folgen Umprogrammierung und Neudefinition: Aus distalen Loci sprießen perfekt geformte zarte pinkfarbene Zehen und Finger mit Nägeln in nie gesehenem Skarabäusgrün. Gliedmaßen erlangen ihre Identität zurück, Sehnen und Muskeln spannen sich. Am Scheidepunkt der Beine erscheinen Venushügel und Vagina, und ein dünnes Rinnsal von Menstruationsblut sickert zwischen den Schamlippen hindurch. Rippen krümmen sich, ein Bauchnabel stülpt sich heraus, Brüste schwellen und krönen sich selbst mit dunklen Knospen. Neue Haare sprießen aus ihrem Kopf; Ohren erscheinen, und von innen her stülpt sich Kerrys Physiognomie ins neue Relief, diese einzigartige Vereinigung von Knorpel, Gallert, Muskeln und Knochen, wie ein Bild, das man aus einem Nagelbrett mit seinen vielen beweglichen Stiften herausdrückt.

Perfekt von den Zehennägeln bis zu den Zähnen liegt die nackte Kerry Hackett auf den kalten Fliesen und atmet tief ein und aus. Ein einziges sichtbares Merkmal nur unterscheidet ihren neu belebten Körper von ihrer alten Hülle:

Das Muttermal ist von ihrem makellosen Gesicht verschwunden, abgewaschen wie Theaterschminke.

Ohne vorheriges warnendes Zucken öffnen sich Kerrys Augen. Angefüllt mit neuen inneren und äußeren Erkenntnissen vermitteln sie den Eindruck einer gewissen fremdartigen Heiterkeit, der von ihrem verschmitzten gelassenen Lächeln noch verstärkt wird. Ohne ihre Hände zu Hilfe nehmen zu müssen und nur mit einem leichten Zucken ihrer Muskeln springt sie leichtfüßig auf die Beine.

Der Garderobenhaken überlässt ihr seinen kurzen Laborkittel. In jungfräuliches Weiß gehüllt, barfuß und mit nackten Beinen geht Kerry zur Tür und schlüpft hinaus.

Im Erdgeschoss sitzen die beiden Nachtwächter entspannt in ihrer Kanzel und schwatzen.

»Wer wird euch heute ablösen?«

»Maureen und Isaiah.«

»Sie werden jeden Moment hier sein.«

Kerrys Erscheinung verwirrt die beiden gelangweilten Wachmänner ein wenig: Barfuß und nur mit ihrem Kittel bekleidet, strahlt sie eine ungewöhnliche, verführerische Lebenskraft aus. Einer der Männer drückt auf den Knopf für die Gegensprechanlage.

»Können wir Ihnen helfen, Ma'am?«

Statt einer Antwort öffnet Kerry den Kittel und enthüllt ihre Reize, die karnivorische Perfektion ihres neugeschaffenen Körpers. Sie presst sich gegen die Kanzel, sodass ihre Brüste sich unförmig an das Glas drücken, und räkelt sich wie eine rollige Katze.

»Die hat irgendwas geschmissen. Wir müssen sie aufhalten, bevor sie sich noch wehtut.«

Ein kurzer Griff an den richtigen Schalter entriegelt die einbruchsichere Kanzel, und einer der Männer tritt hinaus. Verliebt wirft Kerry sich ihm in die Arme. Von ihrer stürmischen Annäherung überrascht, dauert es einen Moment, bis er beginnt sich zu wehren, sodass Kerry genügend Zeit bleibt, ihre Lippen auf seine zu pressen. Er reißt die Augen auf, würgt, dann geben seine Beine nach.

Der andere Nachtwächter steht mit der Hand an der Waffe in seinem Halfter. Kerry tritt zu ihm in die Kanzel.

»Keinen Schritt weiter, Lady …«

Sie lächelt und spielt mit der Spitze ihrer Zunge, als wollte sie sich lasziv über die Lippen lecken. Doch ihre Erdbeerzunge unterbricht die angedeutete Bewegung, schiebt sich kraftvoll nach vorn und zieht ihre eigene belebte Materie mühelos bis zu Kerrys Kinnspitze. Dort sitzt nun dieses Stück strammer tongebender Muskeln, offensichtlich selbstständig und doch unmöglich von seiner Wurzel getrennt, wie ein winziges Raubtier, Kröte oder Echse, bevor es hervorschnellt und in das Gesicht des Wachmanns klatscht. Auf seinem Schrei schwimmt die Zunge die Kehle des Mannes hinab, und er verliert das Bewusstsein.

Mit schnellen, effektiven Bewegungen entledigt Kerry einen der Männer seiner Schuhe und Uniform. Sie steigt in die enge Hose, bekommt sie aber nicht über die Hüften. Mit einer Art leichten Zuckens oder Zappelns verschiebt sie ihre Körpermasse, und passt sich an die erforderlichen Maße an. In dieser Verkleidung verlässt sie das Gebäude noch bevor die Wachablösung erscheint.

Dämmerung kündigt sich an, und die ersten Menschen bevölkern die Straßen auf ihrem Weg zur Arbeit. Während sie mit selbstbewussten Schritten durch die Stadt marschiert, betrachtet Kerry ihre Umgebung mit neuem Blick und ganz offensichtlichem Vergnügen. Nur wenige Blocks vom Diaverde-Gebäude entfernt bleibt sie vor einem Reisebüro stehen.

Ein Poster im Schaufenster wirbt mit einer tropischen Landschaft. Ein goldfarbener Strand, an dem Menschen in der Sonne baden, eine Bar unter Palmen, Segelboote, die auf den Wellen schaukeln. (Und im umsäumenden Dschungel gar das Gesicht einer großen Katze?) Verträumt rollt Kerrys neue Zunge über ihren Gaumen und tippt gegen ihre Zähne, als sie die Einladung, die auf dem Poster steht, laut nachspricht:

»Kommen Sie nach Bahia.«

In der Brieftasche des Wachmanns findet sie eine Fahrkarte mit noch genügend freien Feldern, um mit dem Shuttlebus zum Flughafen zu fahren.

Dort angekommen schlängelt Kerry sich durch die schwerbewaffneten Soldaten im Hauptterminal zur nächsten Damentoilette, die so früh am Morgen nur mäßig frequentiert ist. Nach einigen Minuten erscheint eine zierliche rothaarige Hispana in einem blumengemusterten Kleid, die einen Koffer hinter sich herzieht. Kerry lächelt, und die Hispana erwidert den freundlichen Gruß der Sicherheitsbeamtin.

»Könnten Sie wohl kurz einen Blick auf meinen Koffer werfen?«

»Aber natürlich.«

Die Frau öffnet die Tür zu einer der Toiletten und stellt überrascht fest, dass Kerry direkt hinter ihr steht.

»Was ist passiert?«

»Nichts.«

Sie stößt die Frau in die Kabine und erstickt ihre Schreie mit einem vollmundigen Kuss. Mit Kerrys dritter Zunge in der Kehle, fällt die Hispana zu Boden. Kerry hebt sie auf den Toilettensitz und beginnt, ihr Opfer zu entkleiden, während sie gleichzeitig die Uniform des Wachmannes zersetzt und diesmal die aufgelösten Reste in den Gully laufen lässt. Doch auch nachdem sie sich ihrer Kleidung entledigt hat, schwitzt sie weitere Liter milchiger Flüssigkeit aus, bis sie schrumpfend und zuckend die Gestalt der bewusstlosen Hispana angenommen hat.

In ihrer neuen Verkleidung, ausgestattet mit der Geldbörse und dem Gepäck ihres Opfers, tritt Kerry an einen Web-Kiosk und kauft mit der Kreditkarte der zierlichen Frau ihr Ticket nach Bahia.

Ihr Flug wird aufgerufen. Der Zollbeamte reicht Kerry den neuen Pass zurück. »Ich wünsche Ihnen einen guten Flug, Ms. Yemana.«

»Den werde ich haben, vielen Dank.«

An Board lehnt Kerry sich entspannt in ihren komfortablen Sitz in der Ersten Klasse. Die Klimaanlage des Flugzeugs rauscht leise und das Kabinenpersonal reicht Essen und Erfrischungsgetränke. Draußen erlauben die Wolken vereinzelte Blicke auf das unteilbare Meer, unter dessen Oberfläche die absonderlichsten Kreaturen schwimmen, deren ausgefülltes Leben jedoch ein allgemeines Geheimnis bleibt. Kerry streicht über den Stoff ihres Sitzes, lächelt, hebt das Glas, sodass die Eiswürfel klirren, und schleckt mit der Spitze ihrer vierten Zunge – für den Moment noch fest verwurzelt – kleine Schlucke ihres Drinks wie eine Katze. Sie schließt die Augen, der Stoff ihres Sitzes wird rau unter ihren Händen und verwandelt sich in ein Stück Sackleinen, dass man über die hölzerne Sitzbank eines rumpelnden knatternden Busses geschlungen hat. Heißer Stadtwind bläst durch den scheibenlosen Fensterrahmen an ihrem Ellbogen. Draußen gären die Hütten in der strahlenden Sonne. Die anderen Passagiere sind Einheimische. Sie sind ärmlich gekleidet und unterhalten sich in einer fremden Sprache. Kerry schließt erneut die Augen und streicht über den groben Stoff. Das raue Fell des Maultiers kitzelt unter ihren Fingern. Ihre Beine umschlingen seinen kräftigen Rumpf. Kerry hält die Zügel in der Hand, doch das Tier wird von einem anderen Reiter über die holprige, ungepflasterte, auf beiden Seiten von dichtem Dschungel gesäumte Straße geführt. Ein kühler Lufthauch weht die exotischen Düfte des Regenwaldes herbei. Um sie herum ragen Häuser in die Höhe, und sie steigt aus einer kleinen Kutsche. Mit erhobenem Kopf tritt sie über das Kopfsteinpflaster auf einen Gehsteig aus Granitplatten und durch die Eingangstür des Hotels. Ein Radio, so groß wie ein Webserver, spielt fröhliche Karnevalsmusik.

Der Herr an der Rezeption empfängt sie in einer Sprache, die sie nicht spricht. Er ist ein kräftiger Mann mittleren Alters mit einem Schnauzbart so dicht wie ein Besen. Ein leerer Ärmel seines gestreiften Hemdes ist zusammengefaltet und nach oben gesteckt. Mit einem breiten Lächeln nennt er ihr seinen Namen – »Senhor Arlindo Quincas« – und fragt nach dem ihren. Sie lächelt freundlich zurück, sagt nichts und berührt den verschwitzten Arm des Mannes, wobei sie mit ihren Fingerspitzen kleine Schweißtropfen aufsaugt. Die Berührung dieser attraktiven kleinen dunkelhäutigen Dame scheint ihm zu gefallen. Er erwidert ihr Lächeln und fährt fort zu reden. Nach einer Minute kann sie verstehen, was er sagt:

»… herzlich willkommen, Senhorita. Willkommen in Bahia.«

Zweiter Teil

Rings um die weißgetünchte säulengesäumte Veranda, die drei Seiten des Blue Afternoon Hotels umspannte, nur unterbrochen von drei blaugetünchten zur Straße hinabführenden Treppen auf ihrer Ost-, Süd- und Westseite (entlang der nördlichen Wand, durch einen Zaun vor den Blicken der Fußgänger geschützt, nichts als Abfalltonnen, Abwasserkanister, Sperrmüll und zerbrochenes Geschirr), wucherten hohe Büsche mit Blättern, die aussahen wie grüne Daumenabdrücke. Kaum gebändigt leuchtete ihre ungezügelte Lebenskraft, nicht einmal die täglichen Bemühungen des Dartpipe-Gärtners taten ihr Abbruch, der jetzt, wie stets, einen abgetragenen Hut über dem mahagonibraunen Gesicht, in der Glut der Mittagshitze mit dem unregelmäßig trägen Schnippschnapp seiner langstieligen Gartenschere an ihnen herumstutzte. Die starken Wurzeln, arthritische Hände hölzerner Riesen, verankerten die Büsche in der fruchtbaren Erde, filterten die leichte bahianische Brise, die dem Hotel und seinen Gästen sachte Kühlung verschaffte, und bereicherten den Geruch des nahen Meeres mit dem Duft von Kreosot, Eukalyptus und Rosmarin.

Neben dem Haupteingang des Hotels, der freien Blick auf die vorüberziehende Parade der Stadtbewohner, Händler, Arbeiter und Gäste ermöglichte, lümmelte an einem Tisch mit schmiedeeisernen Beinen und Glasplatte eine Gruppe Einheimischer in Korbsesseln mit hohen Lehnen. Ihre Hautfarbe variierte von schneeweiß bis lehmbraun, alle aber zeigten dasselbe lässige Gebaren. Die Kragen ihrer buntgemusterten Hemden aus Rindenstoff waren weit aufgeknöpft, und Leinenhosen in allen Schattierungen von Grau, Sandfarben, Dunkelbraun und mattem Lila bedeckten ihre sorglos übereinandergeschlagenen Beine. Breite nackte Füße mit dicken Zehennägeln steckten in feinmaschigen Sandalen. Jeder der Herren hielt ein großes Glas mit einer smaragdgrünen Mischung aus starkem Guavelikör, zerstoßenem Eis und Ananassaft, wovon zudem ein weiterer Krug zum Nachfüllen auf dem Tisch schwitzte. Die jeweils andere Hand zierte ein Stofftaschentuch aus Batist, von der Geliebten oder Ehefrau, Schwester oder Mutter, Tante oder Großmutter mit den Initialen des jeweiligen Eigentümers bestickt. Während sie tranken, wischten die Männer sich immer wieder über die schweißnassen Stirnen.

Menschen kamen und gingen, gefolgt von den Blicken dieser fünf betont desinteressierten und doch unermüdlichen Müßiggänger. Kühle Meerwindstöße tollten über die Veranda wie schläfrige Kätzchen. Gläser wurden geleert und wieder gefüllt. Dann bemerkte ein hagerer, knorriger Mann mit tief in ihren Höhlen liegenden Augen:

»Man erzählt sich, Senhor Arlindo Quincas halte sich jetzt eine Geliebte, und zwar hier im Hotel.«

Ein vornehmer älterer Herr mit vereinzelten silbrigen Brusthaaren im schwarzen Dickicht antwortete: »Ein derartiger Skandal spricht sich schnell herum.«

»Sie stammt nicht von hier«, ergänzte ein Dritter eifrig, noch unerzogen frisch und deutlich jünger als seine Kameraden, »und ist zudem gänzlich mittellos. Als sie nach der ersten Woche ihre Rechnung nicht bezahlen konnte, überredete sie ihn, ihre Schulden in Naturalien zu begleichen.«

Ein vielsagendes Lächeln umspielte die Lippen der fünf Männer. Ein vierter, rund wie ein Balg voller Kautschuk, erkundigte sich:

»Hat sie schon jemand gesehen?«

»Nein, sie verbringt die ganze Zeit in ihrem Zimmer.«

Der jüngste unter ihnen bemerkte: »Ich hörte, sie solle ununterbrochen bluten.«

»Du meinst, wie eine Frau bei ihrer Menstruation?«

»So sagt man. Seit über einer Woche.«

»Ist sie krank?«

»Nicht dass ich wüsste. Und Quincas nähme sich ohnehin, was er wollte, ohne sich um ihren Zustand zu scheren.«

»Vielleicht verschafft er sich sein Vergnügen auf anderem Wege.«

»Womöglich.«

Der Dicke sagte: »Und dann erzählt man sich von ihren Essgewohnheiten.«

»Ihre Essgewohnheiten? Was ist damit?«

»Sie scheint schier unersättlich. Nicht einmal ich wäre in der Lage, derartige Portionen zu verschlingen, und das gleich drei Mal am Tag. Und doch ist ihr Tablett jedes Mal, wenn es in die Küche zurückkommt, leergeräumt bis auf den letzten Krümel.«

Schweigend saßen die Männer da und sannen über dieses pikante, horizonterweiternde Rätsel nach. Nach einer Weile erkundigte sich ein wieselgesichtiger Bursche, der bisher geschwiegen hatte, in einem Ton voll triefender Unterwürfigkeit: »Weiß der ehrenwerte Senhor Reymoa davon?«

Bei dem Namen Reymoa verzog der Hagere mürrisch das Gesicht. »Als wenn es in dieser Stadt irgendetwas gäbe, materiell oder immateriell, das den gierigen Klauen eines Ovid Reymoa entgehen könnte. Er ist förmlich davon besessen, alles zu erraffen, physisch greifbar oder nicht. Und was der alte Mann nicht selbst findet und an sich reißt, das holen sich seine aufgeblasenen habgierigen Söhne.«

»Nichtsnutze, alle beide«, schimpfte der älteste der Müßiggänger. »Ovid hat sich seinen Reichtum wenigstens erarbeitet. Aber seine Söhne – ich weiß nicht, welchen der beiden ich mehr verabscheue, Hermeto oder Getulio.«

»Und dennoch würde ich beide ihrer Schwester vorziehen.«

»Da stimme ich dir zu. Darciana verdient die größte Verachtung. Eine solche Niedertracht hinter einer dermaßen ansprechenden Hülle zu verstecken!«

Wieder herrschte Schweigen, während die Müßiggänger

mit offensichtlicher Besorgnis Reymoas Brut begrübelten. Schließlich nahm der Älteste unter ihnen ihre ursprüngliche Unterhaltung wieder auf und bemerkte:

»Ich hörte, obwohl Quincas' Geliebte nicht das Vergnügen hatte, in Bahia geboren zu werden, so beherrscht sie doch unsere Sprache.«

»Ah!« »Das spricht wahrlich für sie!« »Allzu selten bemüht sich ein Fremder, unsere wunderschöne Sprache zu erlernen!« »Das wiegt manches auf!«

Nun, da sie diesem ominösen Mitglied des schönen Geschlechts zumindest ein Kompliment machen konnten, lehnten sich die Müßiggänger mit ihren kühlen Drinks und bestickten Taschentüchern zufrieden zurück, um die letzten Stunden des schwindenden Tages zu genießen, bevor ihre jeweiligen Verpflichtungen – Dinner, Theater, Rendezvous, Nachtangeln oder Schlafen – sie hinfortriefen.

* * *

Abblätternde Farbe auf einst kunstvoll lackierten Möbeln, rostgesprenkelte Scharniere in Form von Blättern, bronzene Zahlen, ein in Facetten geschliffener gläserner Griff. Durch die hölzerne Barriere gedämpft, wetteiferte ein leicht moderiger Geruch mit den strengeren Aromen von Bohnerwachs, Lavendelsäckchen und Insektenspray.

Vor der Tür zu Zimmer 334 blieb Arlindo Quincas stehen. Mit der einen ihm noch verbliebenen Hand zupfte er den leeren hochgesteckten Ärmel seines frischgestärkten Hemds zurecht, strich über sein mit Pomade zurückgekämmtes Haar und massierte sich mit Resten des farblosen Haarwachses an den Fingern duftendes Öl in seinen dichten Schnurrbart. Um diese heiße Nachmittagsstunde war der schattige Hotelflur, durch den der abgenutzte gemusterte blaue Teppich wie ein Fluss ohne Quelle oder Delta dahinfloss, still und menschenleer und schien sich zu beiden Seiten der unscheinbaren Tür ins Unendliche zu erstrecken.

Vor den offenen Fenstern hingen keine Fliegengitter, und die elfenbeinfarbenen Gardinen wehten sanft in der salzigen Meeresbrise.

Als Quincas seine Vorbereitungen beendet hatte, klopfte er zaghaft an die Tür, worauf eine Frauenstimme gebieterisch antwortete: »Komm herein, Arlindo.« Beim Klang seines eigenen Namens atmete Quincas, wie um seine Nerven zu beruhigen, einmal tief durch und griff dann so fest nach dem Türknauf, dass die Knöchel seiner Hand sich weiß färbten.

Er trat ein, doch sobald er die Tür wieder hinter sich geschlossen hatte, blieb er zögernd stehen.

Künstliches Zwielicht erfüllte das Rokokozimmer wie ein gespenstisches würzig duftendes Phönix-Nest aus nebligen Lichtstreifen. Senhorita Yemana, ein bleiches Königreich, lag nackt auf ihrem Bett. Sie hatte sich ein kleines Knäuel Handtücher zwischen die Beine geschoben. Der Anblick ihrer üppigen Gestalt sog Quincas' Blicke auf, wie ein Brunnen den Eimer am Seil verschlingt.

Bis auf Senhorita Yemanas Gesicht erinnerte nichts mehr an die Frau, die vor neun Tagen in seinem Hotel angekommen war, Quincas vertraulich am Arm berührt und auf diese Weise manch unvorhersehbare Ereignisse herbeigeführt hatte. Alles andere an ihr hatte sich verändert. Ihr vormals dunkler, zierlicher Körper hatte sich zu einem hellhäutigen, opulenteren gewandelt und war mindestens fünfzehn Zentimeter gewachsen. Ihr kastanienbraunes Haar war deutlich nachgedunkelt und hatte auf unerklärliche Weise seine Locken verloren. Zudem musste sie es geschnitten haben – auch wenn Quincas nirgendwo eine Schere oder abgeschnittene Haarbüschel hatte finden können.

Ein kleiner Gecko, Tangerine mit einem Streifen Zitrone, lief über die Wand am Kopfende des Bettes. Das Geräusch seiner Krallen und Härchen klang wie übermütiges Kratzen.

»Und wie habt Ihr Euch heute die Zeit vertrieben?«, zerschnitt Quincas' zaghafte Frage die Stille.

Um ihren Kopf auf den Kissen zusätzlich zu stützen, hatte Senhorita Yemana die Finger ineinander verschränkt und die Arme angewinkelt, sodass die Ellbogen zur Decke zeigten und ihre Achselhaare hervorschauten. Lächelnd ließ sie mit winzigen Muskelbewegungen verführerische ophidiane Wellen über Brüste, Rumpf und Beine gleiten.

»Wie gewöhnlich, Arlindo. Ich habe mich selbst erforscht.«

Quincas hüstelte höflich. »Die Philosophen sagen, dass ein solches Studium gewöhnlich die Spanne eines ganzen Lebens in Anspruch nimmt.«

»Aber nicht doch, ich bin heute fertig geworden.«

Auf diese ungewöhnliche Beteuerung wusste Quincas keine Antwort. Stattdessen rümpfte er die Nase. »Verzeiht, aber hier riecht es wie in einem Raubtierkäfig. Erlaubt Ihr, dass ich die verschmutzten Tücher nun entsorge, oder besteht Ihr noch immer darauf, sie hier zu sammeln?«

»Keine Sorge. Meine Blutungen sind beendet und dieses Bedürfnis in mir ist gestillt.« Senhorita Yemana setzte sich auf, wobei ihre Brüste wie Melonen in einer Hängematte hin und her schaukelten, und zog die blutigen Tücher aus der warmen Mulde ihres Unterleibs. Einen kurzen Moment lang hielt sie den triefenden Stoffballen in den Händen und formte ihn wie einen Klumpen Lehm, bevor sie einen schäumenden Spuckebausch auf ihn hinabgleiten ließ. Sie drehte sich auf die Seite und legte das neue Bündel zu den anderen, die sich bereits zwischen Bett und Wand auftürmten.

Quincas bekreuzigte sich und dankte den Göttern. »Ich vermag nicht zu erkennen, wie dieser glückliche Umstand sich auf die Notwendigkeit auswirkt, diesen Unrat zu entsorgen.«

»Mach dir darüber keine Gedanken, Arlindo. Komm her. Jetzt kannst du endlich meine Möse haben – es sei denn, du bevorzugst mittlerweile meinen Mund?«

Der Mann zitterte und stammelte. Die warme stickige Luft im Zimmer trieb ihm die Schweißperlen auf die Stirn. »Ich … ich kann nicht …«

»Du kannst dich nicht entscheiden? Aber natürlich nicht. Warum solltest du? Komm her zu mir.«

Mit unsicheren Schritten trat Quincas vor, bis seine Knie beinahe die Matratze berührten. Schon presste sich sein zum Bersten geschwollenes Glied schmerzhaft gegen den dünnen Stoff seiner Hose, der zwischen ihm und seiner neuentdeckten Art der Befriedigung stand. Mit ungewöhnlich geschickten Fingern öffnete Senhorita Yemana die Knöpfe. Die Hose glitt zu Boden und Quincas stieg ungelenk hinaus. Seine behaarten Schenkel formten ein Podest für die ansehnliche Trophäe seiner entblößten Männlichkeit.

Die Frau schob ihre Hand unter sein Glied, sodass die Eichel auf ihrem von blauen Venen durchzogenen Handgelenk ruhte; ihre Finger reichten nur etwa zwei Drittel des Weges bis zur Wurzel. Aus reinem Selbstschutz – eine Handlung, die ihm im Laufe der letzten Woche zur Gewohnheit geworden war – schloss Quincas die Augen.

Noch immer sitzend schob Senhorita Yemana sich ein wenig näher heran, bis sich ihre feuchten, leicht geöffneten Lippen nur noch wenige Zentimeter vor der Spitze von Quincas' Schwanz befanden. Die Zunge in ihrem Mund erblühte zu einem fremden Wesen.

Es schnellte in die Luft wie die tastende Spatha einer noch unentdeckten Pflanze. Für einen kurzen Moment schwebte das samtige, mit rubinrotem und roséfarbenem Brokat gesprenkelte Werkzeug über Quincas' Schwanz, bevor es sich hinabfallen ließ. Während seine Eichel Senhorita Yemanas Unterlippe küsste, umhüllte ihre Zunge sein Glied wie ein Mantel; allein die Unterseite war nun, da sie ihre Hand wegzog, nackt.

Ohne dass eine weitere Bewegung zu sehen gewesen wäre, dehnte ihre Zunge sich in die Breite, bis sie schließlich seinen gesamten Schwanz umfangen hielt. Sobald sie an der Unterseite zusammentrafen, verschmolzen die Ränder der Zunge und bildeten nun einen engen artikulierten Schlauch.

Quincas entfuhr ein feierliches Stöhnen. Senhorita Yemana ergriff seinen Arsch und zog ihn an seinem zungenummantelten Schwanz weiter heran.

Schon lag ihr Gesicht in seinen Schamhaaren, Nase und geöffneter Mund drückten sich in sein Fleisch, während seine intubierte Männlichkeit in ihrer Kehle verschwand.

Äußerlich wirkte diese fellatristische Szene gänzlich reglos, keine ruckartigen Bewegungen des Kopfes, keine auf und ab gleitenden Lippen, kein unterstützendes Streicheln der Hand, und auch keine pumpenden Bewegungen der männlichen, in starrem Griff gehaltenen Hüften. Und dennoch bewiesen Quincas' verschwitztes Gesicht und seine geschlossenen Augen schon bald die Existenz und die Steigerung einer verborgenen Erregung. Sein Mund öffnete sich, um dem Stöhnen und Grunzen freien Lauf zu lassen. Er legte Senhorita Yemana die Hände auf den unbewegten Kopf, ohne jedoch ihrem verborgenen Melken an der Röhre seines Schwanzes die Richtung vorgeben zu können.

Nach nur einer Minute zuckten Quincas' Hüften in orgasmischen Stößen heftig nach vorn. Senhorita Yemana verharrte unbeweglich wie ein im Wasser schwebender Schiffshalter, bis die letzte Muskelkontraktion versiegt war. Dann zog sie den Kopf zurück, verzog die Lippen zu einem sauberen, trockenen Lächeln und befahl mit nunmehr ganz und gar menschlicher Zunge: »Und jetzt leg dich aufs Bett.«

Quincas öffnete die Augen. Seine Knie drohten unter ihm nachzugeben. »Aber … ich werde ihn so schnell nicht wieder hochkriegen …«

»Tu, was ich dir sage.«

Quincas stieg ins Bett und legte sich auf den Rücken. Senhorita Yemana setzte sich rittlings auf ihn, griff hinter sich, nahm sein noch nicht gänzlich erschlafftes Glied und führte es in ihre kußbereite Möse. Sie sank hinab und führte ihn scheinbar bis an die Grenzen des Möglichen in sich hinein. Doch dann, und ohne dass Quincas sich bewegt hätte, schnellten seine Hüften empor und drangen noch ein wenig tiefer, so tief, dass selbst seine Hoden teilweise verschwanden. Er rutschte hin und her, um in dieser schwierigen, aber nicht unmöglichen Haltung die richtige Lage zu finden.

Wie zuvor ihr Mund begann nun Senhorita Yemanas unnatürliche Möse ohne größere Bewegungen des dazugehörigen Körpers ihre Arbeit, denn das kreisende Pulsieren, das Auf und Ab geschah unsichtbar in ihrem Innern.

Vielleicht war es die männliche Konstitution oder bewusste Prolongation, denn diesmal dauerte es länger, bis Quincas zum Höhepunkt kam. Minutenlang erlag der Mann verzückt, mit geschlossenen Augen und vor Lust verzerrtem Gesicht der Frau auf ihm. Senhorita Yemanas Miene war weniger ekstatisch, zeigte aber dennoch wahres Vergnügen.

Während sie zum zweiten Mal Quincas' Samen aus ihm heraussog, blickte sie zu dem schmalen Spalt zwischen Bett und Wand, wo der schillernde Gecko vorsichtig über die Tapete zu ihnen herüberlief, scheinbar angezogen von einer Bewegung, die außerhalb ihres Blickfelds lag.

Etwas, das aussah wie eine dick verbundene Kinderhand, griff an den Rand der Matratze. Der Verband war von blutigen und anderen strohfarbenen Flecken übersät. Eine zweite Hand folgte der ersten, und gemeinsam zogen sie den Rest des Wesens aus dem Spalt hervor.

Die Kreatur bestand aus Senhorita Yemanas abgelegten, miteinander verbundenen, verschlungenen und zum Leben erweckten Menstruationstüchern und sah aus wie eine kleine Mumie oder ein Männchen aus Papiermaché. Jetzt stand es auf der Matratze und betrachtete seine Mutter mit liebevoller Neugierde; die Tatsache, dass es gar keine Augen hatte, schien die Zuneigung in seinem Blick nicht im Geringsten zu mindern.

Ohne sich von dem in seiner Lust versunkenen und vor Wonne blinden Quincas abzuwenden, streckte die Frau ihre Hand aus und streichelte das Lumpenkind zart über die Wangen.

»Geh jetzt«, flüsterte sie ihm zu.

Das Lumpenkind lief um das merkwürdig bewegungslos fickende Paar herum und berührte dabei Quincas Bein mit dem Fuß.

»Was ist das?«, fragte der erschrocken.

Doch als er die Augen öffnete, versperrte Senhorita Yemana ihm die Sicht. »Nichts. Eine Fliege. Warte, wie fühlt sich das hier an?«

Quincas keuchte auf. »Was habt Ihr getan?«

»Das ist nur eine kleine Wurzel in deinem Schwanz, um ihn noch ein wenig mehr zu reizen. Entspann dich.«

Quincas gehorchte. Das Lumpenkind stand jetzt an der Zimmertür. Es sprang hoch, langte nach dem Griff und drehte ihn, sodass die Tür einen Spalt breit aufschwang. Dann trippelte es hinaus.

Als Quincas zum Höhepunkt kam, heulte er wie ein Wolf, der von den Hörnern eines Stiers durchbohrt wurde.

Die Frau stieg von ihm herunter und aus dem Bett. Kein Tropfen floss aus ihrer Möse. Sie machte sich daran, ihre neuen Kleider anzuziehen, die Quincas gekauft hatte, da die alten für ihren neuen Körper zu klein geworden waren.

Nach einer Weile begann Quincas zu sprechen, leise, ernst und ohne große Hoffnung.

»Ich bin nicht verheiratet und habe keine nahen Verwandten. Doch ich habe genug zum Leben und meine Ersparnisse reichen für uns beide. Bitte bleibt noch ein wenig bei mir – solange Ihr wollt.«

Mit dem Rücken zu dem noch immer auf dem Bett liegenden Mann band Senhorita Yemana sich den langen, mit Orchideenblüten bedruckten Wickelrock um die Hüften. Als sie sich ihm wieder zuwandte, blickte er in ein fremdes hellhäutiges Gesicht, das zur Hälfte von einem leuchtenden dunkelroten Muttermal überzogen war. »Nein, Arlindo. Ich muss weiterziehen, das liegt in meiner Natur.«

Ungeniert begann Quincas zu weinen. Die Frau mit dem Gesicht einer Fremden trat zu ihm, knöpfte sein Hemd auf und entblößte den Stumpf seines Arms. »Doch weil du so freundlich zu mir warst, möchte ich dir noch einen letzten Gefallen erweisen.«

Sie beugte sich über ihn, sodass ihr Busen gegen seine Brust wogte. Dann begann sie mit leicht geschwollener Zunge gegen seinen mit den Jahren glatt verwachsenen Armstummel zu schlagen. Mit noch immer tränennassen Augen bemerkte Quincas verblüfft: »Das kribbelt.«

»Das soll es auch.« Nachdem sie in aller Ruhe ihren Speichel aufgetragen hatte, wandte sie sich wieder ab und kleidete sich weiter an: hochgeschnürte Riemchensandalen und eine fliederfarbene Baumwollbluse.

An der Tür blieb sie noch einmal stehen. Am Türpfosten hing der dritte Bewohner des Zimmers. Der Gecko hatte offenkundig beschlossen, Senhorita Yemana zu folgen. Noch bevor der schniefende Quincas auch nur blinzeln konnte, hatte sie das Kriechtier am Schwanz gepackt und abgepflückt. Ohne zu zucken und seltsam teilnahmslos fügte die Kreatur sich in ihre Gefangenschaft.

»Spiel nicht den Beleidigten, Arlindo. Du hast nicht die geringste Vorstellung davon, wie töricht der Wunsch ist, den ich dir abschlage «

Der Gecko verschwand, und gleich darauf auch die Frau.

* * *

Als Arlindo Quincas sich mit seinem kräftigen neuen Arm – bis auf den letzten Haarwirbel das perfekte Abbild seines älteren, wohlbekannten Gegenstücks – zu den fünf Müßiggängern auf der Veranda gesellte, reagierten diese mit angemessener Dramatik, und ihre erstaunten Encomia kamen unmittelbar von Herzen. Quincas, im neuen kurzärmligen weißen Hemd von Velosos Textilwaren, gestattete den fünf Männern, seinen neuen Arm zu drücken und zu klopfen, ihn zu knuffen, zu stupfen und zu biegen wie eine ganze Kirche voll ungläubiger Thomasse.

»Das wird die moderne Medizin revolutionieren«, erklärte der Älteste unter ihnen energisch, nachdem sie alle sich davon überzeugt hatten, dass Quincas' neuer Arm tatsächlich echt war. Der Anführer der Müßiggänger wischte sich den Schweiß von seiner Römernase und erhob das Glas. »Darauf trinken wir!« Sie tranken mehr als nur eine Runde, und bald musste ein rehäugiges Dartpipe-Mädchen in der Bedienstetenuniform des Hotels einen neuen Krug und ein Tablett mit Häppchen von geröstetem Wickelbär von der Bar bringen. (Die anmutige junge India bewegte sich mit einer stillen Würde, immer begleitet von einem geheimnisvollen, unergründlichen und beinahe unterschwelligen Klacken wie von Kastagnetten.)

Der Vornehme schlang ein Stück Fleisch hinunter, das er gerade vom Spieß gezogen hatte, und sagte: »Ich schlage vor, wir entsenden noch heute Nachmittag eine Delegation zu Doktor Flávio Zefiro.«

Quincas widersprach heftig und schlang seinen alten Arm beschützend um den neuen. »Nein, oh nein, ich habe nicht vor, den Rest meines Lebens in Untersuchungszimmern und Vorlesungssälen zu verbringen. Und ich weigere mich, aus meinem kleinen persönlichen Wunder eine Serienproduktion zu machen.«

»Wir würden den Doktor heute ohnehin nicht antreffen«, erklärte der hagere Kumpan mit dem auffällig wippenden Adamsapfel. »Seine Kutsche ist fort, und ich habe gehört, er sei in die Hauptstadt gefahren, um seine Apotheke aufzufüllen.«

Allein der jüngste unter ihnen schien nicht gewillt, die Angelegenheit fallenzulassen. »Wie willst du ein solch grandioses Ereignis vor den bewundernden Blicken deiner Mitmenschen verbergen? Die Leute werden reden.«

»Dann lasst sie reden. Ich werde alles abstreiten. Den Unfall in der Zuckerrohrmühle hat es nie gegeben. Wer erinnert sich schon an Dinge, die sich vor fünfzehn Jahren ereignet haben? Unsere Erinnerung spielt uns nicht selten einen

Streich. Ich kann mich ja selbst nur noch dunkel an manche Dinge erinnern, die gerade erst geschehen sind. Wer kann schon mit Sicherheit behaupten, dass ich jemals eine fremde Dame von zweifelhafter Moral und mit übernatürlichen Kräften hier im Blue Afternoon beherbergt hätte? Obschon gerade einmal zwei Tage vergangen sind, da meine chimärische Geliebte mich verlassen hat, scheint es mir doch wie eine Ewigkeit. Das Fieber, das mich den ganzen ersten Tag über ans Bett fesselte, ließ mich immer wieder für viele Stunden das Bewusstsein verlieren.«

Der dicke Müßiggänger strich sich nachdenklich über seine Kehllappen. »Und dennoch, sagst du, verlangte es dich nach Nahrung?«

Quincas nickte. »Ich kaute und schluckte zur Genüge, und doch wie im Traum.«

»Hast du einmal über die finanziellen Möglichkeiten nachgedacht?«, unterbrach sie der Wieselgesichtige. Listig rieb er sich die große Warze an seiner Nase und fuhr fort: »Manch einer würde wohl viel Geld bezahlen, um deinen neuen Arm zu sehen und deiner Geschichte zu lauschen.«

Doch Quincas winkte ab und bekräftigte noch einmal seinen Entschluss. »Niemals. Das wäre Blasphemie an ihrer Erinnerung und an allem, was sie für mich getan hat.«

Der hagere Müßiggänger mit den unheimlichen Augen, der von Doktor Flávios Abwesenheit gewusst hatte, schnaubte und rief: »Blasphemie! Nach allem, was du uns von dieser Lilith berichtet hast, glaube ich beinahe, die Blasphemie ist bereits geschehen.«

Quincas ballte seine neue Hand zu einer Faust. »Einige meiner neuen Muskeln bedürfen noch der Erprobung.«

Ihr Kumpan mit dem silbrig glänzenden Haar bemühte sich, die beiden Parteien zu beschwichtigen, und schon bald saßen die sechs Männer wieder freundschaftlich beisammen und ergötzten sich an ihren grünen Cocktails.

Während des Gesprächs war das Schnippen der Scherenblätter in den Händen des Dartpipe-Gärtners beständig näher gekommen, und auf der anderen Seite der Büsche direkt neben dem Tisch der Müßiggänger stieg jetzt eine dünne Säule nach Kräutern duftenden Rauches auf. Als Quincas' Blick auf dieses Wahrzeichen seines langjährigen Mitarbeiters fiel, rief er mit heiterer Stimme, die sowohl dem Alkohol als auch seiner wunderbaren Heilung geschuldet war: »Ja, selbst die abergläubischen 'pipes nehmen mein Glück hin, ohne dumme Fragen zu stellen. Ich werde es euch beweisen. Ixay! Komm einmal her zu uns!«

Der Gärtner kam die nächstgelegene Treppe hinunter und trat zu den Männern. Er nahm den staubigen, abgetragenen Hut vom Kopf, paffte aber weiterhin an seiner wurzelförmigen handgerollten Zigarre. Sein dunkles vernarbtes Gesicht – eine Holzbohle mit Astlöchern als Augen – zeigte keine Regung.

»Ixay, was sagt ihr Indios zu meinem neuen Arm?«

Der Gärtner nahm die Zigarre aus dem Mund, paffte einen letzten Pilz aus Rauch und sagte dann bedächtig: »Es war eine sehr mächtige Bruja. Ihr habt sie gut behandelt, und sie hat es Euch gedankt. Das ist nicht ungewöhnlich. Auch mein Vater kannte eine Hexe, die viele Tage unter Wasser bleiben konnte, denn ihre Mutter war eine Seekuh gewesen. Einmal hat sie ihm ein Messer wieder heraufgebracht, das er beim Fischen verloren hatte. Und doch mag ein anderer, der mit *Eurer* Hexe in Berührung kommt, nicht so viel Glück haben. Darf ich nun zu meiner Arbeit zurückkehren?«

»Ja, ja, geh nur.«

Eine Weile war es still, während der Hotelier und seine Gäste über die Bemerkung des Indios nachsannen. Schließlich brach der Jüngste von ihnen das Schweigen. Nachdenklich spielten seine Finger mit dem dünnen blonden Kinnbart, als er sagte: »Ob die Bruja sich wohl noch in Bahia aufhält? Das würde mich wahrlich interessieren.«

* * *

Die Hütte schmiegte sich in eine Gruppe hoher Bäume, deren Blätter wie glitzernde Bänder von ihnen herabhingen; ein jeder Baum der alleinige Herrscher über ein großes Territorium, auf dem er es anderen Pflanzen unmöglich machte Wurzeln zu schlagen. Auf diese Weise wirkte das Wäldchen beinah wie eine künstlich angelegte Lichtung mit einem grünen Dach und hartem Boden, der hin und wieder von mächtigen zerfurchten Baumstämmen durchbrochen wurde. In ihren Kronen lebten jedoch viele Tiere: schnatternde Äffchen, plappernde Papageien, zwitschernde Singvögel. Ein großer gestreifter Vogel mit einem Schnabel, der aussah wie eine schiefe Zange, ernährte sich von den ölhaltigen billardkugelgroßen Nüssen der Bäume und bedeckte den Waldboden mit kleinen Stückchen ihrer Schalen wie ein Raffiaregen. Träge Lemuren, so lautlos wie Nonnen und präzise wie Buchhalter, bewegten sich mit großen Augen durch das Blätterdach. Krötenechsen saßen verschwörerisch auf einzelnen Schiefervorsprüngen wie Edelmänner auf einer unbesiegten Bastille. Schmetterlingsdivas nippten an den Flakons der Orchideen, die ineinander verschlungen wie unregelmäßige Gardinen in einem Märchentheater in unzähligen Farben und Formen von den Bäumen hingen. Sie waren die einzigen Pflanzen, die das Herrschaftsgebiet der Bäume teilen durften.

Die kleine Hütte war eher willkürlich aus zusammengeklaubtem Baumaterial – abgerissenen Brettern, schief aneinandergenagelten Balken – errichtet worden und schien kaum mehr als einen einzelnen Raum zu beherbergen. Aus der oberen Ecke des windschiefen Daches, das mit dicken Stücken borstiger Rinde gedeckt war, ragte ein blechernes Ofenrohr in den Patchworkhimmel (unberührt von Wolken oder Kondensstreifen, im Zenit von der imperialen Sonne gebleicht). Kein einziges Fenster durchbrach die Außenwände der Hütte, und die Tür, die von einer ungleich eleganteren Konstruktion stammte, ragte an zwei Seiten über die ihr zugewiesene Öffnung hinaus, während sie auf den anderen beiden breite Spalten ließ. Sie war mit Schiffstauen befestigt worden, und ihre herabhängende Ecke hatte eine bogenförmige Schlucht in den Waldboden gegraben.

Ein holpriger Pfad führte von der Lichtung nach Osten, und über diesen Pfad stapfte nun eine einsame Gestalt zurück zur Hütte.

Die dünne, androgyne, in dunkle Lumpen gekleidete Wanderin lief barfuß und mühte sich unter der Last eines riesigen mit einer Plane abgedeckten Flechtkorbs auf ihrem Rücken. Unter ihrem gagatschwarzen Topfschnitt zeigte sie die Gesichtszüge einer Mestiza: rostbraune Haut, Augen wie feuchter Schwemmboden, eine schlanke Nase und schmale Lippen. An ihren Ohren baumelten ein halbes Dutzend billige Ohrringe aus gehämmertem Kupfer und buntem Glas.

Vor der geschlossenen Tür der Hütte ließ die Mestiza den Korb mit einem steifen aber erleichterten Zucken von ihren Schultern hinabgleiten. Sie drückte die Wirbelsäule durch und knetete kurz ihren unteren Rücken. Dann klopfte sie zaghaft an die Tür und rief: »Senhor Lazaro, seid Ihr wach? Ich bin wieder zurück und habe die Vorräte mitgebracht.«

Keine Antwort. Die junge Frau unterließ es, die Tür zu öffnen oder ein zweites Mal zu rufen. Über ihr raschelten die Tiere geschäftig im Blätterdach, und ein Klecks Sonnenlicht kroch ein winziges Stückchen über ihre Zehen. Sie legte die Finger auf die mit einer Schnur straff gespannte Plane des Flechtkorbs und trommelte leise eine Melodie, die sie in der Stadt gehört hatte.

Fünf Minuten später drang eine dichte Folge von Geräuschen aus der Hütte: das Knarren eines mit Seilen verzurrten Bettes, unverständliches Gemurmel, das Klirren von Flasche an Glas, ein herzhaftes Schmatzen, ein Grunzen – und dann ein plötzliches Poltern und Krachen, gefolgt von lautem Fluchen.

»Verdammter gottloser Besen! Wer hat das Ding überhaupt hier abgestellt? Caozinha! Wenn du wieder zurück bist, was wartest du dann da draußen wie ein Geist! Komm herein, verdammt noch mal!«

Caozinha beendete ihr nahezu lautloses Lied, seufzte und öffnete die Tür, wobei sich die Furche noch ein wenig vertiefte.

Das Innere der Hütte, schwach erleuchtet von einer einzelnen Petroleumlampe, glich einem Diorama, das zwei Kuratoren im Wettstreit miteinander zusammengestellt hatten: ein selbsternannter Naturforscher, der das einfache Leben eines Troglodyten zu präsentieren gedachte, und ein Weltverbesserer, der sich um eine Illustration zu seiner Abhandlung über die Armut in Bahia bemüht hatte. In einer Ecke lag grob gezimmertes Werkzeug – eine Hacke, eine Säge und ein Pflanzstock. An der Wand stand ein schmales Bett mit einer hauchdünnen Matratze und zerknüllten Decken. Ein Herd aus dünnen Metallblechen versorgte das Ofenrohr auf dem Dach, und ein wackliger Tisch vom Sperrmüll – zwei solide Stühle aus ungeschälten Holzblöcken bewahrten ihn vor dem totalen Zusammenbruch – bot einer Flasche mit einer klaren Flüssigkeit und einem Becher unsicheren Halt. Auf den krummen Regalen standen Eimer, Dosen, Gläser und Kanister mit diversen Vorräten. Den impertinenten Besen hatte man unters Bett geschossen.

Doch die eigentliche Attraktion des Zimmers bildete der riesige Mann, der jetzt über die knarrenden Dielen schwankte und mit seinen olivgrünen Augen in das helle Tageslicht blinzelte. Er war nackt bis auf ein Paar schmutziger weißer Shorts, wie Fischer sie gewöhnlich trugen, sein übriger hellhäutiger, speckiger Leib war übersät von dichtem bronzefarbenen Haar, und sein elfenhafter Rauschebart reichte beinahe hinab bis zu seiner kanonenkugelgroßen Wampe, die an den Bauch einer Schwangeren erinnerte. Die Hände des Mannes waren so groß, dass er, würde er sie zu einer Schale zusammenlegen, einen guten Teil von Caozinhas Kopf darin verstecken könnte.

»Beweg deinen kleinen Arsch hierher«, befahl Lazaro.

Die Mestizin gehorchte und hievte den Korb in die Hütte. Als sie die Tür wieder geschlossen und auf diese Weise den Mann und auch sich selbst wie in einer Krypta vor dem freundlichen Sonnenlicht verborgen hatte, saß Lazaro bereits auf einem der stämmigen Stühle und füllte sein Glas zum zweiten Mal.

»Hast dir ganz schön Zeit gelassen in der Stadt«, bellte er, nachdem er den Rum hinuntergestürzt hatte.

»Nein, das ist nicht wahr. Ich habe alles sofort erledigt. Als ich wieder im Wald war, bin ich sogar gerannt, weil ich das Gefühl hatte, von etwas verfolgt zu werden.«

»Etwas? Was meinst du damit?«

»Ich weiß es nicht. Es hat sich mir nie wirklich gezeigt. Nach den Geräuschen zu urteilen, die es machte, und nach dem, was ich von ihm sehen konnte, war es etwa so groß wie ein Kind, aber es bewegte sich wie ein wildes Tier.«

Lazaro leerte sein Glas so hastig, dass die Hälfte hinausschwappte und seinen schmutzigen Bart benetzte. »Unsinn! Bestimmt war es einer der Jungen aus der Stadt. Er wollte dich wohl überreden, ihn zu vögeln, schließlich wissen dort alle, was für ein kleines Flittchen du bist.«

Caozinha antwortete nur: »Ich muss die Einkäufe wegräumen.«

»Wo ist das Wechselgeld?«

»Es gibt kein Wechselgeld! Keinen Kiel! Ich hab gefeilscht wie ein Jude, um mit dem Geld überhaupt auszukommen.«

Lazaro schnaufte. »Dann beeil dich.«

Die Mestizin trödelte nicht, doch bemühte sie sich auch nicht, ihre Aufgabe rasch zu erledigen. Lazaro trank derweil weiter und beobachtete sie mit Raubtierblick. Während sie die Vorräte sortierte, fragte er: »Was erzählt man sich so in der Stadt?«

Caozinha hielt inne. »Nichts Besonderes. Seit ich das letzte Mal dort war, ist nichts Aufregendes geschehen.«

Lazaro nickte, als bestätigte die Information über die ereignislose und schläfrige Stadt seine zynischen Erwartungen.

»Das reicht. Dreh dich um.«

Sie stellte sich links neben den sitzenden Giganten und präsentierte ihm ihr Hinterteil. Mühelos ergriff Lazaro ihre Taille und hob sie in die Luft. Caozinha kannte offensichtlich dieses Prozedere, denn sie zog die Beine an, damit sie ihm nicht im Weg waren. Mit einem Lächeln unter seinem Schnurrbart, das aussah wie ein Loch, das man in eine Hecke geschnitten hatte, balancierte Lazaro sie über seinem eingeschmierten Schwanz. Caozinha streckte die Beine wieder aus, und er ließ sie herab. Als der breite Kopf durch ihren schmalen Schlitz drang, hingen ihre Füße noch immer fünf Zentimeter über dem Boden, und als sie auf beiden Seiten von ihm die Holzdielen berührten, war Caozinha sicher aufgespießt. Doch Lazaro führte sie noch weiter hinab, bis sie auf ihm saß.

»Und jetzt bestreiche es. Bestreiche das heiße Brot in deinem Ofen.«

Das Mädchen stützte die Hände auf die pelzigen Oberschenkel des Mannes und begann mit aller Kraft zu ficken, indem es sich auf die Zehenspitzen stellte und wieder hinabschoss. Der tüchtige Stuhl keuchte, hielt aber stand, als Lazaro ihre Bewegungen im gegensätzlichen Rhythmus erwiderte. Seine schlabbernden behaarten Zitzen waberten über der dicken Muskelschicht. Er griff nach ihren Brüsten, um ihre Nippel zu kneifen und zwischen den Fingern zu rollen. Dann begann er mit heiserer Stimme zu flüstern:

»Deine Mutter war auch so eine Schlampe. Eine indianische Schwanzlutscherin. Doch du bist noch schlimmer, du würdest sogar mit einer Baumwurzel ficken, wenn ich dir nicht so gut die Muschi stopfen würde. Ah, halte es einen Moment da oben … und jetzt runter … langsam! Sie wollte meinen Namen tragen, deine Mutter. Und sie wollte, dass auch du ihn bekommst. Aber du bist nicht von mir, dunkles Mädchen. Deine Mutter hat vor ihrem Tod zu viele Männer gefickt. Dein Vater ist wahrscheinlich irgendein Seemann aus fernen Ländern, der in Bahia nur kurz Station gemacht hat. Vielleicht ein Araber aus Afrika. Was glaubst du? Hat deine Mutter mit 'nem Kamelficker gevögelt? So wie du schleppen kannst, könnte man fast glauben, dass Kamelblut in deinen Adern fließt.«

Caozinha antwortete nicht auf Lazaros Behauptungen und Fragen, und solange sie weiterhin seinen Schwanz bearbeitete, schien ihn das auch nicht weiter zu stören. Als ihre Bewegungen heftiger wurden, griff er mit der rechten Hand an ihre Klitoris und nahm ihre beiden kleinen Brüste in die linke. Seine grobe Umarmung ließ sie aufkreischen, und wie auf Kommando jagte Lazaro mit einem brutalen Stoß sein Sperma in sie hinein.

Der arme gepeinigte Stuhl stridulierte wie ein Insektensamba, als das noch immer vereinte Paar nach hinten sackte. Lazaro füllte erneut sein Glas. Erst als seine Erektion ausreichend abgeklungen war, konnte Caozinha von ihm hinuntersteigen.

»Zieh dir was an«, befahl Lazaro, »und sieh zu, dass du hier drin ein wenig Ordnung schaffst. Dann holst du ein Büschel Hülsenblätter für den Ofen. Ich gehe wieder schlafen. Das Schreiben letzte Nacht war harte Arbeit. Und sei leise.«

Sperma lief über ihre Schenkel. Caozinha schlüpfte in ihr Kleid und benutzte es, um sich damit abzutupfen, wobei sich dunkle Flecken auf dem grauen Stoff bildeten. Sie zog den Besen unter dem Bett hervor, auf dem Lazaro sich bereits zur Ruhe gelegt hatte, und begann zu fegen. Nicht lange, und lautes Schnarchen erklang im Duett mit dem bescheidenen Rascheln des Besens.

In einer dunklen Ecke der Hütte stieß sie auf einen Haufen zerknüllter Manuskriptseiten. Sie warf einen Blick über die Schulter zu Lazaro, der noch immer die Luft mit seinem Schnarchen malträtierte. Dann klemmte sie sich den Besen unter einen Arm, bückte sich hinunter und nahm eine der Seiten auf. Sie trat ins Licht, glättete das mit Bleistift beschriebene Blatt notdürftig und las:

SHE-BEAST
von Lazaro Sabino

> Niemand in diesem kleinen abgeschiedenen Dorf im Regenwald wusste, woher die fremde Frau stammte. Eines Tages, zum Entsetzen der bornierten Dorfbewohner, war sie einfach da, wie ein Fels, aus weiter Tiefe von den wogenden Gedärmen der Erde an die Oberfläche geworfen.
>
> Die erste, die ihr begegnete, war das arme Mütterchen Thais, das zum Brunnen gekommen war, um Wasser zu holen …

Die Geschichte schien die Mestizin nicht sonderlich zu interessieren, denn sie machte keine Anstalten, nach weiteren Teilen des misslungenen Manuskripts zu suchen, sondern stopfte alle Blätter in den kalten, mit Asche gefüllten Bauch des Ofens. Nachdem sie den dürftigen Hausrat in der Hütte in Ordnung gebracht hatte, nahm sie einen kleinen leeren Flechtkorb, der neben dem Ofen stand, und schlüpfte lautlos durch die schiefe Tür ins Freie.

Das strahlende chlorophyllgefilterte Sonnenlicht ließ sie hinter der geschlossenen Tür der Hütte für einen Moment blinzelnd verharren. Als ihre Augen sich an die funkelnden Lichtstrahlen gewöhnt hatten, begann sie die trockensten Hülsen, die die Nussfresser von den Bäumen fallen ließen, aufzusammeln, und bald hatte sie ein ganzes Büschel beisammen. Sie stellte den gefüllten Korb an die Tür und richtete sich sichtlich entspannter wieder auf. Während sie über die Lichtung schlenderte, begann sie das Lied zu summen, dessen Rhythmus sie zuvor getrommelt hatte.

Am Rande der Lichtung, wo Bahias typische vegetative Flut auf Befehl der Bäume Halt machte, begann Caozinha aufmerksam nach etwas zu suchen. Im kniehohen Gebüsch und von der Hütte aus nicht mehr zu sehen, stand eine große ausladende aloe-artige Sukkulente, ein Feldposten aus weichen Speeren. Sie pflückte einen der saftigen Stiele, aus dessen abgerissenem Ende der Saft floss, und zerdrückte ihn zu einem kühlen Mus. Dann zog sie ihr Kleid hoch und tupfte sich das Gel vorsichtig zwischen ihre Beine.

»Hast du etwas Wasser für mich?«

Caozinha zuckte zusammen und schrie laut auf.

Neben ihr stand eine große korpulente Dame, die vormals elegante, leichte Stadtkleidung zerrissen und voller Flecken. Ihr weißes Gesicht schien recht freundlich, doch das weinrote Muttermal, das einen Teil ihrer Züge verdeckte, gab ihr den Anschein, als trüge sie eine Maske.

Caozinha antwortete nicht sofort, und als wollte sie den Grund ihrer Bitte erklären, hob die Frau ihre Hand.

Ameisen, bewegungslos und wie mit Honig angeklebt, überzogen ihren Arm und bildeten eine fleckige zweite Haut aus Chitin.

»Sie machen mich durstig«, sagte die Fremde und leckte sich die Insekten in nur vier breiten Zügen vom Arm, erst an der Handfläche, dann außen.

Caozinha hatte die Sprache wiedergefunden. »An der Hütte gibt es Wasser.«

»Gut. Führe mich hin.«

»Aber, mein Herr …«

»Herr?«

»Der Mann, bei dem ich lebe. Er hält nicht viel von Besuchern.«

Die Fremde schnüffelte leise und mit geblähten Nasenlöchern.

»Hat er dich gerade gefickt?«

Caozinha schaute zu Boden. »Ja.«

»Komm her.«

Das Mädchen gehorchte. Die Frau griff unter Caozinhas Kleid und wischte einen Finger breit reinen Spermas von ihrem Bein. Der Leckerbissen aus perlmuttfarbenem Schaum folgte den Ameisen. Nach einem kurzen Moment entschied sie:

»Er wird keine Schwierigkeiten machen. Komm.«

Respektvoll und mit einem ehrfürchtigen Ausdruck auf ihrem kleinen Gesicht folgte die Mestizin der Frau, die anmutig durch den Dschungel schritt. Als sie die Lichtung erreichten, marschierte die Fremde entschlossen auf die Hütte zu.

»Wie ist Ihr Name?«, fragte Caozinha zaghaft.

»She-Beast.«

Caozinha schwieg einige Schritte lang. Dann sagte sie: »She-Beast, das Wasser ist hier drüben.« Sie zeigte auf einen grob gezimmerten Sammelbehälter, der halb verdeckt unter den grünen Schatten stand. Wie ein flacher Baldachin oder eine riesige Hängematte war mit vier Seilen ein großes rechteckiges Stück Segeltuch zwischen vier Bäume gespannt worden. Unter dem Loch im trichterförmigen Zentrum des Regensammlers stand ein großes Fass, um das Wasser der regelmäßigen Tropengewitter zu sammeln.

Dorthin wandte die Frau sich nun, und Caozinha folgte ihr. An der Regentonne angekommen hielt die Fremde den durchhängenden Bauch des feuchten Baldachins in die Höhe, tauchte ihren gesamten Kopf ins Wasser und trank, ohne sich um die Insekten zu kümmern, die auf der Wasseroberfläche schwammen. Nach einer Weile richtete sie sich sichtlich zufrieden wieder auf, wobei ihr das Wasser noch immer über das Kinn rann.

»Und nun lass uns zu deinem Herrn gehen.«

Caozinha verkniff sich weitere Warnungen und begleitete die Frau zur Hütte. Diese öffnete ohne zu klopfen oder sich anderweitig anzukündigen die widerspenstige Tür und trat hinein.

Als hätte er die neue würzige fremdartige Anwesenheit in dem abgeschiedenen Raum gespürt, war Lazaro sofort hellwach. Ohne ein Anzeichen von Überraschung setzte er sich auf, sodass seine nackten Füße gegen die Dielenbretter trommelten, und ließ seine Augen in aller Ruhe über die weiße Frau gleiten.

»Wer bist du?«

»She-Beast.«

Lazaro schnaubte ungläubig. »Natürlich. Hast wohl mit der verräterischen kleinen Schlampe da geplauscht, was? Aber wen interessiert schon der Name. Was willst du?«

»Ich suche einen Ort, wo ich eine Weile bleiben kann. Und ein wenig Gesellschaft.«

Lazaro kratzte sich am Kiefer, und seine viel zu langen schmutzverkrusteten Fingernägel schabten über seinen Bart. »Und was bietest du mir für meine Gastfreundschaft?«

»Die Erfüllung all deiner Träume, ohne dass du sie auch nur auszusprechen brauchst.«

»Solche Träume hab ich nicht.«

»Soll ich dir eine Kostprobe geben?«

»Nur zu.«

Die Fremde öffnete ihren Rock und ließ ihn zu Boden gleiten. Sie schälte sich aus ihrer fliederfarbenen Bluse und stand nun nackt, nur in ihren Sandalen, vor ihm. Im Schein der Petroleumlampe wirkte sie wie flüssiges Feuer, ihre Beine wie zwei Säulen aus Messing.

Caozinha wollte sich gerade zur Tür hinausschleichen, als Lazaro sie zurückhielt und ihr befahl: »Du bleibst hier und schaust zu, du treuloses Flittchen. Kannst die Anstandsdame spielen. Vielleicht lernst du ja noch was.«

Mit hängenden Schultern setzte das Mädchen sich auf einen der Stühle und spielte wachsam aber distanziert mit ihren billigen Ohrringen, während die Fremde zu Lazaro trat.

»Die sollten wir ausziehen«, sagte sie, schob ihre flinken Finger hinter den Hosenbund von Lazaros Shorts und zog sie herab. Sein kräftiger weißer Arsch und seine Schenkel waren ebenso behaart wie der restliche, von der Sonne gebräunte Teil seiner Beine. Obwohl er sich gerade erst mit voller Wucht entleert hatte, stand sein riesiger Schwanz über den mächtigen hängenden Eiern schon wieder bereit.

»Möchtest du meine Titten ficken?« Die Frau drückte ihre Brüste zusammen. »Das kann die Kleine dir nicht bieten.«

Lazaro grinste anzüglich und legte seine Hände auf ihre Schultern. »Dann knie dich mal hin.«

Die Frau kniete nieder, bog den Rücken, sodass ihr Bauch einen kleinen Hügel bildete, und Lazaro bestieg sie mit leicht angewinkelten Knien, um seinen Schwanz in dem Tal zwischen ihren Brüsten zu reiben, die sie nun mit beiden Händen zusammendrückte.

Dann ließ sie los, und wie durch Zauberei hielten ihre Brüste ihn umschlossen, als hätte man sie dort angeklebt.

»Guter Trick …«, begann Lazaro und hielt dann überrascht inne.

Abgesehen von einer leichten Schwingung unter ihrer seidigen Haut, die aussah wie die Wasseroberfläche eines Sees, wenn eine Gruppe kleiner Fische darunter entlangschwimmt, zeigten ihre Brüste keine Bewegung. Doch in der Schlucht, die sie geformt hatten, gingen offensichtlich deutlich aggressiver extrahierende und massierende Bewegungen vor sich.

Lazaro begann sich hin und her zu winden, doch schien er entweder unfähig oder unwillig, seinen Schwanz herauszuziehen oder tiefer hineinzustoßen. Die Frau unter ihm fuhr mit einer Hand in ihre eigene Möse und ergriff mit der anderen eine von Lazaros Arschbacken. Kleine Nutationsbewegungen ihrer Brustwarzen bezeugten den Aufruhr in ihrer künstlichen Röhre.

Bereits nach wenigen Minuten war Lazaro mit hochrotem Gesicht bereit abzuspritzen, doch die Fremde mahnte streng: »Noch nicht«, und fuhr fort ihre Klitoris zu bearbeiten. Zum Zeichen, das sie bereit war für den gemeinsamen Orgasmus, öffnete sie den Mund und ließ ihre Zunge – länger als normale Exemplare, jedoch nicht ohne menschliche Präzedenz – auf ihr Kinn herabhängen.

Das Sperma schoss aus dem oberen, offenen Ende der Bruströhre und besprenkelte den Teppich ihrer Zunge, die in der Mitte emporstieß, um die ersten, lebhaftesten Kügelchen aufzufangen, die sonst auf ihre Wangen oder ihre Nase gefallen wären. Spätere trägere Nachzügler landeten unter ihrem Kinn und wurden ebenfalls sogleich von der Spitze ihrer suchenden Zunge aufgewischt.

Lazaro sackte in seiner unbequemen Position zusammen, die Brüste öffneten sich wieder zu ihrer normalen Form (die bislang unsichtbare Epidermis wies keinerlei Besonderheiten auf), und die Frau glitt unter ihm hervor und stand auf. Erschöpft fiel Lazaro auf das Bett.

»Du kannst bleiben«, krächzte er. »Caozinha, hol ihr was zu essen.«

Das Mädchen verzog noch immer keine Miene, doch ihr Atem ging so schnell, als wäre sie gerannt. Sie erhob sich, doch die Fremde hielt sie zurück.

»Das wird nicht nötig sein. Ich bin bereits gesättigt.«

* * *

Eine kalendarische Montage aus auf- und untergehenden Sonnen und Monden auf ihrem leuchtenden Weg über die Himmelskuppel von Tag und Nacht, aus Wolken und Regen und dem hellen Ende des Sturms, aus Schinderei und Sinnlichkeit, langen ruhigen Zeiten unschuldiger Tätigkeiten und explosionsartigen Anfällen von zügellosem Gerammel, ein Tornado der Gliedmaßen und ein Monsun spritzender Flüssigkeiten.

In den ersten Tagen nachdem She-Beast bei ihnen eingezogen war, änderte sich wenig an Caozinhas Tagesablauf. Die Mestiza kümmerte sich um den Haushalt, wischte, räumte auf, kochte, wusch und flickte, womit sie mindestens die Hälfte des Tages beschäftigt war. (Die übrige Zeit verbrachte sie meist draußen, blieb jedoch in der Nähe der Lichtung und blickte sich immer wieder um, als hielte sie Ausschau nach dem unbekannten kindsgroßen Wesen, von dem sie nach ihrem letzten Besuch in der Stadt auf dem Weg nach Hause verfolgt worden war.) Die einzige Pflicht, von der Caozinha nun entbunden wurde, war der Sex mit Lazaro. Eine Aufgabe, die She-Beast mit Begeisterung übernahm.

Sie teilte Lazaros quietschendes Bett und verwandelte immer wieder ihren fremdartigen Körper nach den jeweiligen gigantischen Begierden des Riesen. Von oben, von unten und von der Seite umschlang sie seine empfindlichsten Körperteile auf eine Weise, von der noch kein Sterblicher gehört hatte. Jede Nacht kamen sie viele Male laut heulend zum Höhepunkt, und oft auch am Tage ein oder zwei Mal. Die meisten dieser metamorphen Vereinigungen beobachtete Caozinha von ihrer einfachen Pritsche auf dem Boden der Hütte. Es gab keinen Platz für Heimlichkeiten oder Privatsphäre, und Lazaro gestattete es dem Mädchen nicht, dem Spektakel zu entfliehen, selbst wenn es tatsächlich irgendwo eine Zuflucht gegeben hätte.

Und doch wandte Caozinha niemals den Blick von ihnen.

In den Pausen zwischen den sättigenden Geschlechtsakten sprach sie nur, wenn sie gefragt wurde. Mit einer Ausnahme:

Die beiden Frauen befanden sich allein in der Hütte, Lazaro saß draußen auf dem Plumpsklo. Plötzlich schaute Caozinha, die damit beschäftigt war, Lazaros Shorts zu flicken, von ihrer Arbeit auf und fragte: »Verspürt Ihr niemals das Bedürfnis, hinaus an die frische Luft zu gehen?«

She-Beast, die wie ein gestrandeter Ozeandampfer auf den Untiefen des Bettes lag, antwortete: »Warum sollte ich? Ich habe hier alles, was ich brauche.«

Wenn Lazaro nicht gerade vögelte, schlief oder so hemmungslos ihre Vorräte verschlang, dass Caozinhas nächster Besuch in der Stadt sicherlich früher anstehen würde als erwartet, schrieb er. Die Ankunft von She-Beast, einer Gestalt wie seiner eigenen Phantasie entsprungen, schien eine Blockade in ihm gesprengt zu haben. Er saß an dem wackligen Tisch und füllte Seite um Seite mit einem fieberhaften Schaffensdrang. Dabei wuchs der Stapel der Blätter, die er für würdig befand aufbewahrt zu werden, schneller als der derjenigen, die als Ofenanzünder dienen würden.

Eines Morgens nahm Lazaro eine abgewrackte Schreibmaschine, groß und unhandlich wie eine Dampfmaschine, von einem hohen Regal in einer dunklen Ecke der Hütte. Als er sie auf den Tisch stellte, schwankte dieser wie ein frisch geborenes Fohlen, sodass er ihn an der Wand abstützen musste. Er nahm etwa ein Dutzend Manuskriptseiten und platzierte sie neben der Schreibmaschine. Dann legte er frisches Papier in die Walze, setzte sich und begann mit zwei dicken Fingern zu tippen.

Caozinha starrte auf das Schauspiel, das sich ihr bot. She-Beast blieb noch eine Weile mit geschlossenen Augen, jedoch eindeutig ohne zu schlafen, auf dem Bett liegen. Ihr nackter schillernder Körper verströmte eine magnetische Anziehungskraft. Eine Kreidegöttin, aus einem neolithischen Steinbruch gehauen. Doch Lazaro beachtete weder die Frau noch das Mädchen. Nach einer Weile verließen beide Zuschauerinnen die Hütte, erst Caozinha, und eine halbe Stunde später auch She-Beast, Letztere noch immer aufreizend nackt.

Als sie sich an der Regentonne trafen, fragte She-Beast:

»Wie häufig tut er das?«

»Im letzten Jahr hat er es kein einziges Mal gemacht.«

»Ich habe versucht, ihm einen zu blasen, aber er hat mich einfach weggestoßen.«

»Das überrascht mich nicht.«

She-Beast überlegte. »Vielleicht können wir vögeln, wenn er fertig ist.«

Caozinha wandte sich ab. »Ohne Zweifel.«

Das mechanische Staccato-Geklapper, das aus der Hütte drang, hielt die beiden Frauen bis zum Nachmittag auf Distanz. Erst als es verstummte, kehrten sie gemächlich zurück.

Im Innern der zusammengeflickten Hütte war Lazaro damit beschäftigt, die Abschrift seiner Geschichten sorgfältig in einer Umhängetasche aus Leinen zu verstauen.

»Caozinha! Wie viel Geld haben wir?«

»Zehn Klauen, sechs Schuppen, und achtzehn Kiele.«

»Hol es mir.«

Caozinha nahm die bunten Scheine und klobigen Silbermünzen aus der alten Mehldose, in der sie ihr Geld aufbewahrten, und legte sie neben die Tasche auf den Tisch.

Lazaro zog seine Shorts aus, und seine nackte massige Gestalt schien die Hälfte des beengten Raums in der kleinen Hütte zu beanspruchen. »Sind meine Sachen für die Stadt sauber? Ich muss mit Tinoco von der Zeitung reden, und ich will nicht, dass er wieder dumme Bemerkungen über mein Aussehen macht.«

Caozinha ging hinüber zu der grob gezimmerten Truhe aus Zedernholz, aus der sie erst unlängst die Shorts genommen hatte, um sie zu flicken, und begann, Lazaros Reisekleidung zusammenzusuchen.

Mit funkelnden aquamarinblauen Augen trat She-Beast zu dem nackten Lazaro und griff nach seinem herabhängenden, selbst schlaff noch dicken Schwanz. »Können wir es jetzt machen, Lazaro?«

Statt einer Antwort ergriff Lazaro ihre Hüften und drehte sie so, dass sie mit dem Rücken zu ihm stand. »Bück dich.«

She-Beast beugte sich mit gespreizten Beinen nach vorne und stützte sich auf ihre Knie, sodass sich ihre Möse – die glitzernden schuppenförmigen karneolfarbenen Schamlippen eine unwiderstehliche Aufforderung – in Lazaros Blickfeld hob. Augenblicklich steif drang er sofort tief in sie ein und kommentierte ihr Stöhnen mit den Worten: »Bis in deinen Bauch, Mädchen.«

Ohne Vorwarnung schwang She-Beast nun ihr linkes Bein nach hinten und um Lazaro herum. Ihr rechtes Bein folgte, und so hing sie nun, die Fußgelenke ineinander verschlungen und ihre Arme stützend zum Boden gestreckt, vor Lazaro in der Luft, während der weiterhin ihre Taille umfasst hielt. Ihre festen Brüste schwangen nur minimal, als sie begann, seinen Schwanz mit den einzigartigen inneren strangulatorischen Fähigkeiten ihrer symbiotischen Möse zu bearbeiten.

Mitten im Akt kam es zu einer überraschenden Wendung: In einer kaum wahrnehmbaren komprimierten Bewegungssequenz löste She-Beast ihre Beine und drehte sich in der Wiege, die Lazaros Hände bildeten, herum, sodass sie nun zur Decke schaute. Dabei wechselten ihre Beine in einer komplizierten Figur eines schwebenden Balletts die Seiten, ohne dass ihre Möse den Halt verlor. Ihr auberginefarbenes Muttermal glitzerte, als wären ihr plötzlich aus einem Loch in der Decke Tropfen bunten Regens auf das Gesicht gefallen, und sie fletschte die Zähne zu einem Lächeln.

Erschrocken löste Lazaro seinen Griff.

Doch wie durch ein Wunder sank oder fiel She-Beast nicht hinunter. Ihr Bauch war wie ein Fass, Wirbelsäule und Becken wie das metallene Gehäuse eines Roboters, die Muskeln zogen sich wie Kabel durch ihre erneut fest verschlungenen Beine, und so schwebte sie wie der Ast eines Baumes vor ihm in der Luft, ohne dass die gnadenlose Aktivität ihrer Möse auch nur für einen Moment aussetzte. Ihre Hände glitten hinab und umfingen ihren eigenen Arsch.

Mittlerweile hatte Lazaro sich wieder gefangen und begann nun energisch ihre Titten zu massieren. Nur wenige Minuten nach der Drehung kamen beide zum Höhepunkt.

She-Beast, deren Hunger fürs Erste gestillt war, löste sich von Lazaro und ging wieder hinüber zum Bett. Sein Schwanz, der mit einem durchsichtigen vaginalen Gel überzogen war, fiel ebenso schnell wieder in sich zusammen, wie er sich zuvor aufgerichtet hatte.

»Caozinha, wo sind meine Sachen?«

»Hier, Lazaro.«

Während er sich ankleidete, erklärte er: »Ich will verdammt sein, wenn Tinoco mir nicht alle drei Geschichten abkauft. Dann verdienen wir endlich mal wieder gutes Geld. Außerdem wird das meinen Ruf und den seines Kaffeeblättchens, des *Nördlichen Boten* stärken. Doch vorher werde ich den Bastard wohl zum Essen einladen müssen, rechnet also nicht vor morgen mit meiner Rückkehr.«

»Gut«, antwortete Caozinha.

Doch She-Beast schwieg.

Die Mestizin beobachtete Lazaro mit unbewegter Miene, während dieser – den Sonnenhut keck auf dem Kopf, wie eine primitive Flagge in blauem Hemd und weißen Hosen und mit seiner Umhängetasche, die im Rhythmus seiner energischen Schritte hin und her schwang – im Dschungel verschwand.

Wie ein Schnellzug eilte die Sonne hinter die grünen Baumwipfel und versank wenig später hinter dem Horizont. Der samtige Vorhang der Nacht brachte die bekannte Symphonie der Bäume mit ihren Insektenchören und dem tödlichen Frage-Antwort-Spiel der nächtlichen Raubtiere und ihrer Opfer.

Wenn das Licht der Petroleumlampe erlosch, verwandelte sich das Innere der fensterlosen Hütte in eine blinde Höhle. Während der Dämmerung hatte Caozinha ihre schlaffe Pritsche aufgehoben und zögernd an der Tür gestanden, als spielte sie mit dem Gedanken, die Nacht im Freien zu verbringen. Dann aber war sie an ihren gewohnten Platz zurückgekehrt. She-Beast hatte das Bett seit Lazaros Aufbruch nicht verlassen.

In der Nacht, als das Mondlicht in asymmetrischen Spalten durch Tür fiel, sprach sie:

»Caozinha.«

Das Mädchen antwortete sofort. »Warum nennt Ihr mich zum ersten Mal beim Namen, She-Beast?«

»Caozinha, ich bin einsam.«

»Ihr habt mir meinen Herrn gestohlen, und nun wollt Ihr meine Freundin sein.«

»Wir müssen keine Freundinnen sein. Wir können auch bloß miteinander vögeln.«

»Nein.«

»Na schön. Dann komm her und schlaf bei mir im Bett. Ich verspreche, dich die ganze Nacht nicht anzurühren.«

»Schwört Ihr?«

»Bei meiner Möse.«

Caozinha schwieg eine Weile. Dann war ein Rascheln zu vernehmen, drei barfüßige Schritte und das Quietschen des Bettgestells.

»Du bist tatsächlich gekommen. Ich danke dir.«

»Ihr schwörtet bei Eurer Möse, das ist der einzige Eid, dem ich in Eurem Fall vertraue.«

Die Stunden verstrichen. Langsame Atemzüge zeugten von einem einzelnen Schläfer.

Der unregelmäßige Streifen Mondlichts, der durch den Türrahmen fiel, wurde größer. Holz schabte leise über die Erde. Die Tür öffnete sich und umrahmte die Silhouette eines kleinen Männchens, das zögernd mit einer Hand die Tür festhielt, während es die zweite nach vorn streckte, als wollte es eine andere Hand ergreifen, die ihm noch nicht angeboten worden war.

»Geh«, flüsterte She-Beast, nicht unfreundlich. »Wir werden uns später treffen.«

Langsam und scheinbar widerwillig drehte die reglose Gestalt sich um und verschwand.

Sonnenlicht flutete durch die offenstehende Tür in die Hütte und fiel auf die Holzfasern der Dielenbretter und Teile der Beine von Tisch und Bett.

Caozinha lag auf dem Rücken. Als sie die Augen öffnete, kniete She-Beast direkt neben ihrem Kopf.

»Die Nacht ist vorüber.«

Noch immer kniend schwang die Frau ein Bein über den Kopf des Mädchens.

»Spürst du die Hitze in meiner Muschi? Kannst du riechen, wie sehr sie dich begehrt?«

Caozinha war zwar eingeklemmt, hätte aber unter ihr hervorschlüpfen können. Doch sie bewegte sich nicht.

She-Beast senkte sich hinab auf das Gesicht der Mestiza.

Ihre pendelnde Möse traf auf Caozinhas Mund und gab dem Mädchen einen gewundenen Kuss. Die inneren Labien schoben sich unter ihre Lippen und massierten sanft ihr Zahnfleisch, während die äußeren wie der geschickte Greifrüssel eines Tapirs mit ihren Lippen spielten.

Dann tauchte etwas, das Caozinhas eigener Zunge zum Verwechseln ähnelte, aus der Vulva in ihren Mund.

Eine Viertelstunde lang hielt She-Beast diesen bedächtig wälzenden Kuss. Caozinhas Hände waren zwischen ihre eigenen Schenkel gewandert, um sich selbst zu verwöhnen.

Die beiden Frauen kamen mit einem tektonischen Beben. Als She-Beast ihre Möse von Caozinhas Gesicht nahm, hinterließ diese einen breiten glyzerinartigen Streifen. Das Mädchen hatte die Augen verdreht, sodass ihre Pupillen fast nicht mehr zu sehen waren, doch die allmählich abklingenden Bewegungen ihrer Hände in ihrem Schoß zeugten davon, dass sie aus ihrer Ekstase erwacht war.

»Jetzt werde ich dir etwas geben, das dir wirklich gefallen wird.«

She-Beast brachte ihr Gesicht an Caozinhas feuchte Schamlippen und öffnete den Mund weit.

Zwischen ihren Zähnen erschien der breite Kopf eines großen wunderschönen männlichen Glieds, aus dessen vertikalem Auge eine durchsichtige Flüssigkeit tropfte. Der pulsierende Phallus überwand die Entfernung zwischen Mund und Möse und stieß in Caozinha hinein, die hörbar nach Luft schnappte. Sobald sein geschlitzter Kopf festen Halt gefunden hatte, folgte ihm auch der Rest des selbstbestimmten Liebeskolbens rasch in seine neue Behausung nach. Zuletzt plumpsten die unabdingbaren Hoden vor einer Wand aus Fleisch über She-Beasts weiße Zähne und begannen, fest gegen Caozinhas Perineum gepresst, im Rhythmus ihres zugehörigen Schwanzes zu wackeln.

Plötzlich stand She-Beast auf und drehte sich um. Sie hatte ein Geräusch gehört.

Im Türrahmen stand Lazaro, zerknittert und mit einem mächtigen Kater, das Hemd voller Weinflecke und die Hosen schief geknöpft.

»Ihr widerlichen Schlampen!«

Er stampfte zum Bett und riss Caozinha an ihrem Nachthemd in die Höhe.

»Raus aus meinem verdammten Bett!« Er schleuderte sie quer durch die Hütte auf ihre Pritsche, wo sie sich zusammenkrümmte, während der Zauberstab in ihr im immerwährenden Rhythmus von Kontraktion und Expansion unbeirrt weiterarbeitete.

She-Beast schmiegte sich an Lazaro. »Sie wollte es, Lazaro, sie hat förmlich darum gebettelt.«

»Halt die Klappe, du Schlampe!« Lazaro zog ihr mit der Rückseite seiner riesigen Hand über die unbefleckte Wange, sodass diese beinahe so rot wurde wie das Muttermal.

Die Verwandlung von Verführerin zu Racheengel geschah im Bruchteil einer Sekunde. Wie bei einer wütenden Katze stellten sich ihre kurzen schwarzen Haare auf, und ihr Gesicht verzog sich zu einer zornigen Fratze. Mit einem kräftigen Schwung warf sie ihr Bein hinter Lazaro und schlug zu, sodass dieser zu Boden fiel. Bevor er reagieren konnte, war sie auch schon über ihm.

Sie hob die Arme, und unter ihren langen, makellos jadegrünen Fingernägeln tropften flüssige Perlen hervor.

Alle zehn Nägel senkten sich in Lazaros Hals.

Trotz seines Widerstandes erlag der Riese einer plötzlichen und vollständigen Katatonie.

She-Beasts Zorn verebbte so schnell, wie er entflammt war. Sie lächelte und begann leise vor sich hin zu summen, während sie sich voll erfinderischstem Eifer an die Arbeit machte.

Aus den Poren ihrer Handflächen sickerte nun eine neue, trübe Flüssigkeit.

Sie begann, Lazaro vom Gesicht abwärts langsam zu massieren.

Anfangs schmolzen, wo immer sie ihn berührte, seine dichten krausen Härchen buchstäblich dahin und verwandelten sich in ein schmutziges Rinnsal, das auf den Boden tropfte. She-Beast fuhr mit den Händen über Lazaros gesamte Bauchseite und entfernte dabei seine Körperhaare wie ein Mähdrescher das Getreide, bis er vollständig glatt war. Mühelos rollte sie ihn auf den Bauch, tat das gleiche auf der anderen Seite und drehte ihn wieder zurück.

Jetzt veränderte sich die Flüssigkeit, die aus ihren Poren drang, erneut, war nicht länger oberflächlich, sondern durchdringend, und sie begann, sein Fleisch umzuformen, ohne dabei die Hülle seiner Haut zu zerstören.

Wie eine Töpfermeisterin verteilte sie den gefügigen Lehm seiner fetten Wampe neu. Einen Teil schob sich nach oben, um seine ohnehin schon beträchtlichen Brüste zu einer ansehnlichen weiblichen Üppigkeit zu formen. Der übrige Lehm wanderte hinunter, um seine Hüften zu modellieren. Diese Umverteilung sorgte zugleich für einen flachen Bauch und eine schmale Taille. Sie bastelte ein wenig an seinem Gesicht, spielte mit den Stimmbändern, entfernte Muskelmasse von seinen Armen und Beinen (unablässig rann heiße Flüssigkeit aus Lazaros Körper und befleckte die Dielenbretter), rollte üppigere Brustwarzen wie ein Chefkoch frische Pasta und hielt einen Moment inne, um ihr Werk zu bewundern.

Dann machte sie sich an die schwierigste Aufgabe.

Sie spreizte seine Beine, legte beide Hände an seine mächtigen Genitalien und stülpte sie zurück in sein Becken. Während sie alles mit einer Hand dort festhielt, sammelte sie mit der anderen den Saft ihrer Möse. Diesen Erguss ihrer Weiblichkeit rieb sie auf die eingeklemmten männlichen Geschlechtsteile und begann dann, auch sie zu modellieren. Die anpassungsfähigen Genitalien reagierten auf ihr Ziehen, Zupfen und Zwicken mit hilfreicher Autokatalyse und verwandelten sich in ihre weiblichen Gegenstücke.

Nach nur wenigen Augenblicken war die Transformation perfekt.

Auf dem Fußboden lag nun eine verführerische Amazone, schlank, mit vollen Brüsten und einer blumigen Muschi.

Nun trat She-Beast zu Caozinha. Während Lazaros gesamter Umformung war die Mestiza dank der Arbeit des lebendigen Schwanzes in ihrem Innern auf einem Strom multipler Orgasmen dahingetrieben. Sie hatte es nicht einmal bemerkt, als Lazaro sie hochgezerrt und weggeschleudert hatte.

She-Beast griff nach den Hoden von Caozinhas Implantat, und sogleich verebbte das ekstatische Zucken des Mädchens. Parallel zum Schwanz schob sie zwei Finger in Caozinhas Möse und weitete den Eingang, bis sie auch die gehorsamen Hoden hineinstopfen konnte.

Alsbald zeichneten sich wandernde Beulen auf Caozinhas Schamhügel ab, während sich die Veränderungen in ihrem Innern durch maulwurfartige Bewegungen manifestierten.

Dann lugte der klebrige Kopf des Schwanzes wieder aus ihrer Möse und fiel wenig später ganz heraus, gefolgt von den Hoden.

Eine frische feste tiefe Wurzel verankerte ihre neue Ausstattung und verhinderte, dass sie sich wieder ablöste. Glied und Hoden verbanden sich übergangslos mit dem umliegenden Hautgewebe und verschlossen so für immer Caozinhas umgewandelte, nun sicher in den Penis innervierte Vagina.

She-Beast hielt einen Moment inne und küsste Caozinha auf den Mund, wobei sie ihr einige Tropfen ihres benthischen Speichels auf die Lippen träufelte. Dann tat sie das gleiche bei Lazaro.

Aus der Tür, über die Lichtung, in die klatschenden Farnwedel hinein – der Dschungel verschluckte sie so schnell und leise wie die Erde den Regen trinkt.

Lazaro öffnete die Augen. Caozinha kniete bereits neben der riesigen Frau und streichelte der liegenden Gestalt weinend über die Wange.

»Mutter«, schluchzte der junge Mann.

Ein merkwürdiger Friede senkte sich auf das Gesicht der

Amazone. »Mein Sohn«, antwortete sie mit wohlklingender Stimme.

* * *

Hinter der Bar des Blue Afternoon Hotels stand wie eine Galionsfigur aus dunklem poliertem Holz Arlindo Quincas und kommandierte seine gefügige aber unbelebte Crew aus Gläsern und Flaschen. Breite Whiskeygläser mit dickem Boden, schlanke Pinnchen, langstielige Sektflöten, weit geöffnete Kristallglasmünder, achteckige Becher mit großen Griffen. Quadratische oder längliche Karaffen, Literflaschen mit Wespentaille, dickbäuchige Krüge, Flachmänner, sogar eine Flasche in Gestalt einer Frau, die Arme wie ein Klippenspringer über den Kopf gestreckt, um den Korken zu halten. Die treppenförmig aufgereihten Alkoholika in allen Farben des Regenbogens, die auf ihrer Reise in die Bäuche der Gäste nur einen kurzen Zwischenstopp in dieser bunten Flaschensammlung einlegten, blitzten in einem langen Spiegel wider.

Im gedämpften Licht der kugelrunden, leise wie zornige Dschinns fauchenden Gaslampen, die im hinteren Zimmer auch während des Tages brannten, mixte Quincas die Bestellungen seiner Gäste mit sturer Effizienz. Er öffnete Kokosnüsse, um an die frische Milch zu gelangen, presste Limetten, zerkleinerte Eis, belud immer wieder das korkgerahmte Tablett der stillen Dartpipe-Kellnerin und räumte die leeren Gläser wieder ab. (Ihr unverkennbares, mysteriöses leises Klacken begleitete die zurückhaltenden und doch sinnlichen Bewegungen des Mädchens, so als trüge sie Metallabsätze, und doch seltsam anders.) In einer schreinähnlichen Ecke des Raums spielte ein neues Radio leise Sambarhythmen, jeder einzelne ihrer Töne eingehüllt in die fruchtige Resonanz des Gehäuses aus Holz und Stoff.

Ein Mitglied des Quintetts, das sich regelmäßig auf der Veranda des Hotels traf, der dicke Müßiggänger, schlenderte in die Bar und bemerkte fröhlich: »Diese Hitze treibt die

Cocktails durch mich durch wie Reis durch die Getreidemühle! Es ist kein Scherz, ich muss schon wieder pinkeln! Und ich werde mich dafür nicht in deine Büsche stellen, wie einige andere es zu tun pflegen.«

Der Dicke verschwand in der Toilette und trat wenige Augenblicke später wieder heraus.

»Ist dein Barkeeper auch heute wieder nicht zur Arbeit erschienen?«

Quincas nickte ernst, die Lippen unter seinem Schnauzbart fest zusammengepresst.

»Es widerstrebt mir, einen meiner Leute zu feuern, besonders, wenn er sich mit Problemen quält, wie Galeno sie mit seiner Frau zu ertragen hat. Doch allmählich glaube ich, es geht nicht anders.«

Der korpulente Gast nahm sich eine Handvoll gerösteter Samen – rot wie Flussschlamm und so groß wie Knöpfe – aus einer Schüssel, die auf der Bar stand, und warf sie sich in den Mund wie eine Handvoll Schotter auf eine Ratte. Während er noch kaute, sagte er: »Ich rate dir, hart durchzugreifen. Warum, glaubst du, laufen meine Geschäfte wohl so gut, dass ich es mir leisten kann, mich den ganzen Tag hier in deinem Hotel herumzutreiben?«

Quincas seufzte. »Ein Hotel zu leiten ist etwas anderes als eine Druckerei, Ivo.«

»Unsinn. Alles, was es braucht, ist eine starke Hand.«

Quincas unterbrach seine unfreiwillige Lehrstunde in Sachen Geschäftsführung, um eine neue Bestellung von der ernsten Kellnerin entgegenzunehmen. Mit flinken Händen mixte er die gewünschten Cocktails und wandte sich dann wieder an den schwitzenden Ivo. Der wechselte das Thema:

»Wir fünf wollen am Freitagabend Senhora Graca einen Besuch abstatten. Willst du nicht mitkommen, Arlindo? Ricardo, Belmiro, Januario und Estevao, sie alle bestehen darauf, dass ich dich frage. Es würde dir guttun. Graca hat versprochen, dass Ende der Woche neue Mädchen kommen, vorausgesetzt, das Dampfschiff aus Three Lakes ist pünktlich.«

»Ich werde darüber nachdenken.«

»Tu mehr als nur das! Allmählich befürchten wir, dir könnten die Eier platzen! Wie lange willst du noch darauf warten, dass deine Bruja zurückkommt? Irgendwann wirst du es akzeptieren müssen, Mann – sie wird nicht zurückkehren!«

Quincas entgegnete nichts, sondern drehte sich um und bückte sich, um in einem der Schränke nach irgendeiner wichtigen Zutat zu kramen. Und Ivo, der keine Antwort erhielt, zuckte mit den Schultern und ging davon.

Eine halbe Stunde später griff Quincas, ganz in der Zubereitung seiner Cocktails versunken, ohne hinzuschauen nach einem neuen Glas, fand keins, fluchte leise und verließ die Bar durch eine angrenzende Tür. Wenige Augenblicke später kehrte er mit einem Tablett voll sauberer, vor Feuchtigkeit beschlagener Gläser zurück.

Der Neuankömmling, der an der Bar auf ihn wartete, ließ Quincas erstarren und beinahe das Tablett aus seinen Fingern gleiten.

Unter dem teuren, naturfarbenen Leinenanzug wirkte der kleine, stämmige Mann hart wie ein Nagelfass. Sein Kopf unter dem eleganten Borsalino sah aus wie ein kleiner Felsbrocken, den man direkt auf seine Schultern gesetzt hatte. Wie auf einer antiken Stele berichteten etwa ein halbes Dutzend Schnittnarben auf seinem steinernen Gesicht von siegreichen Schlachten.

Die Gläser klirrten nervös, als Quincas hinter die Bar trat, um sein Tablett abzustellen. »Senhor Reymoa, welche Ehre. Darf ich Euch einen Drink anbieten? Auf Kosten des Hauses, versteht sich.«

Reymoa stellte einen elegant beschuhten Fuß auf die Reling aus Messing, die am unteren Teil der Bar entlanglief. Er betrachtete Quincas aufmerksam, bevor er ihm leise aber nachdrücklich gebot: »Zieh dein Hemd aus.«

Quincas war nicht besonders erpicht darauf, sich mit diesem Mann zu streiten, und tat, wie ihm geheißen. Während er mit freiem Oberkörper dastand, bemerkte der Hotelier erleichtert, dass die anderen Gäste im Raum bewusst in eine andere Richtung schauten, um sich nicht in Reymoas Geschäfte einzumischen, so exzentrisch und faszinierend sie auch sein mochten.

»Es ist also wahr.« Reymoa streckte eine mit alten Narben übersäte Hand aus, die beiden kleinen Finger lediglich ungleiche Stümpfe, und ergriff Quincas' wiederhergestellten Bizeps. »Wo ist sie? Wo ist die Hexe, die dir einen neuen Arm geschenkt hat?«

»Ich weiß es nicht, Senhor ...« Reymoa drückte zu, und Quincas zuckte. »Ich schwöre, es ist die Wahrheit. Hätte ich eine solche Frau ziehen lassen, wenn es in meiner Macht gestanden hätte, sie aufzuhalten? Sie ging, ohne mir zu sagen, wohin.«

Der Abdruck von Reymoas Griff verblasste, als das Blut allmählich wieder in die weißen Umrisse zurückfloss, die seine Hand auf Quincas' Arm hinterlassen hatte. »Du wirst es mir sagen, wenn sie zurückkommt.«

»Selbstverständlich, selbstverständlich. Wie könnte ich nicht ...«

»In der Zwischenzeit werde ich sie mit meinen eigenen Männern suchen. Du hast nicht zufällig eine Ferrotypie von ihr?«

»Nein, nichts dergleichen.«

»Dann beschreib sie mir.«

Mit seinen Worten malte Quincas ein Bild der Frau, die er als Senhorita Yemana kannte. Als seine begeisterte Beschreibung drohte, allzu überschwänglich zu werden, unterbrach Reymoa ihn.

»Das reicht. Jetzt muss ich mich um andere Dinge kümmern.«

Quincas sprach bereits zu dem Rücken des Mannes, als er sagte: »Es war mir ein Vergnügen, Senhor Reymoa.«

An der Tür blieb Reymoa plötzlich stehen und drehte sich noch einmal um.

»Am Freitagabend, ihrem fünfzehnten Geburtstag, feiert meine Tochter ihre Einführung in die Gesellschaft. Ich werde dir eine Einladung zukommen lassen.«

»Eine Ehre, wahrlich eine Ehre, Senhor, beim gesellschaftlichen Debüt der jungen Senhorita Darciana dabei zu sein.«

»So sehe ich das auch.«

Reymoa war bereits eine halbe Minute verschwunden, als Quincas sich ausreichend gefangen hatte, um sein Hemd wieder anzuziehen. Und es dauerte weitere fünfzehn Minuten, bis er aufhörte zu zittern. In der Zwischenzeit war die Flut der Bestellungen verebbt und die nachmittägliche Flaute eingezogen, die Rossbreiten der Trunkenheit.

Quincas klingelte nach der Kellnerin. Sie kam wie immer (klick-klick, klick-klick) mit ihrer schlichten Dschungelanmut und gesenktem Blick.

»Ist der Krug des Tratschquintetts gefüllt?«

»Ja, Senhor.«

»Dann komm mit mir.«

Quincas führte seine Angestellte durch einige Gänge, zu denen Gäste keinen Zutritt hatten, bis sie vor einer verschlossenen Tür standen. Mithilfe eines Schlüssels an seinem dicken Schlüsselbund ließ er sie hinein.

Auf beiden Seiten der schmalen Gänge bildeten Säcke voll Mehl und Zucker auf splittrigen Paletten kniehohe Liegen aus Sackleinen. An den Wänden reihten sich Regale mit Konservendosen und Einmachgläsern. Trotz pingeliger Reinlichkeit hing ein nicht unangenehmer Geruch nach vormals verschüttetem süß und sauer Eingemachten in der Luft. Durch ein vergittertes Dachfenster fiel etwas Sonnenlicht.

»Zieh dich aus, Yeena.«

Gehorsam schlüpfte die Frau aus ihren Kleidern und legte Bluse und Rock auf einen Stapel Mehlsäcke. Nun stand sie da in ihren hohen Lederschuhen und groben Baumwollstrümpfen, die von einem Strumpfband über dem Knie gehalten wurden.

Die konischen Brüste der India waren in der Tradition ihres Stammes mit sich hypnotisch schlängelnden schwarzen Linien tätowiert.

Quincas begann die Knöpfe seiner Hose zu öffnen. »Leg dich hin.«

Yeena setzte sich auf den Rand eines Stapels Mehlsäcke und legte sich dann zurück. Eine sienafarbene Odaliske. Sie hob die Füße vom Boden und grub ihre Fersen in die Nähte der Leinensäcke, um besseren Halt zu haben. Dann spreizte sie die Beine.

Zwei blaue Steinringe – Lapislazuli, dünn geschliffen wie eine Münze – schmückten jeweils ihre inneren Schamlippen. Ein kleiner Schlitz an der Außenkante des linken Rings erklärte, wie sie zum ersten Mal ihr Fleisch durchstochen hatten. Das Gewicht dieser ungewöhnlichen Münzen dehnte ihre Lippen zu einer beständigen Einladung. Als sie ihren Po in eine gemütlichere Position schob, schlugen die Ringe leicht aneinander und zwitscherten steinig.

Quincas kletterte zwischen die Beine der India. Sein Glied hing noch ziemlich schlaff hinunter, und er schien Schwierigkeiten zu haben, steif zu werden, ein Problem, dass er zu überwinden gedachte, indem er sich auf Yeenas Brüste konzentrierte. Er bearbeitete ihre Nippel mit der Zunge und saugte ihre mit Runen bemalten Titten weit über ihre palmölfarbenen Aureolen in seinen Mund. Nach einiger Zeit schob er seinen unwirschen Schwanz in ihre Möse und begann in sie hineinzustoßen.

Mit gleichmütigem Gesichtsausdruck langte Yeena hinab, hakte jeweils einen Finger durch die Ringe und zog so ihre Schamlippen weiter auseinander. Doch trotz dieses Anreizes und ihrer willigen Mitarbeit — immer wieder flüsterte sie als Ansporn das Rätselwort »Tulikawa« – schnaubte Quincas sich gerade einmal zu einem trägen aber eindeutig kümmerlichen Ständer, ohne irgendwelche Befriedigung zu erfahren. Mit einem Seufzer zog er sich zurück.

»Zieh dich an und geh wieder an die Arbeit.«

»Ja, Senhor.«

Nachdem Yeena gegangen war (wobei ihre ringförmigen Steinchen sich heimlich aber deutlich hörbar küssten), blieb Quincas niedergeschlagen auf dem rauen Leinensack sitzen und sann über seinen treulosen Schwanz nach. Als er sich endlich erhob, um sich anzuziehen und zu seinen eigenen ermüdenden Pflichten zurückzukehren, murmelte er: »Meine Bruja, meine Hexe ... Wo bist du? Bitte komm zurück!«

* * *

Aus der Perspektive einer Kreisch- oder Raubmöwe hoch oben in der Luft lag das Blue Afternoon Hotel erkennbar am Rande eines Stadtgebiets, das sich deutlich von den umliegenden Vierteln abgrenzte (flache, armselige Gebäude, zusammengepfercht wie erschöpfte Erntearbeiter in ihrer stickigen Baracke; enge, gepflasterte Straßen; keine Pflanzen bis auf die Araukarien, die sich um das Viertel zogen und dabei gleichzeitig seine Grenze markierten) und dessen Konturen vage an das Profil eines Katzenkopfes erinnerten: Ohren, Schnauze, Hals und das Auge – ein niedrig ummauerter Brunnen inmitten eines kleinen gepflasterten Platzes. Östlich dieses felinen Teils der Stadt, jenseits des Parks und des Strandes regierte das Meer, eine unruhige viridiangrüne Decke, die auf marinen Mysterien lag. Die alte Festung beherrschte den Hafen wie ein kriegsmüder, aber furchtloser König Knut. Im Norden erhob sich ein hügeliges, beinahe bergiges Viertel, dessen Hänge mit herrschaftlichen Häusern auf ausgedehnten Anwesen gespickt waren. An der steilsten Seite sandte eine kleine Drahtseilbahn ihre farbenprächtigen Kabinen wie Spielzeugautos in einer fortwährenden Spirale hinauf und wieder herab. Den Westen der Stadt dominierten unzählige kleine Fabrikgebäude; das südliche Umfeld dagegen prahlte mit den besten Geschäften, staatlichen Behörden und Anwaltskanzleien.

Als die Sonne unterging, leuchteten im Katzenkopf-Viertel die ersten Lichter auf – Wildmalvenfackeln, Gaslampen und vereinzelte Glühbirnen. Die Straßen füllten sich mit Menschen, deren Gesichter eine uralte Zusammengehörigkeit aufwiesen: Käufer und Verkäufer, Nachtschwärmer und Lockvögel, Nutzer und Benutzte, Gebende und Nehmende. Musiker lockten lebhafte Klänge aus ihren Flöten, Gitarren und Bandoneons in den Straßen und lieferten so musikalische Echos der Geschäftigkeiten von Cafébesitzern, die allmorgendlich mit dem Schlauch die Gehsteige vor ihren Geschäften sauberspritzten. Die verlockenden Düfte von Kaffee, gegrilltem Fisch und Schweinefleisch, Krabbeneintopf und dem fermentierten Kaktussaft in seinen aus violettem Glas geformten Korbflaschen wetteiferten mit ihren nächtlichen Kontrahenten: dem Gestank von Pisse, Pferdemist, Abfällen und gammeligem Fleisch. Zwischen diesen beiden olfaktorischen Lagern insinuierte Sandelholz diplomatisch seine Rauchsäulen. Hin und wieder wehte eine frische Brise vom Meer herüber und verdrängte für einen Moment die einheimischen Aromen.

In der Katerschnauze der Stadt atmete die Bar »Zur Rolligen Katze« ihre Gäste ein und aus wie eine gigantische Lunge: Pärchen, die ihre verschränkten Hände mit übertriebener Lebhaftigkeit hin und her schwangen oder sich gegenseitig ihre Arme um die Hüften legten; kichernde oder grölende Horden jeglichen Geschlechts; männliche, weibliche oder ökumenische Stricher und Huren; Händler, die Zeitungen, Slush Puppies mit Sirup in allen Farben des Regenbogens, Zigaretten und Lotterielose feilboten; hier und da ein Polizist, dem der Sinn eher nach einer Gratismahlzeit als nach einer Verhaftung zu stehen schien.

Die Gäste, die aus der »Rolligen Katze« herausströmten, trugen die Spuren ihres Besuches. Wie die Samen einer explodierenden Frucht stolperten und hüpften sie zu ihrem jeweiligen Fleckchen Erde, das sie ihr Heim nannten. Dabei lallten und schrien sie einander zu und verteilten linkische Haken oder nasse Küsse.

Weit nach Mitternacht taumelte ein solches Pärchen aus der Bar. Schwankend hielten sie sich aneinander fest, während sie die Straße entlangstolperten. Der Mann, groß und massig, trug die Kleidung eines Hafenarbeiters oder Seemanns: ein enges blaugestreiftes Hemd, weite Wollhosen, geflochtene Huaraches. Die rüschenbesetzte schwarze Bluse der Frau war ihr von den Schultern geglitten, und der Saum ihres roten Rocks, bunt bedruckt mit Wachsblumen und Sonnenwenden, drohte mit jedem taumelnden Schritt unter den spitzen Absätzen ihrer Schuhe hängenzubleiben.

Ziellos wie eine Murmel in einem beweglichen Labyrinth, von ihren Schlenkern immer wieder in die entgegengesetzte Richtung zu ihrem eigentlichen Ziel geführt, stolperte das Paar die fast menschenleere Straße entlang, sie kichernd, er grapschend.

Schließlich, ohne dass sie ihrem flüchtigen Hafen auch nur einen Schritt näher gekommen wären, zog der Mann seine Begleiterin in eine Gasse, einen stinkenden und von Pfützen übersäten Tunnel aus tiefster Finsternis. Noch am Eingang der Gasse presste er sie gegen die Wand. Ein dünner Lichtstreifen, der von der Straße hereinfiel, zerschnitt die beiden auf Hüfthöhe in zwei Hälften.

»Ich will dich jetzt und hier, Lenira.« Er zog ihr den Rock bis über die Hüften hinauf. Sie trug nichts darunter.

»Oh Gozo … lass uns warten, bis wir in meinem Bett sind.«

»Mein Schwanz schafft das nicht mehr. Überzeug dich selbst, Lenira.«

»Oh Gozo, er ist *riesig*! Ja, lass es uns hier machen. Deine Hände an meiner Muschi sind so zärtlich wie …«

»An deiner Muschi? Aber ich habe beide Hände an meinem gierigen Schwanz, um ihn für dich zu befreien, Lenira …«

Die Frau schaute nach unten.

Aus einem Haufen schmutziger Lappen, der auf mysteriöse Weise unter ihr aufgetaucht war, ragte so etwas wie ein bandagierter Arm hervor und streichelte ihre Klitoris.

Lenira schrie auf, und Gozo fluchte. Er wich zurück und trat mit voller Wucht gegen den Lumpenberg. Entgegen seiner Erwartung flog dieser jedoch nicht auseinander, sondern fing seinen Fuß einfach auf. Instinktiv sprang Lenira mit fliegendem Rock zur Seite, während Gozo sich hinunterbeugte und auf die Lumpen einschlug, um seinen Fuß zu befreien.

Plötzlich explodierten diese lautlos und schlangen sich um Gozos Kopf. Taumelnd richtete der Mann sich auf und krallte seine Finger in den Stoff, der sein Gesicht verdeckte. Doch schon nach wenigen Sekunden erstarben seine erstickten Hilferufe unter dem wildgewordenen Turban und er fiel rücklings auf die Steine.

Lenira tat einen vergeblichen Schritt auf ihren Liebhaber zu, besann sich jedoch offensichtlich eines Besseren. Ohne den Blick abzuwenden bewegte sie sich langsam zurück zur Straße und rannte dann los, als wäre der Teufel hinter ihr her.

Gozos nicht länger atmender Leichnam mit seinem unmodisch würgenden Schal lag noch einige Minuten ungestört da. Dann erklang von der Straße her das Geräusch barfüßiger Schritte.

Am Eingang der Gasse erschienen die Umrisse einer korpulenten Dame in Männerkleidung, die ihr einige Nummern zu groß war: das Hemd blähte sich wie ein Ballon um ihren Körper, den Hosenbund hatte sie mit einem Seil zusammengezogen. Sie wandte den Kopf, um die Straße entlangzuspähen, und eine dunkelviolette Terra incognita auf einer unregelmäßigen Hemisphäre ihres Gesichts bezeugte die schäbige Unwissenheit aller Kartographen der Seele.

Kerry Hackett, Senhorita Yemana, She-Beast – die Frau eilte durch die Gasse und beugte sich über den Leichnam.

»Lass ihn los, Blutkind.«

Die Kreatur aus lebenden, mit Menstruationsblut und Speichel befruchteten Baumwollstreifen verwandelte sich aus der Zweidimensionalität zurück in seine kindliche Gestalt. Die Frau breitete die Arme aus, das Lumpenkind sprang hinein und schlang seine bandagierten Hände liebevoll um ihren Hals.

»Mein armes Baby. Ich weiß, dass du niemals richtig geboren wurdest. All das ist meine Schuld, und jetzt musst du dafür leiden. Nun, lass uns einmal sehen, was wir für dich tun können.«

Das Blutkind kuschelte sich noch fester an ihre Brust. Die Frau summte ihm eine Weile leise etwas vor und setzte es dann behutsam wieder ab.

»Doch zuvor wollen wir die Essenz von diesem Herrn hier nicht vergeuden.«

Leichtfüßig kniete sie sich neben Gozos toten Körper. Sein Schwanz, fast bis zur Hälfte hinab behaart, ragte bereits teilweise aus seinem geöffneten Hosenschlitz, und sie zog ihn vollständig heraus.

Unter ihrer manuellen sekretorischen Zuwendung lebte ein Teil der sterbenden Zellen wieder auf und richtete sich empor. Wie Käfer auf einem Getreidehalm schmückten die grünen Fingernägel der Frau den Penis, und nach nur geringen Mühen ejakulierte er ein letztes kraftvolles Mal.

Mit schnellen peitschenden Bewegungen fing die starke Kamelzunge der Frau das Sperma direkt aus der Luft. Ein einziger großer Tropfen nur fiel auf die feuchten Steine, doch sie fand auch diesen.

Dann verließ das Paar die Gasse, und Blutkind musste traben, um mit seiner Mutter Schritt zu halten.

In den Straßen des Katzenkopf-Viertels waren jetzt nur noch wenige Nachtschwärmer unterwegs. Die Frau und ihr Lumpenkind hielten sich in den schokoladigen Schatten und tiefen Hauseingängen, und niemand beachtete sie. Etwa eine Stunde später schlängelten sie sich gerade auf einem Pfad durch eine Gruppe schlummernder Bäume, die das düstere Viertel vom Blue Afternoon trennten, als aus Richtung des Hotels schlurfende Schritte erklangen. Sogleich glitten die beiden in die Büsche.

Ein einzelner Mann, dünn und nachdenklich im Sternenlicht, kam über den Pfad. Die Arbeiten des Tages und eine deutlich sichtbare seelische Bürde hatten seinen Rücken gebeugt. Er murmelte leise vor sich hin.

»Gercina, warum tust du mir das an? Wozu nur? Wozu? Nach so vielen Jahren, in denen es uns nicht gelungen ist, warum kannst du es nicht einsehen? Deine Besessenheit wird uns noch umbringen.«

Widerstrebend steuerte der Mann auf sein unbehagliches Ziel zu, bis der Wind seinen verzweifelten Monolog verwehte. Die Frau und ihr Mündel folgten ihm in einiger Entfernung.

Ein kleines Mehrfamilienhaus in der Nähe des Katzenauges: hartgetretene Erde im Hof, überall Müll, der selbst für Plünderer ohne Reiz war, zerlumpte Kleider, die man über Nacht auf der Leine gelassen hatte. Der Mann öffnete die Tür zur Wohnung im Erdgeschoss. In einem der hinteren Zimmer brannte Licht. Seine beiden Verfolger gingen verborgen unter dem Fenstersims auf Beobachtungsposten, während um sie herum die nächtlichen Insekten ein unmelodisches Konzert surrten und trillerten.

Eine Petroleumlampe beleuchtete abgewetzte, mit Singvögeln bedruckte Tapeten. Auf dem Sekretär stand ein kleiner Altar – eine brennende Votivkerze, Ikonen von Heiligen und kleineren heidnischen Göttern, eine Werbung mit spielenden Kindern, die man aus einer Zeitschrift gerissen hatte. Auf dem sorgfältig gemachten Bett lag eine nackte Frau, schwarz wie Schwemmboden, mit dem sanften Blick eines Ochsen, Brüsten wie Pudding und Hüften so breit wie ein Flussdelta. Mit ihrer rechten Hand massierte sie träge ihre Klitoris.

Die Zimmertür wurde geöffnet, und herein trat der einsame Fußgänger aus der Dunkelheit. Sein stoppeliges Gesicht sah aus wie das eines traurigen Pferdes. Über seinem weißen Hemd und seiner dunklen Hose trug er eine schwarze Seidenweste und eine Fliege.

»Galeno, ich warte schon sehr lange auf dich.«

»Ich weiß, Gercina, ich weiß. Bitte lass mich einen Moment. In der Bar waren mehr Gäste, als du je gesehen hast, und Senhor Quincas hat mich heute Abend wahrlich schuften lassen. Trotz seines wundersamen neuen Arms glaube ich, geht es ihm nicht sonderlich gut.«

Gercina interessierte sich nicht für Galenos Gejammer. »Du musst mich jetzt vögeln, Galeno, das ist deine Pflicht als mein Ehemann.«

Während er seine Fliege und den Kragen seines Hemds lockerte, erwiderte Galeno: »Erst heute Morgen haben wir es gemacht, und dann noch einmal um Eins, bevor ich zur Arbeit gegangen bin. Hast du denn noch nicht genug?«

»Darum geht es nicht, und das weißt du auch. Wir müssen ein Kind machen. Ich will ein Kind, Galeno.«

Dieser hatte sich mittlerweile bis auf die Unterwäsche ausgezogen und stand nun vor ihr in einem ärmellosen Rippenhemd und verschlissenen Boxershorts, aus denen seine dürren Gliedmaßen wie Selleriestangen herausragten. »Aber all die Jahre, in denen wir es versuchten, haben uns keinen Erfolg gebracht. Sollten wir unser gemeinsames Leben nicht auch einmal von dieser Seite betrachten?«

»Aber meine Schwester …«

»Mein Gott, Weib! Ich will von deiner verdammten Schwester nichts hören!«

Gercina begann heftig zu weinen. Galeno setzte sich neben sie auf das quietschende Bett. »Ist ja gut, so beruhige dich doch. Ich habe es nicht so gemeint, mein Liebling. Bitte verzeih …«

Wenige Minuten später war er in den Armen seiner Frau gefangen wie ein einsamer Soldat, der von einer ganzen Division umzingelt wird. Noch immer auf dem Rücken liegend, hielt die ausladende Schwarze ihren bleichen Liebhaber im Griff ihrer kräftigen Beine und fischte seinen Schwanz aus den Boxershorts. Mit feuchten Lippen schluckte ihre bereits präparierte Möse seinen nunmehr zweifach gemolkenen Penis, und schon ließ die Frau ihren müden Mann seinem dritten Orgasmus entgegenhüpfen.

Erschöpft zog Galeno sich zurück, rollte hinüber auf seine Seite des Betts und war sogleich tief und fest eingeschlafen.

Gercina schloss die Augen, und ein zufriedenes Lächeln kräuselte ihre Lippen. Auch sie befand sich bereits an den Gestaden des Schlafes, hatte jedoch noch nicht in See gestochen.

Lautlos und ohne den Fenstersims zu berühren, sprang die weiße Frau, die draußen gelauert hatte, ins Zimmer und landete leicht wie eine Feder. Hinter ihr zog sich das Lumpenkind mühsam empor und kletterte ebenfalls hinein. Dabei machte es nicht mehr Lärm als ein Bündel Wäsche, das aus seinem Wäschekorb gefallen ist und nun die Treppe hinunterpurzelt. Auf nackten Füßen lief die Einbrecherin hinüber zu dem schlafenden Ehemann. (Auch Gercinas Augen blieben geschlossen.) Sie hob die Hand und streckte zwei Finger wie zum päpstlichen Segen; aus ihren grünen Nägeln tropfte Flüssigkeit. Mit ihren segenspendenden Fingern strich sie über die Lippen des Mannes, worauf dieser in eine noch tiefere Bewusstlosigkeit zu sinken schien.

Als sie sich auf das Bett kniete, riss Gercina erschrocken die Augen auf.

»Wer sind Sie? Gehen Sie weg! Galeno! Galeno!«

Kerry zog sich ihr Hemd über den Kopf und ließ ihre Brüste herausfallen. Ihre Möse leuchtete in kräftigem Pink, als sie den Knoten des Seils löste, das ihre Hose zusammenhielt, und aus ihr hinausstieg. »Sei ruhig. Dein Mann wird erst wieder aufwachen, wenn ich es erlaube.«

Gercina blickte sie mit großen Augen an. »Du bist eine Frau. Was willst du von uns? Wir haben kein Geld …«

Die Fremde antwortete nicht. Stattdessen ergriff sie Gercinas Fußgelenke und hob ihre Beine mühelos in die Höhe, um die Vagina der Schwarzen zu betrachten: eine dunkle, mit kleinen perlmuttfarbenen Schneckchen betaute Schwertlilie.

»Was denkst du, Blutkind? Gefällt sie dir?«

Der baumwollene Knirps trat an die Seite des Bettes und nickte stumm.

»Heilige Mutter Gottes! Was ist das?«

»Dein Baby.«

Gercinas Schrei wurde sogleich von Kerrys Hand auf ihrem Mund abgewürgt, und diese gewaltlose Repression schien auch den Kampfgeist der Schwarzen zu ersticken, obwohl sie sichtbar bei Bewusstsein war. Kerry ließ die schweren Beine wieder auf die Matratze herabfallen, spreizte sie noch weiter und hockte sich zwischen ihre Knie.

»Zuerst einmal müssen wir den toten Samen deines Mannes entfernen, um deinen Schoß für meinen Sohn zu bereiten.«

Mit diesen Worten griff Kerry sich zwischen die Beine. Ihre jadegrünen Fingerspitzen glitten zwischen die Lippen ihrer wandlungsfähigen Möse und zogen den spatelförmigen Kopf eines ansehnlichen Schwanzes heraus. Langsam aber stetig zog sie an ihrem maskulinen Glied, bis schließlich ein fast dreißig Zentimeter langer, deutlich geäderter Penis, fest in ihrem Innern verwurzelt, aus ihr herausragte.

Mit ihren Ellbogen umfasste Kerry Gercinas Beine hinter den Knien. Dabei berührte der Kopf des hängenden fremdartigen Glieds wie zufällig Gercinas inneren Schenkel, und fast schien es, als hielte es sich mit seinem kleinen Mund daran fest. Als Kerry es mit einem leichten Zupfen wieder ablöste, wurde das Fleisch der schwarzen Frau für einen kurzen Moment wie durch ein Vakuum nach außen gezogen.

Sobald Kerry den saugenden Schwanz an Gercinas gutgeschmierte Muschi gebracht und ihn einige Zentimeter weit eingeführt hatte, wurde sie näher herangezogen, sodass die beiden Frauen nun Muschi an Muschi saßen, und das nicht so sehr, weil Kerry ihre Hüften nach vorne geschoben hatte, sondern vielmehr, als würde sie von dem schlitternden Penis hineingesogen. Sie beugte sich vor, um ihre

Lippen auf Gercinas Mund zu legen, und der Blick der schwarzen Frau spiegelte noch größere Verwirrung als zuvor. Weiße Brüste pressten sich auf schwarze, Nippel glitt von Nippel wie feuchte Beeren in einer Küchenschale.

Obwohl von außen keine Pumpbewegungen zu erkennen waren, wackelte Gercinas Arsch in seismischen Schwingungen, als würde ihr Uterus umgepflügt.

Kerry beendete die Prozedur an einem Punkt der Perfektion, der nur ihr bekannt war, und als sie sich von Gercina löste, war kein männliches Glied mehr zu sehen. Sie reichte dem Lumpenbaby, das die Vorbereitungen für seine Menschwerdung aufmerksam beobachtet hatte, die Hand, und die Kreatur ließ sich von ihr auf das Bett ziehen.

Mütterlich hielt Kerry seinen bandagierten Kopf in ihren Händen und flüsterte: »Lebewohl, mein Kleiner. Ich wünsche dir alles Gute.«

Sie küsste das Lumpenkind auf die Stirn, dann hielt sie seine weichen Handgelenke fest und führte die beiden zu Fäusten geballten Hände an Gercinas Möse.

Der Stoff schlängelte sich durch die Schamlippen wie durch eine rückwärts drehende Wäschemangel.

Schon bald erreichte auch der weiche Kopf des Lumpenbabys den Eingang zur Vagina, wurde zusammengepresst, gefaltet und ohne große Weitung hineingezogen. Ihm folgte der gewickelte Rumpf.

Bald schon sah man nur noch einen einzelnen Stofffuss hin und her schlenkern, und dann zog der rückwärtslaufende Webstuhl, in den Gercinas Körper sich verwandelt hatte, Kett- und Schussfaden ihres neuen Embryos in sich hinein.

Gercinas Unterleib hatte bereits zu Beginn des Prozederes angefangen sich zu blähen und anzuschwellen, und jetzt zeigte er die titanischen Rundungen und den vorgewölbten Bauchnabel einer schwangeren Frau wenige Tage vor ihrer Entbindung. Sanft rieb Kerry über den riesigen Bauch, und die Massage ließ Gercina unwillkürlich in einen tiefen Schlaf sinken.

»Und nun reife eine Weile, mein kleines Blutkind. Lass deine weißen Knochen wachsen und lege dein schwarzes Fleisch an. Lass dein Herz nicht länger von leinenen Rippen hängen und dein Hirn in einem Kopf residieren, der härter ist und widerstandsfähiger als eine Windel. Dann komm heraus wie jedes andere Neugeborene, als Kind deiner Adoptivmutter, und vergiss mich.«

Kerry legte ihre Männerkleider wieder an und sprang wie ein Hase aus dem Fenster, während die Morgendämmerung herbeieilte.

Stunden vergingen, in denen nur das tiefe Atmen der beiden schlafenden Eheleute zu hören war. Galeno erwachte als Erster. Gercina lag auf der Seite und hatte ihm den Rücken zugewandt.

Er legte ihr eine Hand auf die Schulter. »Gercina, schau, es ist bereits hell. Es muss schon sehr spät sein. Wir sollten aufstehen.«

Gercina wälzte sich herum wie ein riesiger Wal. Ihr friedliches Gesicht zeugte von der Erfüllung eines lebenslangen Traums. Galeno jedoch wich voller Erstaunen zurück. Für einen kurzen Moment verschlug es ihm die Sprache.

»Darf eine zukünftige Mutter nicht ein wenig länger ruhen?«

»Heiliger Vater! Was hab ich getan?«

»Nur das, worum ich dich gebeten habe. Komm her und lege deine Hand auf meinen Bauch. Fühlst du, wie kräftig unser kleiner Sohn treten kann?«

***

Mit einem überraschten und zugleich betrübten Kopfschütteln trat Arlindo Quincas hinaus auf die breite und gut besuchte, von Büschen umsäumte Veranda seines Hotels. Er ignorierte die Zurufe seiner Freunde, Mitarbeiter und Geschäftspartner, was ihm einige neugierige, verdutzte und leicht verärgerte Blicke einbrachte, und manövrierte seine kräftige Gestalt zu dem Tisch, an dem seine fünf Kumpane zu sitzen pflegten. Zu dieser nachmittäglichen Stunde verschlangen die Männer gerade die letzten Reste einer großen Platte mit Ziegenrippchen, und die Berge fettiger Knochen, die sich vor ihnen auftürmten, schienen geradezu symbolisch für ihre jeweiligen Essgewohnheiten.

Vor dem dicken Ivo erhob sich der größte Knochenberg.

Der alte Ricardo hatte all seine sorgfältig abgenagten Rippchen in eng geschlossenen Reihen angeordnet.

Im Gegensatz dazu wies der Stapel des knorrigen Estevao nur einige sporadische Spuren seiner Zähne auf und enthielt noch ebenso viel Fleisch wie Knochen.

Der wieselige Januario hatte seine Reste einfach übereinandergeworfen wie eine hastige Hyäne.

Und der junge Belmiro hatte aus seinen Knochen eine kleine Pagode gebaut.

Quincas brach über die Gruppe seiner wohlgenährten Gäste herein wie eine Sturmböe, die sich über dem Meer aufgebaut hatte und nun, da sie an Land kam, alle Kraft verlor. Der eindeutig fassungslose Hotelier ließ sich auf einen leeren Stuhl sinken und befand sich sogleich im Mittelpunkt der Aufmerksamkeit.

»Was quält dich, mein Freund?« »Mach nicht so ein Gesicht, Kamerad. So schlimm kann es unmöglich sein.« »Ein großes Kompliment an den Koch! Dieses Ziegenkarree war einfach phantastisch!« »Trink doch etwas mit uns, Arlindo.« »Ist es schon wieder die Bruja, Arlindo?«

Quincas beantwortete nur die letzten beiden ihrer Fragen, Erstere, indem er das eisgekühlte Getränk entgegennahm, Letztere, indem er niedergeschlagen mit dem Kopf nickte und sagte: »Ja, ich glaube, Senhorita Yemana hat es ein weiteres Mal getan.«

Quincas wiederholte die seltsame Geschichte, die sein Barkeeper ihm erzählt hatte, als er zur Arbeit erschienen war, und seine Zuhörer nickten entweder weise oder voller Staunen. Als er seinen Bericht beendet hatte, bombardierten sie ihn mit zahlreichen Kommentaren und Fragen.

»Galenos Frau hat sich also geweigert ihm zu sagen, was wirklich in dieser Nacht geschehen ist, während er schlief?«, fragte Januario. »Ich hätte die Wahrheit schon aus ihr herausgeprügelt!«

Und Ricardo bemerkte: »Solch plötzliche Transformationen gibt es tatsächlich. Man sagt, dass sich ein Pferdehaar, welches man über Nacht in einer Pfütze schwimmen lässt, in einen Wurm verwandelt.«

»Warum glaubst du, dass deine Bruja bei dieser Sache ihre Finger im Spiel hatte?«, fragte Belmiro nachdenklich. »Gibt es Beweise?«

»Nein, natürlich nicht«, antwortete Quincas. »Galeno hat sie niemals auch nur erwähnt. Aber die Ähnlichkeit dieser beiden Ereignisse lässt mich gewisse Schlüsse ziehen. Ein neuer Arm, eine plötzlich hochschwangere Frau – wer sonst sollte es sein? Nach all den Jahren fruchtloser Versuche hatte der arme Galeno ganz sicher nichts mit dieser wundersamen Empfängnis zu tun.«

Ivo klopfte sich liebevoll auf seinen eigenen hervorquellenden Bauch. »Dann sollte ich mich wohl besser von deiner holden Hexe fernhalten, Arlindo. Mit diesem Bauch kann ich mir wahrlich keine Schwangerschaft leisten!«

Als das allgemeine Gelächter wieder verstummt war, fragte Ricardo: »Und nun, Arlindo? Hast du vor, den Katzenkopf nach deiner verflossenen Geliebten zu durchsuchen?«

»Nein, sie hat das Viertel sicher bereits verlassen. Ich sage euch, in ihr lebt eine rastlose Seele. Wer kann schon vorhersagen, wo sie als nächstes auftauchen wird?«

»Womöglich in deinem Bett«, bemerkte Januario.

»Das könnte ihm so gefallen«, spöttelte Belmiro. »Nein, das einzige fleischliche Vergnügen, dessen unser Gastgeber sich sicher sein kann, wird er erleben, wenn er uns am Freitag in das legendäre wohlriechende Reich von Senhora Graca begleitet.«

Quincas seufzte trübselig. »Und genau *hier* liegt das *nächs-*

te Problem.« Er senkte die Stimme und blickte sich um, bevor er weitersprach. »Ich habe von Senhor Reymoa für eben diesen Abend eine Einladung erhalten. Darciana wird auf seinem Anwesen ihre Einführung in die Gesellschaft feiern.«

Sogleich tadelte Ivo spöttisch: »So, so, du ziehst es also vor, einen ermüdenden Abend unter halben Kindern und ihren verwelkten Müttern zu verbringen, anstatt mit uns die fleischliche Gunst einer ganzen Schar begehrenswerter Schönheiten zu genießen, frisch vom Schiff aus Three Lakes, wo sie die verführerischsten Frauen heranziehen. Lieber Löffelbiskuit und Limonade als Ärsche und Rum? Und das alles nur, weil dein Bandit von einem Gastgeber einige Millionen auf dem Konto hat.«

»Ganz davon zu schweigen«, ergänzte Januario, »dass Ovid Reymoa, wenn man ihn verärgert, dafür sorgt, dass ein Mann sich von Körperteilen trennen muss, die er lieber behalten hätte.«

»Eben da liegt ja mein Problem! Auch ich lege keinen Wert darauf, meinen Abend mit einem Rudel Schülerinnen und ihren Anstandsdamen zu verbringen, aber ich wage es nicht, Reymoa zu beleidigen! Zumal mein Erscheinen auf dieser Veranstaltung nicht garantiert, dass er mir wohlgesonnen ist. Was soll ich nur tun, meine Freunde? Was soll ich nur tun?«

Jetzt ergriff der hagere Estevao, der bislang geschwiegen hatte, das Wort.

»Die Misere unseres Freundes erinnert mich an ein Ereignis, das sich zur Zeit meines Großvaters zugetragen hat. Ich werde euch davon erzählen. Womöglich hilft es, die Situation ein wenig besser zu beurteilen.

»Damals lebte in Bahia ein Mann namens Sinval Tomoz. Mein Großvater sprach häufig von ihm, zum einen, weil er als sein Bankier fungierte, zum anderen wegen der sonderbaren Dinge, die diesem ehrenwerten Herrn widerfuhren. Wie so viele von uns hielt sich auch Tomoz eine Geliebte.

Doch seine Frau reagierte äußerst hartherzig in Bezug auf eine so nützliche und allgemein praktizierte Gepflogenheit. Ohne ihn offen der Untreue zu beschuldigen, bediente sie sich doch jeder erdenklichen List, um ihm möglichst wenig Zeit mit seiner jungen Gespielin zu lassen. Unmengen von Verpflichtungen stürzten auf unseren unglückseligen Tomoz herab, immer wieder durchkreuzten gesellschaftliche Verbindlichkeiten und Reisen seine Pläne, sodass er seine hübsche Geliebte mit Glück einmal in der Woche zu sehen bekam. Selbstverständlich betrachtete Tomoz diese Situation als ausgesprochen frustrierend. Vergeblich suchte er in der uralten Trickkiste untreuer Ehemänner nach einer Lösung und beschloss schließlich, sich der Magie anzuvertrauen. Zu dieser Zeit – Ricardo, der Älteste unter uns, erinnert sich womöglich noch daran – stand vor jedem Geschäft eine lebensgroße hölzerne Indianerstatue. Jeder dieser geschnitzten Indianer präsentierte eine Ware, die im Laden verkauft wurde – ein Bündel Zigarren, eine Bratpfanne, einen Ballen Stoff. Damals, vor Erfindung des Radios, war dies nun einmal die primitive Art unserer Vorfahren, ihre Waren anzupreisen. Tomoz wandte sich also mit seiner ungewöhnlichen Bitte an den besten der einschlägigen Holzschnitzer. Er beauftragte ihn, eine Figur nach Tomoz' eigenem Ebenbild zu schaffen, und zwar so lebensecht wie nur möglich. Der Mann nahm die Herausforderung gerne an, werkelte sechs Monate lang und erhielt für sein Meisterwerk ein kleines Vermögen – gemeinsam mit der eindringlichen Warnung, absolutes Stillschweigen über die Angelegenheit zu bewahren. Als die Statue fertig war, lud Tomoz sein hölzernes, in Decken gewickeltes Ich sowie einige Kleidungsstücke in seinen Wagen und machte sich auf den Weg ins Landesinnere, um dort einer seltsamen, geheimen und recht anstrengenden Zeremonie unter der Leitung eines indianischen Hexenmeisters beizuwohnen, die – um es kurz zu machen – die hölzerne Figur zum Leben erweckte. Im Schutz der Dunkelheit kehrten Tomoz und sein Doppelgänger in die Stadt zurück. Als die Kutsche vor der Villa hielt, in der Tomoz und seine Frau lebten – sie hatten keine Kinder – schickte er seinen Repräsentanten, den er mittlerweile in alle Details seiner Pflichten eingewiesen hatte, an seiner statt hinein. Er selbst eilte begierig in die Arme seiner Geliebten.

Einige Wochen lang funktionierte der Plan ganz ausgezeichnet. Jeden Morgen verließ der falsche Tomoz wie verabredet das Haus, um zur Arbeit zu gehen, und traf sich mit dem echten Tomoz unweit der Villa, wo der untreue Bankier seinen verständigen Platzhalter in einem abschließbaren Holzschuppen versteckte. Hätten nicht ein paar ungezogene Gören eines Tages das Schloss des Schuppens aufgebrochen und den falschen Tomoz befreit, hätte diese Scharade wohl noch einige Jahre ohne Probleme fortdauern können.

Der falsche Tomoz, der nun zum ersten Mal allein in der Welt unterwegs war, kehrte jedoch nicht zur Villa zurück, sondern fand irgendwie – vielleicht teilte er die Erinnerungen des wahren Tomoz – seinen Weg zur Wohnung der Geliebten.

Als der echte Tomoz an diesem Abend kam, um seinen Platzhalter abzuholen, fand er nur noch einen leeren Schuppen vor. Verblüfft und beunruhigt lief Tomoz nach Hause, um seine Frau erst einmal mit einer Lügengeschichte abzuspeisen. Es war das erste Mal seit Beginn der Scharade, dass er sie zu Gesicht bekam, und er fand sie an der Haustür, wo sie ihn bereits erwartete. Sie schlang die Arme um seinen Hals und steckte ihm ihre Zunge ins Ohr! ›Oh, Sinval, ich kann es kaum erwarten, dich heute Abend wieder in mein Bett zu locken!‹

Ich brauche wohl nicht zu erwähnen, dass dies nicht der Begrüßung entsprach, die Tomoz von seiner Frau gewohnt war. Er löste sich von ihr, erzählte ihr etwas von einem Notfall in der Bank und machte sich mit einer schmerzhaften Vorahnung auf den Weg zu seiner Geliebten.

Als er in das Liebesnest stürmte, fand er sie auf dem Boden kniend und Obszönitäten kreischend, die sie niemals zuvor in seiner Gegenwart gebraucht hatte, während sein Doppelgänger sie von hinten nahm. Sogleich ergriff Tomoz ihn bei der Schulter und zog ihn von der Frau herunter. Und da sah er das geschwollene Glied dieser lebenden Skulptur. Es war mit einer weichen Haut überzogen und dennoch fortwährend hart wie Tropenholz, ein riesiger Knüppel, für den jede Frau über Leichen gegangen wäre. Zweifellos war es eine Huldigung des ergebenen Künstlers an seinen Auftraggeber, und doch, wie war dieser Tribut auf Tomoz zurückgefallen!

Nun, sobald man der überraschten Geliebten die Verwechslung erläutert hatte, entschied die sich ohne Umschweife für das Double! Tomoz verabreichte ihr eine angemessene Tracht Prügel und eilte nach Hause. Dort beichtete er seiner Frau die ganze Geschichte und überließ sich ihrer Barmherzigkeit. Doch als diese ohne ein weiteres Wort aus dem Haus lief, ließ er sich erschöpft in einen Sessel sinken und genehmigte sich einen Drink. Eine halbe Stunde später brachte ein Bote die Nachricht, dass seine Frau und seine Geliebte sich auf dem Marktplatz einen erbitterten Kampf um die Zuneigung seines hölzernen Doppelgängers lieferten!

Der echte Tomoz zuckte mit den Schultern und sagte nur: ›Wenn mein Doppelgänger Manns genug ist für sie beide, so soll er sie haben.‹

Als diese salomonische Nachricht die beiden kämpfenden Frauen erreichte, beendeten diese sogleich ihren Streit und schworen sich unter Tränen gegenseitig ewige Treue. Gemeinsam mit dem grinsenden Ersatz-Tomoz packten sie einige Wertsachen zusammen und zogen los, um sich in einem anderen Teil von Bahia niederzulassen, wo noch niemand von dem Skandal gehört hatte.«

Als Estevao seine Schauergeschichte beendet hatte, saßen seine Zuhörer eine Weile da wie benommen. Endlich sagte Quincas: »Und was lernen wir aus deinem grausigen Vortrag, Estevao? Schlägst du vor, dass ich mir ebenso ein Monster erschaffe, um mich am Freitag zu vertreten?«

»Natürlich nicht. Ich habe lediglich versucht, die Gefahren aufzuzeigen, die drohen, wenn man sich mit übernatürlichen Kräften einlässt. Wenn du die Bruja gar nicht erst in dein Bett gelassen hättest, hättest du auch nicht Senhor Reymoas Aufmerksamkeit auf dich gezogen; du hättest keine Einladung für die Veranstaltung dieser eitlen Hexe, Darciana, erhalten und könntest getrost mit uns die unschuldigen Freuden eines Bordellbesuchs genießen.«

»Immerfort schiebst du die Schuld auf Senhorita Yemana, die mir diesen wunderbaren neuen Arm geschenkt hat! Ich sollte dir damit dein runzliges Gesicht einschlagen ...«

Jetzt mischte Ricardo sich in den Streit ein. »Ganz ruhig, meine Freunde! Die Lösung des Problems ist äußerst simpel! Dieser Kindergeburtstag wird ohnehin bereits am frühen Abend beendet sein, während das Fest der Fleischeslust bei Graca vor Mitternacht kaum richtig begonnen haben wird. Folge Reymoas Einladung, Arlindo, und geselle dich dann zu uns für das wahre Vergnügen.«

Quincas schien der Vorschlag zu gefallen. »Warum eigentlich nicht? Wie blind ich war! Und dabei kann ich es doch allen recht machen!«

Seine Freunde klopften ihm anerkennend auf den Rücken, alle bis auf Estevao, dessen Postskript lautete: »So sprach schon manch ein Vermessener, bevor er kopfüber in die Grube stürzte.«

* * *

Auf halber Strecke den riesigen Hügel hinauf ratterte die leuchtend gelb, rot und orange lackierte spielzeughafte Gondel der Drahtseilbahn an ihrem abwärts gleitenden Zwilling vorbei, auf dessen vornehmen grünen Flanken einige ausgewählte Fotos exklusiver Villen prangten wie exotische Kanapees auf einem Salatbett. Eine ganze Traube von

Passagieren hing auf dem Trittbrett, klammerte sich an die Handleisten aus Messing und blickte neidisch auf diejenigen, die einen Sitzplatz im Innern der Gondel ergattert hatten. Abgesehen von einigen wenigen Ausnahmen ließen sich diese beiden Gruppen mühelos unterscheiden: Drinnen saßen hauptsächlich Hausangestellte in ihren Uniformen, während diejenigen, die einen Sturz riskierten, die gröbere Kleidung der Gärtner, Stallburschen, Holzhauer, Kohlenschaufler und Waschfrauen trugen.

Oben angekommen dockte die Gondel an, und die Riegel rasteten mit einem lauten Klacken in einen besitzergreifenden eisernen Liebesbiss. Die wenigen Passagiere, die um diese frühe Stunde mit der Seilbahn hinabfuhren, warteten müde in einiger Entfernung auf dem Bahnsteig, bis die Ankommenden ausgestiegen waren. Diejenigen, die außen auf den Trittbrettern des Wagens gestanden hatten, sprangen zuerst hinunter und verschwanden einer nach dem anderen in den von Büschen gesäumten und von den Schreien der Aras und anderer Papageien erfüllten Zufahrten zu den sie bereits erwartenden Rasenflächen, Küchen, Blumenbeeten und Hundezwingern ihrer Dienstherren. Die Passagiere, die im Innern gesessen hatten, strömten gemächlicher durch die geöffneten Harmonikatüren am vorderen und hinteren Ende der Gondel hinaus.

Eine junge Frau, die entschlossenen Schrittes aus der Gondel stieg, stach mit ihrem lavaroten Haar, das sie zu einem schweren Dutt aufgesteckt hatte, aus der Menge ihrer Landsleute heraus. Ihre klare, leicht olivfarbene Haut unterschied sich deutlich vom eher schlammfarbenen oder dunkleren Teint der anderen. Ihr ausladender Körper – fülliger Busen, Hüften und Bauch, die Oberarme fleischig wie Birnen – führte einen stummen aber leidenschaftlichen Kampf mit der biederen weißen Uniform eines Kammermädchens, die ihn bedeckte. Die weißen Baumwollstrümpfe verschwanden in derben schwarzen Schuhen, deren rissiges Leder sie offensichtlich mit viel Sorgfalt poliert hatte.

Mit einem matten, zerstreuten Lächeln schritt die Rothaarige selbstbewusst durch die schattigen Kurven und langen geraden Straßen, die abwechselnd von kräftig gestutzten Jacarandabäumen oder scharfblättrigen Palmen gesäumt waren. Hin und wieder ertönte das Gebell eines übereifrigen Wachhundes hinter einem der hohen schmiedeeisernen Zäune. Kindermädchen und Gouvernanten schoben oder zerrten ihre jungen Mündel über die mit Schieferplatten gepflasterten Fußwege. Müllmänner ruckelten mit ihren Karren voll Pferdemist der letzten Nacht, den sie mit Besen und Schaufeln von den geharkten Schotterstraßen aufgelesen hatten. All diese Arbeiter grüßte die weißgekleidete Frau höflich.

Schließlich stand sie vor einem schmiedeeisernen Tor mit einem schnörkellosen Metallschild, welches das dahinterliegende Grundstück als das Anwesen der Reymoas kennzeichnete. Zwischen zwei Gitterstäben ragte das Ende eines gewöhnlichen Sprechrohrs hervor, das hinter dem Zaun in der Erde verschwand und vermutlich ins Haus führte. Die Frau brachte ihre ungeschminkten vollen Lippen an den Trichter und meldete ihre Ankunft:

»Maura Colapietro meldet sich zum Dienst.« Nach einer kurzen Pause fügte sie hinzu: »Heute ist mein erster Arbeitstag.«

Das Sprechrohr gab keine Antwort, doch nach wenigen Minuten kam ein alter Pförtner angeschlurft, öffnete das Tor mit einem Schlüssel so groß wie eine kleine Hundepfote, bedeutete Maura stumm einzutreten und wies ihr den Weg zum Dienstboteneingang.

Direkt hinter der unauffälligen Tür stand eine ältere schwarzgekleidete Frau. Das steife Gebaren der Hausdame kennzeichnete sie als die Zuchtmeisterin, und auch die ordentlichen, seltsam deplaziert wirkenden grauen Härchen auf ihrer Oberlippe konnten ihrem missmutigen Gesicht nicht schmeicheln.

»Maura Colapietro, du bist beinahe zu spät.«

»Ich bevorzuge den Begriff ›pünktlich‹, Senhora Soares.«

Soares starrte Maura drohend an. »In diesem Fall divergieren unsere Ansichten ganz eindeutig, du kleine Göre, und hier gelten meine Regeln. Von jetzt an wirst du fünfzehn Minuten vor Beginn deiner Schicht hier erscheinen, damit ich kontrollieren kann, dass du gewaschen und angemessen gekleidet bist.«

»Also beginnt meine Arbeit nicht um acht, sondern um dreiviertel sieben. Was bedeutet, dass ich sehr viel früher mit der Straßenbahn fahren muss. Werde ich dafür bezahlt werden?«

»Selbstverständlich nicht! Was für eine Frechheit! Das hat man davon, wenn man einer Fremden Arbeit gibt, die eigentlich einer Einheimischen gebührt. Hätte Senhorita Darciana deiner Einstellung nicht persönlich zugestimmt, würde ich dich augenblicklich zur Tür hinausbefördern!«

Maura bemühte sich, ihre Vorgesetzte zu besänftigen. »Es tut mir leid, Senhora Soares. Ich wollte mich nur bei jemandem über die Regeln vergewissern, der sie am besten kennt.«

Schnaubend akzeptierte Soares die angebotene Détente. »Zieh dir deine Schürze und Handschuhe über, und dann fang an, das Silber zu polieren, das ich in der Vorratskammer herausgelegt habe. Aber halte dich bereit für den Fall, dass deine Herrin nach dir verlangt. Und vergiss nicht: Auch der kleinste Wunsch Senhorita Darcianas hat Vorrang vor jeglichen anderen Pflichten.«

»Jawohl, Senhora.«

Jetzt schien Soares sich wieder daran zu erinnern, dass sie Mauras Erscheinungsbild zu kontrollieren gedachte. Sie ließ ihren Blick über die junge Frau gleiten und nickte widerwillig. »Deine Uniform sieht aus, als wäre sie frisch gewaschen, und du scheinst tatsächlich vor nicht allzu langer Zeit gebadet zu haben. Aber hast du keine weniger eng anliegende Kleidung? Wirklich, deine Knöpfe scheinen jeden Augenblick zerspringen zu wollen!«

»Ich trage meine Kleider immer in dieser Größe.«

»Das bezweifle ich nicht. Und dein Haar? Ist es gefärbt?«

»Selbstverständlich nicht.«

»Welche Guineerin hat rote Haare?«

»Eine wie ich.«

Streitereien, die sich nicht zu ihrem Vorteil entwickelten, schienen Senhora Soares zu ermüden. »Und nun mach dich an die Arbeit und sorge dafür, dass du deinen Lohn auch wert bist.«

Den ganzen Vormittag verbrachte Maura damit, einen riesigen Berg an Silber zu polieren, der eines Sultans würdig gewesen wäre. Dabei rümpfte sie die Nase über den bitteren chemischen Geruch der Polierpaste. Um elf Uhr wurde sie in die Küche gerufen, wo der unter Dyspepsie leidende, zigarettenrauchende Koch des Hauses auf ein großes Silbertablett mit Gebäck und einem Stapel Geschirr sowie auf ein kleineres mit einer Kaffeekanne, Mokkatässchen, Milchkännchen und einer Zuckerdose deutete.

»Senhorita Darciana wartet auf ihre Erfrischung. Die kleine Prinzessin erleidet Qualen, entsetzlicher als die eines Märtyrers, und benötigt eine Stärkung.«

Maura tunkte ihren Finger in die Schüssel mit der restlichen Schlagsahne und lutschte ihn ab, wobei ihre Lippen sich irritiert schürzten und wieder entspannten. »Bekommt sie gerade Unterricht?«

Der Koch lachte. »Wo denkst du hin! Seit ihre Mutter gestorben ist, macht die Tochter nur noch, was ihr gefällt, und Schulunterricht gehört eindeutig nicht zu ihren Lieblingsbeschäftigungen.«

»Wie ist Senhora Reymoa gestorben?«

Der Koch blickte sich verstohlen um. »Es ist wohl klüger, nicht darüber zu sprechen.«

»Oh. Gut. Kannst du mir dann wenigstens verraten, was die kleine Prinzessin gerade macht?«

»Sie probiert ihr Kleid für die Feierlichkeiten morgen Abend an. Man hat wohl noch letzte Änderungen daran vorgenommen.«

»Und das ist eine Tortur?«

»Wenn man Darciana Reymoa heißt, dann ist es das. Kannst du beide Tabletts tragen, oder soll ich dir Hilfe rufen?«

Maura hievte das schwerere Tablett mit beiden Händen auf ihre Schulter und balancierte das Gewicht mit der Handfläche aus, bevor sie mit der anderen Hand das kleinere Tablett aufnahm. »Das nenn ich Muskeln! Bist du an den Beinen ebenso gut ausgestattet?«

»Glaubst du wirklich, ich würde dir Gelegenheit geben, das herauszufinden?«, erwiderte Maura mit gespielter Strenge, die sie augenblicklich Lügen strafte, indem sie es zuließ, dass der Koch ihr beim Verlassen der Küche in den Po kniff.

Mit konzentrierten Schritten, ihre beiden Tabletts sorgfältig balancierend, stieg Maura die geschwungene, mit Teppich ausgelegte Marmortreppe hinauf, die in die oberen Stockwerke der Villa führte. Der Korridor der oberen Etage, in den man am Ende der Treppe trat, zog sich von der Vorder- bis zur Rückseite des Hauses. Der Koch hatte Maura den Weg genau beschrieben, und so lief sie ohne zu zögern an einer Reihe geschlossener Türen vorbei, bis sie am vorletzten Zimmer ankam. Mit der Seite ihrer Fußspitze klopfte sie möglichst zaghaft an die Tür.

Die Stimme, die ihr antwortete, klang wie die eines jungen Mädchens, und doch eiskalt. »Komm herein.«

»Ich habe beide Hände voll, könntet Ihr mir bitte die Tür öffnen, Senhorita?«

»Mei-mei! Leg die Nadeln aus der Hand und lass sie herein.«

Die Tür öffnete sich, und statt eines Mädchens aus Bahia sah Maura sich einer Chinesin gegenüber, älter als sie selbst, aber jünger als Senhora Soares, und mit einigen der typischen verführerischen Merkmale ihres Volkes ausgestattet: den leicht schräg stehenden dunklen Augen, dem fleischfarbenen Amorbogen ihrer Lippen, der mattgoldenen

Haut und langem schwarzen glänzenden Haar. Sie trug ein kunstvoll besticktes Kleid aus azurblauer Seide mit einem tiefen Schlitz an der Seite und Schuhe mit auffallend hohen Absätzen.

Mei-mei trat zur Seite, um Maura eintreten zu lassen, und schloss die Tür hinter ihr.

»Schließ die verdammte Tür ab, damit wir nicht noch einmal gestört werden«, befahl Darciana.

Maura stellte ihre Tabletts mit den Erfrischungen auf ein kunstvoll geschnitztes Buffet und wandte sich um, damit sie ihre neue Herrin betrachten konnte.

Die Hälfte des Zimmers wurde von einem riesigen Himmelbett ausgefüllt, hinzu kamen Kommoden, Kleiderschränke und ein Schminktisch. In der Mitte des Raumes stand Darciana Reymoa auf einem prall gestopften rotsamtenen Kissen, wodurch sie Maura um einige Zentimeter überragte. Sie war barfuß und trug ein Unterkleid aus elfenbeinfarbener Baumwolle, das sie von den Oberarmen bis hinab zu den Schenkeln bedeckte. Das locker sitzende Kleidungsstück war am Rücken geschnürt und wurde in der Taille mit einem Band zusammengefasst, das durch eine Reihe winziger Schlaufen gezogen und vorne von einem Knoten gehalten wurde. Unter dieser prüden Hülle erschien Darcianas Körper noch sehr mädchenhaft: die Andeutung eines Busens, schmale Hüften. Ihre nackten Beine waren ebenso grazil. Das glänzende braune Haar fiel ihr glatt und dicht auf den Rücken hinab, und ihr schmales Gesicht mit der spitzen Nase zeigte keine Schwellungsschatten wie das ihres Vaters; doch auch in ihrem kühlen Blick und dem harten Zug um den Mund lagen Eigensinn und Entschlossenheit.

Neben Darciana stand eine kopflose Ankleidepuppe mit dem noch unfertigen Festkleid, einem Traum aus Satin, Spitze und Schleifen. Mei-mei hatte sich bereits wieder ihren Aufgaben als Schneiderin zugewandt und machte sich mit Nadel und Faden daran zu schaffen.

»Bring mir eine Tasse Kaffee, Maura.«

»Wie trinkt Ihr ihn, Senhorita?«

»Wie die Araber: heiß, schwarz und süß.«

Maura bereitete den Kaffee wie befohlen, stellte die Tasse auf einen Unterteller und reichte sie ihrer Herrin. Darciana nahm einen großen Schluck, ohne dabei den Blickkontakt mit ihrer neuen Dienerin zu lösen. Die Tasse klirrte in ihre Porzellanschale zurück, und Darciana sagte: »Mei-mei, ich werde jetzt hinuntersteigen. Ich habe mir eine Pause von deiner Tyrannei verdient.«

Die chinesische Schneiderin nickte, gab jedoch keine Antwort, und Darciana hüpfte vom Kissen. Sie war einen ganzen Kopf kleiner als die anderen beiden Frauen, doch in ihrer unerschütterlich herrischen Art, die selten mit einer solchen Jugend einhergeht, schien sie beide zu überragen.

»Nun, Maura, wie gefällt dir dein erster Tag bei uns?«

»Sehr gut, Senhorita. Auch wenn Senhora Soares ein richtiger Drachen ist.«

»Solange du es dir mit mir nicht verdirbst, brauchst du dich um die alte verschrumpelte Hexe nicht zu sorgen. Laudalina Soares steht tief in meines Vaters Schuld, und sie ist klug genug, mich nicht zu verstimmen. Papa hat sie vor vielen Jahren vor entsetzlicher Armut bewahrt, als ihr Mann von einigen Rivalen ermordet wurde, gegen die Papa einst kämpfte, bevor er sie alle beim großen Krieg um die Goldminen von Minas Gerais vernichtet hat.«

»Wahrlich eine traurige Geschichte.«

»Ja, das ist es. Unsere Großherzigkeit macht Papa und mich sehr empfänglich für die Leiden des niederen Volkes. Auch ich habe bereits damit begonnen, einige bedauernswerte Geschöpfe vor ihrem Schicksal zu erretten. Mei-mei zum Beispiel.« Darciana schaute voller Begeisterung auf die Chinesin, die noch immer mit dem Kleid beschäftigt war. »Während der Unannehmlichkeiten mit diesen Boxern in ihrer Heimat Kathai wurde sie zur Waise. Missionare retteten sie aus dem Chaos und brachten sie und einige andere

Findelkinder nach Bahia. Aber für die arme Mei-mei lief es nicht gut. Vielleicht aufgrund des schlechten Einflusses, vielleicht aber auch aus einer persönlichen Neigung heraus, wurde sie zur Hure. Ist es nicht so, Mei-mei?«

Mit teilnahmslosem Blick schaute die Schneiderin von ihrer Arbeit auf und nickte.

»Meine Brüder berichteten mir von ihrer misslichen Lage. Hermeto und Getulio. Bist du ihnen schon vorgestellt worden?«

»Nein, Senhorita.«

»Ah, du wirst sie noch früh genug kennenlernen. Sobald ich also von Mei-meis Notlage erfuhr, beschloss ich, sie zu befreien. Ich ließ sie vom Hurenhaus freikaufen und schickte sie für ein Jahr bei einem Schneider in die Lehre. Jetzt ist sie meine persönliche Couturière.«

»Das war wahrhaftig eine gute Tat, Senhorita.«

»Ja, das dachte ich auch. Und dein Fall erweckte ähnliche Gefühle in mir, wenn es dir auch nicht so schlecht ergangen ist wie Mei-mei.«

»Das ist wahr. Doch obwohl ich noch sehr jung bin, habe auch ich bereits meinen Anteil an Schicksalsschlägen einstecken müssen.«

Darciana trank den letzten Schluck ihres Kaffees und reichte ihrer Dienerin die Tasse zurück, wobei sich ihre und Mauras Fingerspitzen unter dem Teller ein wenig zu lange berührten, bevor Darciana die leere Mokkatasse, an deren Boden der nicht aufgelöste Zucker klebte, freigab.

»Piraten!« Mit offenkundig übertriebenem Entsetzen schüttelte Darciana ihre Schultern. »Erzähl es mir noch einmal.«

Offen und ehrlich berichtete Maura von diesen unheilvollen Jahren ihres früheren Lebens. »Ich war noch ein Kind, gerade einmal zwölf Jahre alt, die Tochter eines Fischers und seiner Frau in Brindisi, als ich von türkischen Piraten entführt wurde. Sie töteten meine Eltern und auch alle anderen im Dorf. Jahrelang missbrauchten mich diese stinkenden bärtigen Mistkerle, ich war nichts anderes als ein Spielzeug ihrer Lust, während sie auf ihren Raub- und Plünderfahrten über das Mittelmeer segelten. Auf den Azoren fanden sie dann ihr verdientes Ende unter den Kanonen eines portugiesischen Schlachtschiffs. Da es für mich keinen Grund mehr gab, nach Brindisi zurückzukehren, nahm ich ein Schiff nach Bahia. Hier schlug ich mich dann mit verschiedenen Arbeiten durch. Zuletzt habe ich auf dem Markt Fische ausgenommen, eine Arbeit, die ich noch aus meiner Jugend beherrsche. Dort habt Ihr mich gesehen.«

»Also fühlst du dich sicherlich meiner Barmherzigkeit verpflichtet, nicht wahr?«

»Ja, natürlich.«

»Ich freue mich, das zu hören. Schenke mir noch einmal Kaffee ein, Maura, und auch für dich und Mei-mei eine Tasse.«

»Vielen Dank, Senhorita. Mei-mei, wie trinkst du deinen Kaffee?«

Darciana antwortete für ihre Schneiderin. »Sie nimmt ihn ohne Zucker, wie sie es dir selbst sagen würde, wenn diese grässlichen Boxer ihr nicht die Zunge herausgeschnitten hätten. Zeige unserer Freundin den Schaden, den sie angerichtet haben, Mei-mei.«

Gehorsam öffnete die schöne Chinesin ihren Mund: eine glänzende pinkfarbene Höhle ohne ihren agilen Bewohner. Mit offenkundigem Interesse und ohne sichtbare Scheu, als hätte sie bereits weit Schlimmeres gesehen, starrte Maura in den Mund der anderen Frau, bis diese die Lippen wieder zu einem traurigen Lächeln verschloss.

»Diese Verstümmelung hinderte die arme Mei-mei daran, gewissen Pflichten ihrer vormaligen Anstellung nachzukommen. Doch ihre ungewöhnlich hohen Einnahmen beweisen, dass sie gelernt hat, diesen Makel auszugleichen.«

Mei-mei legte ihre Arbeit beiseite, um ihren Kaffee entgegenzunehmen, und Maura fragte: »Erstreckt sich Eure Barmherzigkeit auch auf die Indios, Senhorita?«

Darciana sah aus, als hätte sie am liebsten gespuckt. »Diese grässlichen Barbaren! Selbstverständlich nicht! Ich beschränke mein Mitgefühl auf die zivilisierten Rassen.«

Maura bereitete auch für sich eine Tasse, und eine Zeitlang saßen die drei Frauen auf ihren Stühlen und schlürften stumm ihren Kaffee. Dann sagte Darciana:

»Dieser Kaffee ist stark! Mir rinnt schon der Schweiß über die Brust! Euch beiden muss es ähnlich ergehen. Mei-mei, ich gestatte dir, dich dieser unbequemen Kleidung zu entledigen.«

Mei-mei erhob sich und griff nach hinten, um die Knöpfe ihres eng anliegenden Kleides zu öffnen. Wenige Augenblicke später sank es zu Boden. Die honigfarbene Haut der ehemaligen Hure glitzerte überall, bis auf die Stellen, an denen ein seidenes Band ihre wohlgeformten Brüste bedeckte und ein lockeres Höschen ihre Lenden verhüllte.

Darcianas Augen funkelten. »Jetzt du, Maura.«

»Aber, erwartet man von einem Dienstmädchen wie mir nicht, sich sittsam zu kleiden? Kann ich es wagen, mich in einem solchen Zustand erwischen zu lassen?«

»Mein Wort ist hier Gesetz, Maura. Und deine Aufgabe besteht darin, mir zu gehorchen.«

Maura schien nicht allzu besorgt, sondern vielmehr so, als hätte sie nur *pro forma* protestiert. »Wie Ihr wünscht, Senhorita.«

Nur noch mit einem Korselett bekleidet, an dessen Bändern ihre Strümpfe befestigt waren, bildete Mauras üppiger Körper das eine Ende des somatischen Spektrums, von dem Mei-mei die Mitte und Darciana das noch nicht ausgereifte andere Ende einnahmen. Mauras Korsage endete knapp über ihrem Bauchnabel und entblößte ihre karrotten-bernsteinfarbene Scham. Sie trug kein Höschen.

»So fühle ich mich ein wenig besser«, sagte Darciana. »Immerhin war ich zuvor als Einzige von uns nur teilweise bekleidet. Das ist kein Zustand für eine Herrin – es sei denn, natürlich, sie teilt ihre Nacktheit mit ihren Dienerinnen. Maura, würdest du uns jetzt wohl das Gebäck bringen?«

Maura ging zum Buffet auf der anderen Seite des Zimmers, wobei jeder ihrer Schritte von den aufreizenden Schwingungen ihrer festen, aber entspannten Arschbacken begleitetet wurde, und kehrte mit einer Platte Eclairs zurück. Darciana nahm einen der Liebesknochen, führte die längliche prall gefüllte Leckerei an ihre Lippen und leckte mit der Zungenspitze die cremige Füllung aus dem offenen Ende heraus.

»Fast wie ein richtiger Schwanz, findet ihr nicht, meine Damen? Mei-mei, zieh dein Höschen aus und lege ein Bein auf den Fußhocker.«

Nachdem sie ihre schwarzhaarige Möse entkleidet hatte, stellte Mei-mei einen stillettogeschmückten Fuß fest auf den Boden neben den Hocker, auf dem Darciana zuvor gestanden hatte, und legte den anderen leicht auf die Oberseite des samtenen Kissens. Darciana, die noch immer das Eclair in der Hand hielt, kniete sich mit leuchtenden Augen vor ihre Schneiderin auf den Boden.

»Öffne deine Muschi für diesen knusprigen Schwanz, du süße Hure.«

Die Chinesin griff nach unten, um ihre Schamlippen auseinanderzuziehen und ihren Eingang zu weiten. Instinktiv rückte Maura näher heran, um besser sehen zu können; ihr Atem wurde schneller. Darciana führte das Eclair ein kleines Stückchen in Mei-meis Vagina ein und begann es mit gleichmäßigen Drehbewegungen vorsichtig tiefer hineinzuschieben. Der dicke Schokoladenguss um das Eclair verschmierte Mei-meis Schamlippen. Als der Liebesknochen zu etwa zwei Dritteln verschwunden war, befahl Darciana: »Mach dich bereit für seinen Saft, Mei-mei.«

Sie stieß mit der Handfläche gegen das herausragende Ende des Törtchens und quetschte es, bis es auseinanderfiel.

Ein schroffer Laut entrann der stummen Chinesin, als die eisgekühlte Eiercreme in sie hineinströmte. Darciana zog das zerknautschte Törtchen wieder heraus und fuhr genüsslich mit der Zunge über das Ende, das sie in Mei-mei hineingesteckt hatte. Ein dicker Saft aus Scheidenflüssigkeit, Schokolade und Eiercreme war um ihren Mund verschmiert, und in ihren Mundwinkeln sammelten sich ein paar einzelne Krümel. Jetzt wandte Senhorita Reymoa sich an Maura, die ihre Brüste aus dem Korsett befreit und begonnen hatte, mit ihnen zu spielen. Ihre fleischigen Brustwarzen hatten sich bereits aufgerichtet.

»Und jetzt bist du dran, du scharfe kleine Afrikanerin. Leg dich auf den Teppich.«

Maura ließ sich auf den Boden sinken. Sie stellte die Füße auf, beugte die Knie und enthüllte ihre schon tropfende Möse, ein einzigartiger Phönix in einem Nest aus Flammen. Darciana nahm ein zweites Eclair und simulierte eine weitere Ejakulation.

»So, und jetzt müsst ihr beide die Wichse bis zum letzten Tropfen wieder herausholen. Maura, du wirst die stattlichen Muskeln deiner Muschi, die ich bereits gespürt habe, kräftig anstrengen müssen, damit die arme Mei-mei an alles herankommen kann. Aber, auch wenn nur eine von euch eine Zunge hat, so besitzt ihr beide natürlich immer noch eure Finger.«

Das Mädchen schob die kniende Mei-mei über die noch immer auf dem Rücken liegende Maura, bis die beiden Frauen die notwendige Intimität gefunden hatten. Mei-meis Beine stützten die Kathedrale aus Mauras Rippen. Ihr Brustband war hinuntergerutscht und enthüllte nun die leuchtend roten Knospen ihrer Brüste.

»Und nun macht euch an die Arbeit und lasst keinen Tropfen übrig.«

Sie platzierte ihr Gesicht direkt an Mei-meis Hinterteil und beobachtete aufmerksam, wie Mauras Zunge die Muschi der Chinesin aushöhlte, in ihr Loch eintauchte und mit unechtem Sperma überzogen wieder herauskam.

»Oh, das war wirklich gut für den Anfang!« Darciana rutschte an den umschlungenen Frauen entlang nach Süden und sagte zu ihrer Schneiderin: »Erlaube mir, dich in der richtigen Technik zu unterweisen.«

Darciana schob ihren Mittelfinger bis zum letzten Glied in Mauras Möse und zog ihn schleimüberzogen wieder heraus. Dann steckte sie ihn Mei-mei in den Mund, und während sie ihn langsam wieder herauszog, schälten die Lippen der Chinesin die süße Creme davon herunter.

Jetzt begannen die beiden Frauen in *Soixante-neuf* mit zunehmender Hemmungslosigkeit das fleischige Dessert der anderen aufzulecken und zu erforschen. Darciana beobachtete sie aufmerksam aus jedem Winkel und half hin und wieder mit Worten oder mit ihren Händen. Doch zu keiner Zeit wanderten die Hände des Mädchens an ihre eigene Möse, ganz so, als wollte sie die Selbstbeherrschung bewahren, um das Lecken und Befingern zu dirigieren.

Als Mei-mei und Maura sich dem Höhepunkt ihrer Lust näherten, zog Darciana rasch eine Nadel aus dem Nähkästchen ihrer Schneiderin. Dann kniete sie sich hinter Mei-mei und stach ihr mit der Nadel in die Arschbacken. Die Chinesin stieß ein überraschtes unverständliches Krächzen aus, hörte jedoch nicht auf, weiter Mauras Möse zu ergründen. Ein winziger Blutstropfen in der Größe eines Insektenauges erschien auf ihrer goldenen Haut.

»Die Piraten haben euch in ihrer Gewalt, Mädchen. Gebt ihnen eine gute Vorstellung, vielleicht lassen sie euch dann leben.«

Ihr eigenes Verlangen, zum Höhepunkt zu kommen, und Darcianas theatralische Drohung veranlassten die beiden Frauen, mit doppeltem Eifer zu saugen. Darciana fuhr fort, willkürlich mit der Nadel in Mei-meis Arschbacken zu stechen, bis dieser mit kleinen Blutstropfen übersät war. Das Blut sammelte sich und floss dann über die epidermalen Abhänge der Chinesin hinab zu ihren inneren Schenkeln.

»Leck es auf, Maura.«

Mit weit aufgerissenen Augen, um mit ihrer Herrin Blickkontakt zu halten, lutschte Maura die blutroten Spuren mit ihrer zuckerüberzogenen Zunge auf.

Die beiden Frauen erreichten ihren Höhepunkt mit zweistimmigem Kreischen und Grunzen. Mei-mei fiel auf Maura hinab, und einen Moment lang lagen die beiden schwer atmend übereinander, bevor sie sich trennten.

Gebieterisch stellte Darciana sich nun über die beiden, die Hände vor ihrer flachen Brust verschränkt.

»Und nun lasst uns auch *Euch* Vergnügen bereiten, Senhorita«, sagte Maura mit offenkundig wahrem Großmut.

Darciana antwortete mit schneidender Stimme: »Daraus wird nichts. Für diese Dinge greife ich auf andere Quellen zurück. Von euch beiden verlange ich nichts, als dass ihr euch herrichtet und mein Zimmer wieder aufräumt. Seht zu, dass kein Blut auf den Teppich kommt! Wenn ich auch nur einen einzigen Tropfen finde, werde ich euch züchtigen lassen, dass euch Hören und Sehen vergeht.«

Noch immer in ihrem Unterkleid verließ Darciana ihr Schlafzimmer. Draußen im Korridor eilte sie hinüber zu einer großen Flügeltür, an dessen rechtem Flügel ein großer Messingknauf prangte. Sie stemmte sich dagegen, schlüpfte hinein und blieb direkt hinter der Türschwelle stehen.

Die Bibliothek der Reymoas, ein höhlenartiger Raum mit gebohnertem Fußboden, zog sich über zwei Stockwerke. Die mit verschiebbaren Leitern versehenen Regale an den Wänden – voller einheitlich gebundener Bücher, die beschämt ihre ungeschnittenen Seiten verbargen – ragten bis hinauf zur stuckverzierten Decke; ein mit einer Marmorplatte versehener Lesetisch, ein Katheder mit einer aufgeschlagenen Bibel und einige Ledersessel mit quadratischen Nagelköpfen entlang ihrer Flanken dominierten das mit einem ovalen Teppich ausgelegte Zentrum des Raumes.

In zweien der eng zusammenstehenden hochlehnigen Sessel, goldfarbene Drinks jeweils in Reichweite und mit beinahe obszöner Befriedigung ihre aromatischen Zigarren paffend, saßen zwei junge, gutaussehende, frischrasierte Männer, nicht älter als fünfundzwanzig. Kaum mehr als ein Jahr mochte sie trennen, und in ihren Gesichtszügen zeigte sich brüderliche Affinität – das granitene Kinn, die markanten Wangenknochen, die blauen Augen – obwohl der eine aschblondes, der andere eher hellbraunes Haar hatte.

Zwischen den einzelnen Zügen an ihren Zigarren diskutierten die beiden angeregt miteinander und bemerkten deshalb ihren Gast zunächst nicht, bis der blonde von ihnen Darciana durch die Schwaden des blauen Zigarrenrauches hindurch erblickte.

»Hermeto! Unser Schwesterchen ehrt uns mit ihrer bezaubernden Anwesenheit. Sie kommt gerade recht, um in unserer kleinen Unstimmigkeit zu vermitteln!«

»Getulio, wie immer eilen deine Gedanken den meinen voraus. Darciana, meine Liebe, gesell dich zu uns.«

Mit dem Lächeln eines Geldverleihers bei einer Zwangsversteigerung tänzelte Darciana hinüber zu ihren Brüdern. Sie setzte sich auf Hermetos Schoß und schlang die Arme um seinen Hals. Dann hob sie die Beine und legte ihre Füße auf Getulios Schenkel. Die Brüder lachten. Hermeto ergriff sein Glas, hielt es Darciana an die Lippen, und sie nahm einen großen Schluck des starken Rums, ließ ihn durch ihren Mund kreisen und schluckte. Getulio beugte sich vor, um die Krümel aus den Spalten ihres Lächelns zu wischen.

»Na, Schwesterherz, hast du dir ein paar Leckereien gegönnt?«

»Oh ja. Ich werde euch alles genau berichten …«

Hermeto hob gebieterisch die Hand. »Einen Moment. Erst musst du unseren Disput entscheiden. Getulio, die Zeitung bitte.«

Getulio nahm eine Ausgabe des *Nördlichen Boten*, der bereits auf der Seite der aktuellen Renntermine aufgeschlagen war, vom Tisch und reichte sie seinem Bruder mit der Bemerkung: »Du weißt, dass ich für gewöhnlich nicht viel von fiktiven Geschichten halte, Bruder, aber auf diese Geschichte im heutigen *Boten* möchte ich dich doch hinweisen. Ihr Titel lautet ›She-Beast‹, und es ist weiß Gott ein seltsamer kleiner Alptraum. Ich wage zu behaupten, dass dieser Sabino sich mit diesem Glanzstück noch einen Namen machen wird.«

»Ich werde es zu gegebener Zeit lesen, Bruder, sofern nichts Wichtigeres dazwischenkommt.« Hermeto hielt Darciana die Zeitung hin und tippte mit dem Finger auf eine Zeile. »Hör gut zu, Schwesterherz. Wir möchten tausend Klauen beim ersten Rennen heute im Sambadrom wetten. Doch mein jüngerer Bruder besteht darauf, das Geld auf einen Gaul mit dem unmöglichen Namen ›Chocolate Woman‹ zu setzen, während ich als der Ältere und Erfahrenere ›Carnival Queen‹ favorisiere. Und da er ebenso starrköpfig ist wie du, wirst nun du die Entscheidung fällen müssen.«

»›Chocolate Woman‹.«

Hermeto tat, als wollte er Darciana von seinem Schoß hinunterschubsen, was nur dazu führte, dass sie laut aufschrie und sich noch enger an ihn schmiegte. »Verräterin! Hat er etwa seinen Rum mit dir geteilt oder ich? Nun ja, ich befürchte, ich werde deine launenhafte Entscheidung wohl akzeptieren müssen. Gab es irgendwelche rationalen Gründe für dein Urteil?«

»Eher eine vielversprechende Ahnung. Ich habe gerade den Saft von zwei schokoladenverschmierten Muschis geleckt.«

Ein anderes Leuchten als der Glanz des Wetteifers funkelte jetzt in den Augen der beiden Männer. »Du musst uns alles genau berichten.« »Unbedingt. Und lass nichts aus.«

Darciana begann, ihnen von dem Liebesakt ihrer beiden Dienerinnen zu erzählen, den sie veranstaltet hatte. Unter der Massage ihrer kleinen Füße stellte sich Getulios Schwanz in seiner Hose rasch auf, und auch Hermetos Manneskraft, eingeklemmt unter ihrem Arsch, regte sich. Die Brüder stellten ihre Drinks auf das Tischchen und legten ihre Zigarren beiseite, sodass Getulio seine Hände über Darcianas Beine gleiten lassen konnte, während Hermeto ihre Brüste massierte.

Darciana beendete ihren Bericht mit den Worten: »Und

ich möchte wetten, dass Maura euch beiden geilen Böcken schon bald ebenso viel von ihrer heißen Muschi zeigen wird wie Mei-mei.«

»Ah«, sagte Hermeto, »doch dank dir sind die beiden hübschen Damen jetzt erschöpft, und nur du bist hier.«

Während er die Bänder ihres Unterkleids öffnete, begann sein Bruder den Knoten ihres Hüftbandes zu lösen. Bald stand Darciana nackt vor ihnen, ihr bereits dicht behaarter Schamhügel bildete einen interessanten Kontrast zu ihren noch rosafarbenen Brustwarzen.

Die Brüder zogen eilig ihre leichten Wollhosen aus. Ihre Schwänze glichen sich wie ein Ei dem anderen, was erneut ihre Blutsverwandtschaft bestätigte. Jetzt standen alle drei Geschwister in der Mitte des Raums. Darciana lehnte sich mit dem Rücken gegen Hermeto, und da sie recht klein war, stieß sein Schwanz gegen ihren Steiß. Die beiden hakten ihre Arme ineinander, und er hob sie mühelos in die Luft, bis sein Schwanz ihre Möse durchschnitt wie ein Zaunpfahl. Darciana schloss die Augen und stöhnte. Der Penis, der weit über ihren schlanken Körper hinausragte, schien aus ihrem eigenen Fleisch gewachsen zu sein.

Getulio kniete sich vor die verschlungene Aktszene. Darciana hob die Beine, legte sie um seine Schultern, und er nahm Hermetos Hoden in seine Hand.

»Sei nicht wütend auf mich, Bruder, weil unser Schwesterherz bei der Pferdewette zu meinem Vorteil entschieden hat. Du weißt, dass wir alles für dich tun würden.«

Blauumrandete Lippen umschlossen die Spitze von Hermetos Schwanz, und Getulio schluckte einige Zentimeter davon, bis er von Darcianas gespreizter Möse gestoppt wurde. Während er nun die Hoden seines Bruders knetete, drückte er mit der Oberlippe so weit wie möglich gegen Darcianas Klitoris. Dann glitten seine Lippen wieder zurück, und seine Zunge widmete sich eine Weile Hermetos Eichel, während er Darcianas Klitoris mit den Fingern bearbeitete.

Bald konnten Hermeto und Darciana das Vorspiel nicht länger ertragen. Getulio erhob sich von den Knien, und Darcianas Beine glitten von seinen Schultern hinab und umschlangen seine Hüften. Er ergriff ihren zierlichen Arsch und zog sie einige Zentimeter nach vorn. Hermeto beugte die Knie, um seinen nassen Schwanz in das einladende Portal von Darcianas Hinterpforte zu schieben, während Getulios Gegenstück ihre Möse ausfüllte, die beinahe ebenso eng war.

Einen kurzen Moment lang hielt das Trio inne, bis Darcianas von lautem Stöhnen begleitete Windungen synchrone Stöße von vorne und hinten auslösten. Hodensack stieß gegen Hodensack wie zwei Pendel, die die Dauer ihrer Ekstase maßen. Schweiß und Körpersäfte schmierten die in sich verschlungene Maschine aus drei Sätzen von Genitalien.

Hermeto, begünstigt durch die Aufmerksamkeit von Mund und Arsch, kam als Erster und ergoss sich tief in Darciana hinein; Getulio folgte ihm nur eine Minute später.

Sobald der dreigliedrige Motor sich nun wieder in seine Einzelteile getrennt hatte, stellte Darciana sich mit gespreizten Beinen auf und winkte die Männer zu sich heran.

»Beeilt euch, Jungs! Muss ich euch denn wirklich noch erklären, was ich will?«

Die beiden Männer tauschten ihre Positionen, sodass Getulio nun hinter seiner Schwester kniete und Hermeto sich ihrer Muschi widmete. Darciana legte ihnen jeweils eine Hand auf den Kopf, krallte sich damit in ihre farblich so verschiedenartigen Locken und drückte ihre Gesichter noch fester an sich. Und die Brüder begannen mit ihren Mündern all das wieder zurückzuholen, was der andere mit seinem Schwanz verliehen hatte.

»Alle glauben, dass nur die Haare euch unterscheiden. Aber Darciana weiß es besser! Der Geschmack eurer Wichse ist gänzlich verschieden. Nun macht schon, leckt alles heraus und sagt mir, ob ich nicht Recht habe!«

* * *

Die fünfte Etage des Blue Afternoon Hotels, zu der Gäste keinen Zutritt hatten, bestand aus einem Gewirr kleiner Kammern mit schrägen Decken, wie sie die Form des Mansardendaches vorgab. Der nicht unangenehme Geruch des alten Gebälks, der das gesamte Labyrinth durchzog – Generationen von Insekten, die dezenten alchemischen Verbindungen aus dem Schmelztiegel, angefeuert durch das langsame kalte Feuer der Zeit, in dem das Holz zu Staub zerfällt, die Überreste würzig duftender Rinde, die noch an den geschliffenen Bohlen hing – und der einzelne verwegene Lufthauch, der durch die schmalen runden Fenster wehte (von der Straße aus erinnerten sie an eine Reihe von Bullaugen in einem Schiff), konnten das Gefühl von Grabesenge nicht vertreiben.

In einem der Zimmer, das sich in keiner Weise von den anderen auf diesem Stockwerk unterschied, stand Arlindo Quincas vor einem mit blinden Flecken übersäten Spiegel und bereitete sich auf den Abend vor. Ein eisernes Bettgestell, ein Toilettentisch, ein Krug mit einem Waschbecken, ein Nachttopf, ein Garderobenschrank – die Angestellten des Hotels, die diesen Kaninchenbau unter dem Dach bewohnten, hätten sich in diesem einfachen Zimmer des Hoteliers wie zu Hause gefühlt.

Quincas gab Pomade in Haare und Schnurrbart und nahm eine kleine grifflose Bürste, um sich zu frisieren. Dann goss er einen Fingerbreit warmen Wassers in ein Glas, gurgelte damit und spuckte es in die Waschschüssel. Er zog sein neues Jackett über, das auf seine taubengraue Hose abgestimmt war, und zupfte dann nervös an der Schulter seines Ärmels herum, in dem sein neuer Arm steckte, als wäre er – trotz augenscheinlicher Bestätigung des Gegenteils – aufgrund jahrelanger mentaler und physischer Gewöhnung an seine ehemalige Amputation davon überzeugt, dass das Jackett irgendwie schief saß.

Nur das laute regelmäßige Ticken einer Uhr durchbrach die Stille dieses Adlerhorstes. Ihr leuchtendes Ziffernblatt zeigte sechs Uhr. Das malerische Licht der Abendsonne ließ die Ränder der Bullaugen erstrahlen.

Jemand klopfte an die Tür, und Quincas seufzte wie ein Mann, der sich matt gegen die fortwährenden Verpflichtungen eines Hoteldirektors zu wehren suchte. Mit einem Ausdruck wohlbedachten Pflichtbewusstseins ging er zur Tür und öffnete.

Als wären sie von dem Bildhauer in Estevaos Geschichte über den geilen Tomoz geschnitzt und von irgendeinem Witzbold vor Quincas Tür abgestellt worden, standen dort ein Indio und eine India, ihre Gesichter so unerschütterlich wie das des Mondes.

»Ixay, Yeena … was führt euch hierher um diese Zeit?«

Der Gärtner und das Barmädchen blinzelten bedächtig, dann begann Ixay zu sprechen.

»Wir müssen Euch für eine Weile verlassen, Senhor.«

Quincas schüttelte den Kopf, als ergäben die Worte keinen Sinn. »Was? Was redest du da für einen Unsinn? Habe ich euch nicht immer gut behandelt? Hat einer meiner Gäste euch beleidigt? Wenn das so ist, nennt mir den Namen, und ich werde dafür sorgen, dass er verschwindet!«

Ixay schaute zu Yeena, wie um zu sehen, ob sie vielleicht etwas sagen möchte, doch die senkte nur den Kopf. »Nein«, antwortete der Gärtner, »es ist nichts dergleichen. Ihr seid ein guter Arbeitgeber, Senhor. Das Problem ist ein anderes. Wir haben soeben Nachricht von Paiwe, unserem Stammessprecher, erhalten. Er befiehlt uns, noch heute Nacht in unser Dorf zurückzukehren. Es gibt ein Problem auf unserem Land, und der ganze Stamm muss sich versammeln, um es zu lösen.«

»Meine Freunde, ich verstehe kein Wort. Aber ich sehe, dass ihr beide fest entschlossen seid, fortzugehen. Lasst mich euch versichern, dass ihr hier jederzeit wieder willkommen seid – am besten recht bald, ehrlich gesagt. Verdammt, es wird nicht leicht sein, so kurzfristig Ersatz zu finden! Und die Viehtreiber werden schon bald in der Stadt sein …«

»Es tut uns leid, Senhor. Doch wir haben keine Wahl.«

»Nun ja, lasst uns hinunter in mein Büro gehen, damit ich euch euren Lohn auszahlen kann.«

»Bitte, Senhor, verwahrt das Geld für uns. Dort, wo wir hingehen, werden wir es nicht brauchen.«

Kurz nachdem die beiden Indios sich mit ihren kleinen Lederbündeln auf dem Rücken auf den Weg zu ihrer obskuren Stammesversammlung gemacht hatten (ein latentes Aroma von Zigarrenrauch, das schwindende Klicken von Vaginalschmuck), lief auch Quincas die Treppe hinunter und trat auf die Straße. Ein Junge brachte seine Pferde und die kleine Kutsche, und Quincas stieg hinauf und nahm die Zügel.

Am Fuße des Hügels, auf dem die Anwesen der Reichen lagen, in einem grünen Viertel, das man das Ambratal nannte, die Gegend der Händler und Kaufleute, brachte Quincas die Pferde vor einem bescheidenen Haus zum Stehen. An einem der Fenster wurde eine Gardine zur Seite geschoben, und dann öffnete sich die Tür. Ein Mann mit silbernem Haar und schneeweißem Bart, der ein Cousin des ernsthaften Ricardo hätte sein können, trat gemeinsam mit einer Frau seines Alters auf die Straße. Die beiden küssten sich, und der Mann kletterte eilig auf den Wagen und ließ sich neben Quincas nieder, der sogleich seine Pferde wieder antrieb.

»Arlindo, noch einmal vielen Dank, dass ich bei Euch mitfahren darf! Meinem Pferd wird die Ruhepause guttun. Das Pferd eines Arztes hat viele schlaflose Nächte zu erdulden.«

»Keine Ursache, Doktor. Es ist gut, nicht allein zu Senhor Reymoa fahren zu müssen, sonst wäre ich noch Gefahr gelaufen, auf halbem Wege umzudrehen und zu den einfachen Freuden meines Junggesellenlebens zurückzukehren.«

»Ah, die übertriebene Reputation eines Ovid Reymoa sollte uns nicht davon abhalten, uns an seinen Speisen und seinem Rum gütlich zu tun. Viele unserer Freunde werden ebenfalls dort sein, sodass wir dem ganzen Reymoa-Clan und ihren Speichelleckern nicht allzu viel Aufmerksamkeit werden schenken müssen, nachdem wir uns ein oder zwei Mal in ihre Richtung verneigt und die junge Senhorita zu ihren jugendlichen Reizen beglückwünscht haben.«

»Und doch fühle ich mich seltsam unbehaglich …«

»Oh, nun vergesst solch alberne Gefühle. Sie sind ganz und gar unnötig! Ich werde Euch ein Beispiel nennen. Letzte Nacht empfing ich Euren Barkeeper, Galeno, auf meiner Veranda. Er war außer sich vor Sorge. ›Doktor, kommt schnell, meine Frau liegt in den Wehen!‹ Auf dem Weg zum Katzenkopf fragte ich ihn, ob die Schwangerschaft bislang normal verlaufen sei. ›Woher soll ich das wissen? Bisher hat noch kein Arzt sie untersucht, es war einfach keine Zeit.‹ Stellt Euch das nur einmal vor, da gibt der Herr uns neun Monate zur Vorbereitung, und dieser Mann sagt mir, er habe keine Minute Zeit gefunden, um seine schwangere Frau zu einem Arzt zu bringen! Bei einem Bauern auf dem Land könnte ich so etwas vielleicht verstehen, aber ein gebildeter Mann in einer modernen Stadt … Es ist wahrlich eine Schande! Ihr könnt Euch also denken, dass ich mit dem Schlimmsten rechnete. Und was sah ich? Die einfachste Geburt, die ich jemals erlebt habe. Es gab kaum mehr für mich zu tun, als dazustehen und zuzuschauen. Dieses Baby ist sozusagen aus ihrem Unterleib herausgeklettert! Ein richtiger kleiner schwarzer Teufel, jedes Glied perfekt geformt. Nuckelte bereits wie ein Soldat, als ich mich auf den Heimweg machte.«

Quincas versank in nachdenklichem Schweigen, als grübelte er über Dinge, die Doktor Zefiro unbekannt waren. »Galeno ein Vater. Wer hätte nach all den Jahren gedacht, dass er es doch noch in sich hat? Ich werde wohl seinen Lohn um ein oder zwei Klauen erhöhen müssen.« Quincas schnalzte mit der Zunge. »Dennoch müsst Ihr zugeben, Doktor, dass eine Vorahnung sich manchmal bewahrheiten kann.«

»Nicht heute Nacht, Arlindo. Was sollte auf einer derart gut organisierten Festlichkeit schon passieren?«

Unter einiger Anstrengung zogen die Pferde die kleine Kutsche mit den beiden Männern über die steilen Serpentinen den Hügel hinauf und hielten in eben dem Augenblick vor dem Anwesen der Reymoas, als ein Zuckerbäcker-Sonnenuntergang den Himmel erstrahlen ließ. Der noch fast volle Mond hatte bereits begonnen, der Sonne die Herrschaft streitig zu machen. Eine lange Reihe von Kutschen, jede von ihnen eleganter als Quincas' kleines Gefährt, säumte die Einfahrt. Die meisten waren noch damit beschäftigt, ihre Passagiere auszuladen. Ein livrierter Stallmeister hielt die Zügel ihres Gespanns, während Quincas und Flávio sich bemühten, möglichst würdevoll hinabzusteigen. Sie blickten zu dem prächtigen Herrenhaus, das wie ein uralter versteinerter Riese, gehauen aus den Sedimenten der Weltalter, vor ihnen aufragte.

Plötzlich stürmte eine Traube schreiender Menschen, Gäste und Angestellte, wie aus den Toren der Hölle durch die geöffneten Türen und über die Eingangstreppe der Villa. Eine Witwe in einer prachtvollen Seidenrobe stolperte und wurde rücksichtslos niedergetrampelt, ein Kind in kurzen Samthosen stürzte, bevor es von einem Mann im Jackett wieder emporgerissen werden konnte, und ein junges Mädchen, zweifellos eine von Darcianas Freundinnen, verfing sich in ihren eigenen Unterröcken, drehte sich wie ein Kreisel um sich selbst und fiel zu Boden.

Quincas' Mund war aufgeklappt wie eine Hummerfalle, denn so eindrücklich erschreckend der menschliche Exodus auch sein mochte, die gigantische Welle aus farbloser gallertartiger Masse, wogend und bleich wie der Mond, die die Festgäste aus dem Haus heraustrieb wie ein Rudel träger amöbischer Tiger ihre Jagdbeute, war noch weit entsetzlicher.

* * *

Wie ein monomanisch unermüdlicher Liebhaber leckte die in romantischer Hinsicht eher einfallslose, jedoch beharrliche Flut pausenlos über den Sand und hinterließ dabei eine spuckegleiche Gischt auf dem sandigen brodelnden Busen ihrer gänzlich unempfänglichen Geliebten.

Ein kleines Bötchen, das am Ufer vor Anker lag – den Mast vertäut, Netze und Schwimmer sorgfältig verstaut –, dümpelte gegen denselben Strand, und ein Parfüm von Jod, Teer und nicht entsorgten Fischabfällen erfüllte die Luft. Wie der Baumeister einer Traumwelt schuf der Mond eine breite Straße über die gefluteten Fazendas des Meeres.

Eine gewellte Linie aus Algen und Seetang kennzeichnete die Flutmarke des Strandes: verschiedene Arten getrockneter Meeresflora, leere Muschelschalen, die krossen Überbleibsel einer Qualle, einzelne Splitter von poliertem Seeglas, topas, azur oder alizarin.

Im trockenen Sand oberhalb dieser girlandenartigen Grenzlinie hatte sich jemand, augenscheinlich obdachlos, ein flaches Nest zum Schlafen gebaut. Ohne Schuhe, in Männerkleidung, lag die Person auf der Seite zusammengerollt, das Gesicht in einem angewinkelten Arm.

Um sie herum hatten sich Dutzende lebendiger Krabben versammelt. Völlig reglos, abgesehen von den leichten Bewegungen eines Augenstiels oder einer Schere, während ihre nassen aber bedrohlich schnell trocknenden Panzer im Mondlicht glänzten, zeichneten die Krabben die Umrisse der Schlafenden wie die kräftigen Kohlestriche eines Karikaturisten. Viele hundert ruhige und friedvolle Atemzüge lang standen sie so, als hielten sie Wache oder wollten der Schlafenden ihre Achtung bezeugen.

In einiger Entfernung vom Wasser ging der Strand in eine Reihe kleiner grasbewachsener Dünen über. Eine Fußspur führte über einen Pfad durch die nächstgelegenen Dünen hinunter zu der sandigen Schlafkuhle. Über eben diesen Pfad krochen nun drei Männer, Schurken mit Knüppeln und einem Seil in den Händen. Ohrringe glitzerten im silbrigen Mondlicht.

Sobald sie aus den Dünen herausgeschlichen waren, erblickten sie die Schlafende und liefen schnell und leise durch den tiefen Sand. Dabei zertraten sie viele der Wache haltenden Krabben und vertrieben die übrigen. Zwei der Männer stürzten sich auf ihr Opfer, während der dritte ihr brutal aber fachkundig mit einem Knüppel auf den Hinterkopf schlug. Holz zerbarst Knochen, und die Schlafende zuckte, als hätte sie einen Stromschlag abbekommen, bevor sie zusammensackte.

»Ist sie es?«, fragte der Anführer.

Einer der Männer, die auf dem Boden knieten, entzündete ein Streichholz an seinem Daumennagel, während sein Kompagnon unter der Kleidung der bewusstlosen Frau herumtastete, bevor er sagte: »Titten und eine Muschi, und das dunkelrote Zeichen vom Arsch des Teufels auf ihrem Gesicht. Sie muss es sein.«

»Dann fesselt sie. Auch die Füße.«

Zwei der Henkersknechte hoben die Frau, verschnürt wie ein junger Ochse, auf ihre Schultern und verschwanden mit ihr hinter ihrem Anführer her in den Dünen.

In der Sandkuhle blieb nichts als ein Tropfen Blut zurück, und wie von diesem Relikt ihrer Göttin angezogen tauchten die Krabben vorsichtig wieder auf, blieben jedoch in einiger Entfernung stehen. Während sie zuschauten, begann das Blut mit einer gewissen Intelligenz zu explodieren und zu brodeln. Auf der fieberhaften Suche nach etwas Organischem kohärierten und wirbelten die exmatriierten Moleküle von transgenetischem Hämoglobin und fremdartigen Proteinen, zu winzig, um Motilität zu erlangen, wild durcheinander. Doch sie fanden nichts als Sand, denn die Krabben hielten sich instinktiv außerhalb der Reichweite ihrer blutigen Lassos. Endlich fiel der benthische Schnipsel erschöpft in sich zusammen, starb und zerfiel sogleich zu Staub.

Die Krabben machten sich davon, und der teilnahmslose Mond zog weiter auf seiner nächtlichen Bahn über Bahia und ergoss sein Licht gleichermaßen über die Elendsviertel und die Herrenhäuser, über Sünder und Heilige, die Lebenden und die Toten.

Wie gewöhnlich erreichte die Morgendämmerung zuerst die Kuppe des Hügels der Oligarchen, färbte die Spitzen ihrer Türme golden und ließ die Kronen der Bäume glitzern wie Diademe. In der Küche des Reymoa-Anwesens wurden Kaffee aufgebrüht, Melone geschnitten, Muffins getoastet und fettige Würstchen gegrillt. Das Essen wurde auf einzelne Teller verteilt, die Teller auf Aufstelltabletts aus Korbgeflecht arrangiert, die Tabletts mit Leinendeckchen, Silberbesteck und der neuesten Ausgabe des *Boten* geschmückt und dann in die Schlafzimmer des Familienoberhauptes und seiner Nachkommen getragen. Dann begannen die Bediensteten eilig damit, ein weit größeres Ereignis vorzubereiten. Federvieh wurde gerupft, Fische wurden ausgenommen, Garnelen geschält und Brotteig geknetet; die Öfen öffneten sich für Kuchen und Braten, der Fruchtpunsch wurde vorbereitet, und kaviargesprenkelte Kanapees in Form von Schmetterlingen schwärmten über riesige Servierplatten.

Und auch in den anderen Räumen der Villa herrschte reges Treiben: Blumengestecke, die Dekoration des Tanzsaals, kleine Aufmerksamkeiten für die jugendlichen Gäste. Das ganze Haus brodelte wie ein Ameisenhaufen, über den man eine dicke Schicht Zucker gestreut hatte.

Nur in der Bibliothek war von all der Hektik nichts zu spüren. Die Flügeltüren blieben geschlossen, und als Hermeto und Getulio gegen Mittag den Korridor entlangschlenderten, um es sich mit einer Karaffe Rum und dem Humidor gemütlich zu machen, fanden sie zu ihrem Erstaunen die Türen der Bibliothek verschlossen.

»Das ist wahrlich seltsam«, sagte der dunklere Hermeto und rüttelte vergeblich am Messinggriff. »Das kann nur auf Anordnung des alten Keilers selbst geschehen sein. Was wohl dahintersteckt?«

Getulio schob sich eine helle Locke aus der Stirn. »Vielleicht hat Vater plötzlich sein Interesse an klassischer Literatur entdeckt. Womöglich sitzt er gerade in diesem Moment dort drin und studiert die Geschichte seines Namensvetters.«

»Ha! Diesen Tag werden wir niemals erleben! Nein, ich glaube vielmehr, dass es etwas mit seinen gewöhnlichen zwielichtigen Geschäften zu tun hat – Erpressung, Bestechung, Veruntreuung oder Ähnlichem.«

»Immerhin wissen wir, dass es kein Stelldichein mit einer Frau sein kann!«

»Sei still, du Narr! Möchtest du etwa, dass der Alte …«

Die rechte Seite der Flügeltür schwang auf, und vor ihnen erschien Ovid Reymoas grimmiges und ernstes, von der Klinge geküsstes Gesicht. Hinter seiner makellosen Erscheinung war nichts weiter zu erkennen als ein Teil der Bücherregale. Der Vater betrachtete seine beiden Söhne mit Augen, die so ausdruckslos waren wie zwei Kenotaphe. Dann sagte er:

»Was habt ihr beiden Suppenhühner hier zu suchen?«

Hermeto, der Ältere, antwortete: »Nichts, Senhor. Es ist nur so, dass wir normalerweise …«

»Heute ist kein normaler Tag. Ich habe in der Bibliothek zu tun. Verschwindet und sucht euch einen anderen Ort für eure Bacchanalien.«

Getulio versuchte zu protestieren. »Eine Zigarre und ein Glas guten Rums kann man nun wirklich nicht als ein Bacchanal bezeichnen, Vater.«

Ovid Reymoa verzog den Mund zu einem schmallippigen Haigrinsen. »Bevor du versuchst, unschuldig von gutem Rum zu sprechen, mein Junge, solltest du dir den Saft aus der Möse deiner Schwester vom Gesicht wischen. Und jetzt hört mir gut zu: Es interessiert mich nicht, was ihr beide und Darciana miteinander treibt. Mir ist es lieber, sie tobt sich hier im Haus aus als draußen, wo es meinen Feinden in die Hände spielen könnte. Diesen Fehler hat eure Mutter begangen, erinnert ihr euch? Leider scheint Darciana die gleiche unersättliche Möse zu besitzen wie Sonia – oder vielleicht sollte ich besser sagen: von ihr besessen zu sein? – und wer eignet sich besser, um eine Reymoa zu ficken, als die Mitglieder ihrer Familie? Nein, ich habe nichts dagegen, dass ihr miteinander vögelt. Aber versucht nicht, es zu leugnen! Die Laster, zu denen ein Mann sich bekennt, machen ihn stark. Diejenigen, die er verleugnet, bringen ihn um. Und jetzt verschwindet! Ich habe zu tun.«

Das plötzliche, unerwartete Zuschlagen der Tür ließ die Brüder vor Schreck zurückspringen. Als sie sich wieder gefasst hatten, stießen beide ein tapferes, wenn auch nervöses Lachen hervor, legten sich gegenseitig den Arm um die Schultern und stolzierten davon.

Auf der anderen Seite der Flügeltüren betrachtete Reymoa den Grund seiner ungewöhnlichen Beschlagnahmung der Bibliothek.

Nackt und bewusstlos hing die fremde Bruja in einem Sessel, nur aufrechtgehalten durch die Seile, die um ihren Oberkörper und kreuz und quer über ihre Brüste gespannt waren. Dort, wo die Fesseln sich kreuzten, quoll ihr Fleisch in geschwollenen Karrees zwischen ihnen hervor. Ihr Kopf hing schlaff herunter, sodass man ihr dunkelviolettes satanisches Muttermal nur erahnen konnte. Ihr kurzes schwarzes Haar war von einer Kruste aus getrocknetem sandigem Blut überzogen. Ihre Hände, die an den Handgelenken gefesselt waren, lagen in Gebetshaltung auf ihrem Schild aus dichtem Schamhaar. Weitere Seile, die man um ihre Fußgelenke und Knie geschlungen hatte, komplettierten das Fesselspiel.

Reymoa ging hinüber zu dem leeren Sessel, der seiner Gefangenen gegenüber stand, und ließ seinen massigen Körper hineinfallen. Auf dem Tisch befanden sich eine volle, bereits geöffnete Flasche weißen Rums und eine kurze, kunstlos gefertigte, selbstgemachte Machete. Der lederne Griff des abgewetzten Messers war vom Schweiß bereits dunkel verfärbt.

Reymoa ergriff die Rumflasche an ihrem Hals und nahm

einen Schluck direkt aus der Flasche. Spucke verband seine Lippen mit dem unteren Rand des Flaschenhalses. Er stellte die Flasche auf seinem Bauch ab und lehnte sich zurück.

»Noch drei Stunden, du Hexe. Wenn du dann nicht von selbst aufgewacht bist, werde ich ein wenig nachhelfen. Ich kann hier nicht den ganzen Tag sitzen, ganz gleich welch bedeutende Pläne ich mit dir verfolge. Mein kleines Mädchen gibt heute Abend ein Fest, und da darf ihr Papa nicht fehlen.«

Reymoas Augen zogen sich zu kleinen Schlitzen zusammen, und er verfiel in die gleiche wachsame raubtierhafte Schläfrigkeit, wie man sie bei einer jagenden Katze, gut versteckt im schützenden Dschungel, beobachten kann. Hin und wieder nahm er einen Schluck aus seiner Flasche und schmatzte genüsslich mit den Lippen.

Als die Flasche zu drei Vierteln geleert war, hatte die Bruja sich noch immer nicht gerührt. Abgesehen von ihrem gleichmäßigen flachen Atem hätte sie ebensogut tot sein können. Reymoa zog eine Uhr aus seiner Westentasche, warf einen Blick darauf und erhob sich ohne ein Anzeichen von Trunkenheit. Mit der Machete in der einen und der Flasche in der anderen Hand baute er sich vor der gefesselten Frau auf. Dann drehte er die Flasche um und schüttete ihr den restlichen Rum über den Kopf. Der Alkohol lief ihr übers Gesicht und brannte in der Wunde, führte jedoch zu keiner Reaktion. Reymoa schleuderte die leere Flasche durch den Raum; sie schlug mit einem dumpfen Schlag auf den Boden und rollte weiter, bis sie an der Wand liegen blieb.

»Also gut, du Hexe. Ich habe dich gewarnt.«

Die Brustwarze, eingeklemmt zwischen dem fetten Daumen und dem zweiten Knöchel des Zeigefingers, wölbte sich nach außen. Die scharfe Seite der Machete – ein einzelner rostiger Fleck, den man übersehen hatte, sprenkelte den glänzenden Stahl – glitt um die Umrisse des Warzenhofs und kratzte über die Haut, ohne einzudringen.

Reymoa schnitt.

Es floss kein Blut. Das geheimnisvolle weiße Fleisch unter der abgeschnittenen Brustwarze walkte und nahm sogleich wieder Formen an. Eine neue Brustwarze erblühte, schloss sich wie die Zeitrafferaufnahme einer sich entfaltenden Blüte und restaurierte auf diese Weise die nahtlose Integrität der von den Seilen in kleine Diamanten unterteilten Brust.

Die Bruja hob den Kopf und lächelte. Die himmelblauen Irisringe ihrer Augen schienen zu funkeln wie zwei glitzernde Quellen, die sich um unergründliche Pupillen ergossen. Sie wehrte sich nicht gegen ihre Fesseln.

»Hast du eigentlich eine Ahnung von der gewaltigen Macht, die du hier gefangen hältst? Und wie viele weitere meiner mamillären Kronen wirst du brauchen? Wenn es wahr ist, was ich über dich gehört habe, dann benötigst du mindestens noch eine zweite.«

Reymoas Gesicht spiegelte zuerst Schock und dann eine gewaltige Selbstbeherrschung. Er trat einen Schritt zurück in Richtung Tisch. Erst jetzt merkte er plötzlich, dass er noch immer das Stück des unnatürlichen Fleisches in den Händen hielt, und ließ es beinahe aus Versehen in einen sauberen Kristallaschenbecher auf der marmornen Tischplatte fallen.

»Was weißt du von mir, Hexe?«

»Dass du ein Kapaun bist und nicht länger ein ganzer Mann.«

Reymoa sah aus, als schwankte er zwischen den beiden widersprüchlichen Extremen unbändiger Wut und jämmerlicher Scham, die Muskeln im Gesicht und in den Unterarmen zuckten, als wollten sie auf den Affront reagieren. Dann sprach er in einem Ton, in dem beide Gefühle mitschwangen: »Du hast richtig gehört. Ich bin vor vielen Jahren entmannt worden. Hier, Hexe, sieh es dir genau an.«

Seine Hose, mit einer Hand geöffnet, glitt zu Boden, und Reymoa stieg aus ihr heraus, wobei er sich gleichmütig mit seinen Schuhen von dem edlen Stoff befreite. Der Saum seines Unterhemds bedeckte seine Genitalien, und er hob es empor.

Ein schrumpeliger Penis, der aussah wie ein angekauter Bleistift, ragte einsam aus einem vernarbten androgynen Brachland.

»Hast du genug gesehen? Die letzte, die dieses Desaster zu Gesicht bekam, war wohl meine Frau. Damals war es noch ganz frisch, denn sie war dabei, als ich meine Männlichkeit verlor. Allerdings überlebte sie meine Eier nur um wenige Minuten. Soll ich dir die Geschichte erzählen? Ein Zuhörer zumindest fand sie sehr lehrreich.«

»Du bist der Gastgeber, Ovid Reymoa. Ganz wie du es wünschst.«

Reymoa grinste. »Deine Tapferkeit gefällt mir. Aber vergiss nicht, dein Leben liegt in meiner Hand.«

Noch immer ohne Hose und mit Beinen wie die Säulen eines Tempels ging Reymoa hinüber zur Bar und nahm sich eine zweite Flasche Rum. Mit der allgegenwärtigen Machete durchschnitt er die Banderole und schraubte, ohne sein Messer aus der Hand zu legen, den Verschluss von der Flasche. Nach einigen weiteren Schlucken des starken Gesöffs kehrte er zu seinem Sessel zurück und setzte sich – Flasche in der einen Hand, Messer in der anderen – so, dass die Narben an seinem Geschlecht nicht zu übersehen waren, als wollte er seine Geschichte auf diese Weise unterstreichen.

»Meine Frau Sonia – ihr Mädchenname war Sonia Mendes – war die schönste Frau, die mir je begegnet ist. Haare wie ein Wasserfall bei Nacht, Arme, Beine und Brüste so üppig wie ein Fass voll Butter. Als sie sich bereit erklärte, mich zu heiraten, mich, einen einfachen liebestollen Gauner – oh ja, ich mache keinen Hehl aus dem, was ich bin, denn in meinen Augen ist es nicht schändlicher als der Beruf eines Bankiers oder Anwalts –, fühlte ich mich über alle Maßen geschmeichelt und dankbar. Ich war entzückt! Sobald ich ihren Vater von der Rechtmäßigkeit unserer Verbindung überzeugt hatte, konnte ich die Hochzeit gar nicht schnell genug arrangieren. Leider konnte der arme Papa Mendes an den

Festlichkeiten, bei denen seine kleine Sonia sich mit dem bescheidenen Ovid Reymoa vereinte, nicht teilnehmen, da er bald nach unserer kleinen Unterredung ins Krankenhaus eingewiesen wurde. Und auch meinen eigenen Eltern war es unmöglich, ihren einzigen Sohn mit ihrer Anwesenheit zu ehren, waren sie doch einige Jahre zuvor von gewissen kurzsichtigen Geschäftspartnern, mit denen ich einige schmerzliche Differenzen gehabt hatte, im Schlaf ermordet worden.

Die Hochzeit hat mich über zehntausend Klauen gekostet. Der Preis für Sonias Brautkleid allein betrug fünfhundert Schuppen. Wir aßen und tranken, sangen und tanzten mit unseren Gästen bis in den frühen Morgen. Dann führte ich meine Frau in unser neues Haus – nicht diese prachtvolle Villa, aber dennoch ein leidlich respektables Anwesen – und vögelte sie wund in jeder einzelnen Körperöffnung, bis ich ihr gegen Mittag schließlich erlaubte, sich schlafen zu legen.

Kurz und gut, der Beginn unserer Ehe war einfach märchenhaft. Doch beinhaltete unsere Zukunft ebenso die Melancholie und Perfidität, die den meisten Märchen innewohnt. Sonia war nicht nur wunderschön, sie war sich ihrer Schönheit auch sehr wohl bewusst. Sie liebte es, bewundert zu werden, und als meine Geschäfte mich mit der Zeit immer häufiger für viele Wochen von zu Hause fortführten, begann sie, sich mit einem Schwarm von Schmetterlingen zu umgeben, die meine wunderschöne Orchidee umgaukelten. Nicht einmal die Geburt unserer drei Kinder trübte ihren Glanz, ebenso wenig wie ihre mütterlichen Pflichten sie von Gesellschaften und Einkaufstouren, ihren Schönheitskuren und der Teilnahme an den Kotillons abhielten. Eine ganze Kompanie von Bediensteten kümmerte sich um die Erziehung meiner drei Kinder, was wohl den mangelnden Respekt vor ihrem armen alten Papa erklären mag.

Fast zwanzig Jahre lang gab ich mir die größte Mühe, Sonias überfüllten gesellschaftlichen Terminkalender während meiner Abwesenheit zu akzeptieren. Schließlich widmete sie mir ihre ungeteilte Aufmerksamkeit, wann immer ich Gelegenheit fand, für einige Tage in unser liebevolles Heim zurückzukehren. Nein, ich war der perfekte moderne Ehemann, der seiner Frau vertraute und ihr alle Freiheiten ließ, die im Allgemeinen den Männern vorbehalten waren. Erst als ich nicht länger die Augen davor verschließen konnte, dass diese Schmetterlinge ihre langen dünnen gewundenen Zungen in die Blüte meiner kostbaren Orchidee steckten, war ich gezwungen zu handeln, um mich nicht dem unabwendbaren Spott meiner Freunde und Geschäftspartner auszusetzen. Obwohl ich ihre vielen Affären beweisen konnte, beschuldigte ich Sonia nicht direkt – so sehr liebte ich sie – sondern verbot ihr lediglich, das Haus während meiner Abwesenheit zu verlassen.

Nun, natürlich wehrte sie sich gegen eine solche Maßnahme, aber nachdem ich einige überzeugende Argumente eingebracht hatte, konnte ich ihr das Versprechen abringen, mir zu gehorchen.

Wie du dir wohl denken kannst, hielt sie ihr Versprechen nicht.

Eines Tages kehrte ich unangekündigt von einer Reise nach Minas Gerais zurück und musste feststellen, dass Sonia ihren Posten als Senhora Ovid Reymoa, Herrin meiner Güter und Hüterin meines guten Rufs, verlassen hatte. Dank meines ausgezeichneten Netzwerks an Informanten erfuhr ich, dass sie sich in den Gemächern eines gewissen Paulo Viera aufhielt, eines schmierigen Boulevardiers. Mit der Pistole in der Hand stattete ich den beiden Turteltäubchen einen Besuch ab.

Das Schloss der Wohnungstür öffnete sich lautlos unter meinen geschickten Fingern. Die Tür zum Schlafzimmer erlag einem einzigen Fußtritt. Und da waren sie, beide nackt.

In diesem Moment schoss etwas Pelziges durch den Raum auf mich zu. Ich konnte gerade noch einen einzigen Schuss abfeuern, der direkt in das treulose Herz meiner geliebten

Sonia drang, bevor mich ein riesiger Köter – ein halber Wolf, wie ich später erfuhr – zu Boden warf und meine Genitalien zerfleischte, gerade so, wie sein sadistisches Herrchen ihm beigebracht hatte, Eindringlinge zu begrüßen.

Ich rang mit dem Hund und kämpfte um mein Leben, aber es nützte nichts. Die grausame Kastration und der gewaltige Blutverlust sorgten dafür, dass ich das Bewusstsein verlor. Als ich wieder aufwachte, lag ich im Krankenhaus. Einige Nachbarn hatten eingegriffen und mir das Leben gerettet. Doch meine Frau war tot – zu Recht, wie die Polizei übrigens befand –, und der Kerl, der mir Hörner aufgesetzt hatte, war mit seinem unersättlichen Köter geflohen.

Einige Monate später war ich soweit gekräftigt, dass ich meine Rachegelüste in die Tat umsetzen konnte.

Ich verfolgte Vieras Spur bis nach Alegrete nahe der Grenze zu Argentinien. Er hatte versucht unterzutauchen, indem er sich als Gaucho ausgab – wollte ein Leben führen, das mit seiner vormaligen Existenz absolut gar nichts gemein hatte. Bei den Herden verbrachten er und sein Hund viel Zeit allein in der Pampa, was die Umsetzung meiner Pläne erleichterte.

Eines Nachts, nachdem ich mein Pferd in einiger Entfernung angebunden und mich mit allen mir zur Verfügung stehenden Fertigkeiten angeschlichen hatte, überraschte ich den Mann und seinen Hund im Schlaf. Zuerst kümmerte ich mich um den Köter und schoss ihm in die Hinterläufe, sodass er von nun an zwar für immer verkrüppelt war, aber nicht sterben würde. Als Viera mein Gewehr und meinen unbändigen Zorn sah, fügte er sich in sein Schicksal und klappte zusammen wie ein billiges Taschenmesser. Ich fesselte den Mann, legte dem bewegungsunfähigen Halbwolf eine kräftige Schlinge um den Hals und fixierte diese mit einem Holzpflock in der Erde. Und dann wartete ich.

In den folgenden sieben Tagen unterwarf ich meine beiden Gefangenen einer strengen Diät. Der Hund – man glaubt es kaum, aber sein Name war tatsächlich Bernardo – bekam nichts als Wasser. Viera dagegen erhielt die volle Ration, genau wie ich. In den ersten Tagen nahm er seine Mahlzeiten auch dankbar entgegen, bis er meinen Plan durchschaute. Dann, nach einigem Bitten und Betteln, versuchte er es mit einem Hungerstreik, in der Hoffnung auf einen gnädigen Tod durch Entkräftung. Doch ich brauchte ihn schön drall und saftig, und so zwang ich ihn zu essen und zu trinken.

Ah, ich werde niemals diese herrlichen Nächte in der Pampa vergessen, die Sterne wie abertausende bewundernde Augen, die störrischen Rindviecher, die sich zur Ruhe legten, die Luft so frisch und würzig. Obwohl meine Eier, die gerade erst verheilt waren, noch immer von einem rachsüchtigen Feuer brannten, das nur zu einem Teil körperlichen Ursachen entsprang, so genoss ich doch jede einzelne Minute dort draußen.

Am siebten Tag war der spindeldürre Bernardo völlig geschwächt und gleichzeitig wahnsinnig vor Hunger. Ich hielt ihm meine Hand hin, gerade so weit entfernt, dass er sie nicht erreichen konnte, und er schnappte danach, ohne sich zu erheben. Es war soweit. Ich rollte den schreienden, an Armen und Beinen gefesselten Viero wie einen Baumstamm in den Zirkel, den der verkrüppelte Bernardo in den letzten Tagen in den Staub getrampelt hatte.

Der anschließende Festschmaus war so befriedigend, wie ich es mir erhofft hatte. Auch wenn Bernardo sich zuerst auf die Weichteile seines Herrchens stürzte, so dauerten die Qualen des Mannes doch lange genug, um einen Großteil meiner Wut zu mildern, wenn auch nicht gänzlich zu stillen. Ich beobachtete Bernardo auch weiterhin, selbst nachdem Vieros Leben ganz offensichtlich bereits verloschen war. Dann, als der Köter gesättigt war und sein geschwollener Bauch aussah wie ein Sack voll Maniokpudding, nahm ich mein Gewehr …

Doch ich richtete es nicht auf das benommene Biest, sondern schob es in die Satteltasche. Nachdem ich auch meinen Schlafsack und die anderen Dinge wieder verstaut hatte, beugte ich mich hinunter zu dem Holzpflock, band den vollgefressenen Köter los und zog die Schlinge von seinem Hals, ohne ihm dabei zu nahe zu kommen. Dann stieg ich auf mein Pferd und ritt davon. Bernardo blickte mir schwer atmend hinterher.«

Während der gesamten Erzählung waren die glänzenden Augen der Bruja nicht für einen Moment von Reymoas Schwanz gewichen. Doch jetzt blickte sie ihm ins Gesicht. In ihren gleichmütigen Zügen lag nicht mehr als eine leichte Neugier, und Reymoa nahm einen erneuten Zug aus der Flasche, um sich gegen ihre bestürzende Gelassenheit zu wappnen.

»Warum hast du deinen Rachefeldzug nicht beendet?«

»Bernardo hat meine Eier gefressen. Meine Zellen waren ein Teil von ihm geworden, all meine Manneskraft in sein Fleisch übergegangen. Ihn zu erschießen wäre gewesen, als hätte ich mich selbst getötet. Er war ein mutiges, grausames, edles Geschöpf, das nur tat, was man ihm beigebracht hatte, und verdiente es, frei zu sein. Mit der Wunde hatte er kaum eine Chance zu überleben, aber zumindest hatte ich ihm eine reichhaltige Mahlzeit geboten, um den Beginn seiner neuen Freiheit zu feiern.«

»Jetzt, da ich deine Geschichte kenne, sage mir, welche Rolle ich in dieser langwierigen, offensichtlich noch nicht abgeschlossenen Angelegenheit spiele?«

Reymoa erhob sich aus seinem Sessel und trat auf die gefesselte Frau zu. Der Gestank, der von dem Entführer und seiner Gefangenen ausging, verband sich zu einer alkoholgetränkten Dunstglocke.

»Ich weiß, dass du Quincas einen neuen Arm geschenkt hast. Ich habe gesehen, wie deine Brustwarze sich erneuert hat. Ich will, dass du meinen Schwanz und meine Eier wiederherstellst.«

»Also gut. Selbstverständlich brauche ich dafür ein wenig mehr Bewegungsfreiheit.«

Ihre allzu bereitwillige Kapitulation schien Reymoa zu

überraschen, und er stutzte einen Moment, bevor er sagte: »Dir ist bewusst, dass ich dir die Kehle durchschneiden werde, sobald ich den Verdacht habe, du versuchst mich zu hintergehen?« Er wedelte mit der Machete, als ob man die hätte übersehen können.

»Ich habe gehört, was du gesagt hast. Erlaubst du nun, dass ich frei bin?«

Nach kurzer Überlegung entgegnete Reymoa: »Nun gut, ich werde deine Fesseln …«

»Das wird nicht nötig sein.«

Dort, wo das Seil die Haut der Bruja berührte, begann es zu qualmen und in kalte Asche zu zerfallen wie die pyrotechnischen Schlangen eines Zauberkünstlers. Die nackte Frau erhob sich und wischte sich die Flocken von der makellosen Haut.

Reymoa wich zurück. »Wa… Warum hast du nicht schon früher versucht zu fliehen?«

Kerry lächelte. »Aber ich hatte gar nicht vor zu fliehen. Es gefällt mir, immer wieder neue Menschen kennenzulernen und dafür zu sorgen, dass sie bekommen, was auch immer sie sich wünschen. Und du möchtest wieder süße Wichse machen können, massenweise süße Wichse, die aus deinem großen steifen Schwanz herausströmt. Ist es nicht so? Ich kann dir helfen.«

»Was muss ich tun?«

»Zuerst einmal musst du mir noch einen Nippel abschneiden.«

Zögernd näherte Reymoa sich der Frau. Sie hielt ihre andere Brust, an der er noch nichts abgeschnitten hatte, in der Hand und lächelte aufmunternd. Misstrauisch vollzog er die Operation ein zweites Mal. Und wie zuvor stellte das aufgeschlitzte Fleisch der Bruja ohne zu bluten ihre somatische Perfektion sogleich wieder her.

»Gib sie mir.« Reymoa übergab ihr das braune, runzelige mamilläre Stück Fleisch. Die Bruja fischte die erste Brustwarze, noch immer frisch und pulsierend, aus dem Aschenbecher.

»Jetzt setz dich und spreize die Beine.«

Reymoa gehorchte. »Denk an mein Messer, Weib. Seit ich sie mit sechzehn Jahren zum ersten Mal geschliffen habe, hat diese Klinge schon viele Leben genommen.«

Kerry antwortete nicht, sondern kniete sich vor den ledernen Thron, die beiden abgeschnittenen Brustwarzen wie zwei kleine Berge auf der Ebene ihrer linken Handfläche.

Sie beugte sich vor und leckte mit der Zunge über das vernarbte Gewebe unter Reymoas verstümmeltem Schwanz. Dann befestigte sie die gespendeten Stücke ihres eigenen Fleisches an den Stellen, wo gewöhnlich die Hoden hingen. Die fremden Auswüchse saugten sich gierig fest.

»Der Inbegriff deiner Weiblichkeit … wie können sie sich in meine männlichen Geschlechtsteile verwandeln?«

»Ich bin weder Mann noch Frau. Ich bin beides und doch keines von beidem. Jetzt schweig still, während ich das Werk beende.«

Ohne dass er die Bewegung wahrgenommen hätte, kniete die Bruja plötzlich mit gespreizten Beinen auf den breiten Armlehnen des Sessels über seinem Schoß.

»Und jetzt muss ich sie bepinkeln.«

»Was? Nein …« Reymoa versuchte aufzustehen, doch Kerry legte ihm ihre Hände auf die Schultern und hielt ihn fest.

Ein kräftiger Strahl aus ihrer Harnröhre besprenkelte Reymoas Gemächt mit goldenen Spritzern.

Als sie fertig war, erhob sie sich und trat zur Seite. Reymoa sprang aus dem Sessel.

»Niemand wagt es, mich anzupinkeln!«

»Schweig, du Narr! Spürst du denn nicht die Veränderung?«

Reymoa schaute an sich hinunter.

Die festgesaugten Brustwarzen hatten begonnen zu wachsen und anzuschwellen, sie veränderten ihre geschlechtsspezifische Form und runzelten zu einem vollständig ausgeprägten Hodensack. Innerhalb weniger Minuten wurde

Reymoa wieder zum stolzen Besitzer eines gewichtigen, hängenden Paars pflaumenförmiger Eier. In seiner Miene spiegelte sich Erstaunen.

Kerry trat näher und befühlte ihr Werk. »Oh, die sind gut. Sie werden so viel Wichse machen, du wirst es nicht glauben. Doch lass mich zuvor noch deinen Schwanz richten.«

Mit glitschigen, serumspendenden Händen begann Kerry den entstellten Penis zwischen ihren Handflächen hin und her zu rollen wie Kuchenteig. Das verstümmelte Glied wurde zunehmend massiger und begann gleichzeitig, seine fehlenden Bestandteile zu erneuern und in die Länge zu wachsen. Während des gesamten Prozesses flüsterte Kerry leise und mit süßer Stimme in Reymoas Ohr.

»Viele Menschen sind fasziniert von der unüberwindbaren Grenze zwischen belebter und unbelebter Materie. Ein Kieselstein wird sich niemals in eine Pflanze verwandeln, und ein Samenkorn wird niemals zu einem Diamanten werden. Es ist wahrhaftig eines der größten Mysterien unserer Existenz. Mir allerdings scheint der Unterschied zwischen dem, was lebt, und dem, was einmal gelebt hat, noch weit faszinierender. Ein Baum, zum Beispiel, ist ein wundervolles, komplexes Lebewesen. Doch wenn man ihn fällt, bleibt nichts als Holz. Und doch sind in diesem Holz all die Elemente enthalten, die einmal Leben schenkten. Was also fehlt? Wohin ist die Lebenskraft entschwunden? Ist es möglich, sie auf irgendeine Weise, zu einem gewissen Grad, wiederherzustellen? Das sind die Fragen, die mich beschäftigen.«

Unter Kerrys geschickten Händen hatte Reymoas Penis nicht nur seine ursprüngliche Form wieder angenommen, sondern war auf fast übermenschliche Dimensionen angewachsen. Beinahe vierzig Zentimeter lang, baumelte er nun, angeschwollen aber nicht wirklich steif, hinab.

Reymoa, wie gebannt von diesem Prozess, der seine Männlichkeit wiederherstellte, und Kerrys leiser philosophischer Abhandlung, hatte bislang geschwiegen. Doch jetzt fand er die Sprache wieder.

»Du kannst jetzt aufhören. Ich möchte mich ja nicht in ein Monster verwandeln.«

Kerry beendete ihre Arbeit. »Ich möchte nur sichergehen, dass dein Schwanz groß genug ist für die ganze Wichse, die deine neuen Eier produzieren können. Spürst du das Kribbeln der winzigen Wesen dort unten? Schau nur … ich glaube, sie sind schon ganz verrückt danach, endlich herauszukommen.«

Mit einem ihrer grünen Fingernägel fing Kerry einige der silbrigen präorgasmischen Tropfen auf, die aus dem riesigen Penis sickerten. Sie hielt das Exsudat in die Höhe, um es genauer zu inspizieren. »Dein Samen ist lebendig, wenn er aus dir herausfließt, wird jedoch schon bald sterben – es sei denn, er findet eine lebensfreundliche Umgebung. Was geschieht wohl, wenn jede einstmals lebendige Materie ihn ebenso herzlich aufnehmen könnte wie der Schoß einer Frau? Dieses Leder, zum Beispiel?«

Sie wischte mit der Fingerspitze über die Armlehne des Sessels, und das Sperma schien sich beinahe gierig auf das Material zu stürzen. In Sekunden schimmerte eine quecksilberfarbene Lache auf der Lehne und fraß sich weiter, eine Plakette der Auferweckung.

»Selbstverständlich respektiert das Sperma alles Lebende. Sonst würde es ja deine eigenen Eier auffressen. Doch es verbindet sich begierig mit jeglicher Materie, die einmal lebendig war, und verwandelt sie.«

Reymoa glühte vor Zorn, sodass die Venen an seinen Schläfen hervortraten. »Das ist Wahnsinn! Wie soll ich denn so leben?«

Das selbstgeschmiedete Messer durchschnitt brutal die Luft und sauste auf Kerrys Kehle zu.

Schnell wie eine Viper ergriff die Bruja Reymoas Handgelenk und drückte es, bis er die Machete fallen ließ. Grinsend sagte sie »Oh, das kannst du nicht!« und stieß fünf ihrer Fingernägel tief in seinen Nacken, um ihre Befehle an seine Nervenbahnen weiterzuleiten. Der halbnackte König der

Spitzbuben sackte in sich zusammen, und Kerry ließ ihn wieder in den Sessel gleiten. Auf der Armlehne gurgelte der Spermafleck und fraß sich gemächlich voran.

Schweigend, doch mit leicht geöffneten Lippen, die Augen offen und fokussiert, blieb Reymoa nichts anderes übrig, als der Bruja bei ihrer nächsten Handlung zuzusehen.

»Ich denke, wir brauchen eine kräftige Strömung.« Wie ein Züchter, der seinen Hengst melkt, bearbeitete sie seinen neuen Schwanz etwa eine Minute lang mit beiden Händen, bis dieser sich entlud, nicht in einzelnen peristaltisch herausgepumpten Schüben, sondern in einem kontinuierlichen Fluss, einer Fontäne aus Wichse. Eine klebrige Säule beißend scharfen Ejakulats spritzte ohne Schaden anzurichten über Kerrys Bauch und schmückte glitzernd das Dreieck zwischen ihren Schenkeln. Lachend schloss sie die Augen und ließ die Wichsfontäne wie ein Kind, das mit einem Gartenschlauch spielt, über ihr Gesicht laufen. Süß wie Nektar rann das Sperma ihre Kehle hinab, bis sie den Mund schloss. Es überzog ihr Gesicht, Nase, Lippen, Mund und bedeckte ihr Muttermal. Dann hielt Kerry den Strahl von sich weg, und der nicht versiegende orgasmische Ausfluss spritzte mit gleichmäßigem Muskeldruck über einen Meter weit durch den Raum. Sobald er auf Holz, Leder oder Papier traf, blieb er hängen und begann zu fressen. Bücher verwandelten sich in weiße formlose Haufen, der Fußboden war übersät mit den zitternden Medaillen des spermatischen Kriegszugs.

Kerry wischte sich mit der freien Hand die Wichse aus den Augen und leckte sich mit einem pinkfarbenen papillären Schwamm über die untere Hälfte ihres Gesichts.

»Und jetzt werden wir die Scheiße aus dir herausspülen, Ovid Reymoa.«

Sie bog den langen halbsteifen Penis soweit herum, dass der Strahl gegen Reymoas Schritt sprudelte, und kämpfte gegen den immensen Druck des Spermas, um die Eichel an seinen After zu manövrieren. Die Wichse schäumte gegen seinen Schließmuskel, perlte ab und begann sich den Sessel einzuverleiben. Schließlich gelang es Kerry, Reymoa die Spitze seines eigenen Schwanzes in den Arsch zu schieben, und die Querschläger versiegten. Sie schob ihn noch einige Zentimeter tiefer hinein und versiegelte anschließend die Verbindung von Schwanz und Loch mit ihrem Finger.

Dann trat sie ein wenig zurück und wartete.

Über den Damm von Reymoas unterer Zahnreihe und das Bollwerk seiner Unterlippe quoll reines, unkontaminiertes Sperma, noch immer gefräßig, trotz seiner unsichtbaren fäkalen Eingeweidemahlzeit. Auf seiner Reise durch die inneren Windungen des Mannes hatte sich sein Druck ein wenig verringert, doch floss es noch immer so reichlich wie zuvor. Der Strom rann über seine Brust, verzehrte seine Kleidung, wanderte über seinen Unterleib und floss dann wie eine Gardine zu Boden, wo er sich in alle Richtungen ausbreitete.

Kerry drehte sich um und ging davon, ihre partiellen, von Wichse umrissenen Fußabdrücke hinterließen eine Spur sich ausbreitender Spermagefräßigkeit. Sie verließ die Bibliothek und schloss die Tür.

Im Korridor hinter der Barrikade, wie Diana auf ihrer Waldlichtung, vernahm sie vielsagende Geräusche: ein sich auflösender Sessel, der schließlich in sich zusammenfiel, ein menschlicher Körper, der in eine stetig anschwellende Pfütze plumpste.

Kerry wandte sich zur Rückseite des Hauses und lief unbeirrt zu einer anderen Tür.

Hermeto und Getulio, bereits für die anstehenden Feierlichkeiten zurechtgemacht, saßen an einem kleinen Tisch in ihrem Schlafzimmer, Drinks in Reichweite, und spielten Karten, während ihre Zigarren in den silbernen Aschenbechern langsam herunterbrannten. Als Kerry die Tür öffnete, wandten sie sich um. Ihre Augen weiteten sich. Doch das unerwartete Eintreten einer nackten spermaüberzogenen Frau schien die beiden jungen Männer nicht sonderlich zu beunruhigen.

»Ihr müsst mir helfen«, sagte Kerry. »Euer Vater hat mir das angetan.«

Gelassen legte Hermeto seine Spielkarten mit dem Gesicht nach unten auf den grünen Filz und strich sein widerspenstiges Haar zurück. »Ah, der liebe Papa, hatte schon immer eine Vorliebe für Sexorgien. Ich gehe davon aus, er hat dich engagiert oder hierher verschleppt, um einige seiner einflussreicheren Gäste zu unterhalten … vielleicht einige wichtige Geschäftspartner, die etwas früher zu der Festlichkeit heute Abend angereist sind?«

»Nein, das hat er selbst gemacht.«

Getulio grinste. »Papa? Ich wüsste nicht, wie …«

Kerry trat auf sie zu. »Oh, ist das denn jetzt so wichtig? Das Problem ist doch vielmehr, dass er einfach bloß Unmengen von Wichse auf mich abgelassen hat, während ich selbst nicht im Geringsten auf meine Kosten gekommen bin. Seit ich in diesem sonderbaren Haus ankam, bin ich noch nicht ein Mal richtig gefickt worden.«

Kerrys aromatische unbekleidete Nähe hatte die beiden Männer ganz offensichtlich erregt. Getulio sagte: »Ich lasse dir den Vortritt, Bruderherz.«

»Warum das?«, entgegnete Kerry. »Beide zugleich würden mir weit mehr Vergnügen bereiten.«

»Haben wir einer Dame, die uns so nett bittet, schon jemals etwas abgeschlagen, Hermeto?«

»Nein, mein Bruder. Zudem bleibt uns noch eine gute Stunde bis zur Krönung unserer lieblichen Darciana.«

»Oh, das ist ja wunderbar. Dann werdet ihr beide es mir also jetzt gleich besorgen?«

Die Brüder entledigten sich rasch ihrer Kleider, sorgfältig darauf bedacht, Frack und Nadelstreifenhosen auf dem Bett zu deponieren, um sie nicht zu beflecken. Kerry ging vor den beiden Männern in die Knie und nahm in jede Hand einen Schwanz, wie ein Angler, der voller Stolz zwei Fische am Haken hält. Siegestrophäen auf einem Regal gleich lagen die beiden rot leuchtenden Eicheln auf ihren Daumen.

Zuerst schob sie sich Getulio tief in den Mund. Leise saugende Geräusche verkündeten einen einzigartigen innerlichen Kuss.

»Sie hat eine geübte Zunge, Bruder.«

»Gib sie mir mal.«

Widerstrebend zog Getulio sich zurück, und Kerry vollführte ihren Trick auch an Hermeto. In nur einer Minute waren beide bis zum Bersten angeschwollen.

»Nimm du ihre Muschi von unten, Bruder. Mich verlangt es heute Abend eher nach ihrem Arsch.«

Getulio legte sich mit dem Rücken auf den Teppich, und mit einer schnellen Bewegung setzte Kerry sich rittlings auf ihn. Sie fasste hinunter und ergriff seinen Schwanz, um ihn in ihre Möse zu geleiten. Als das Glied des liegenden Getulio sicher in ihr platziert war, hockte Hermeto sich hinter das Paar und führte seinen Schwanz an ihr Arschloch. Mühelos glitt die Spitze in ihren After, und Hermeto schob auch den Rest seines geäderten Ständers mit einem einzigen Stoß vollständig hinein.

Einige Sekunden lang verharrte das Trio leise stöhnend in dieser Position. Dann begann Kerry zu sprechen.

»Fühlt ihr den Schwanz eures Bruders? Die Wand, die sie trennt ist ja so hauchdünn. Wie wäre es wohl, wenn sie sich berühren könnten?«

Hermeto entgegnete: »Ich habe dir gerade erst den Arsch gestopft, Weib. Nachher können wir uns gemeinsam deine Möse vornehmen, wenn du es wünschst, aber gönn uns zuerst diese Freude.«

»Oh, aber so habe ich es gar nicht gemeint. Ich meinte das hier …«

Getulios Stimme klang ein wenig nervös als er sagte: »Bruder, mein Schwanz fühlt sich an, als hätte ihm ein Krake seine Tentakel um den Kopf geschlungen …«

»Meiner auch!«

Die Männer versuchten, sich von Kerry zu lösen, zuckten jedoch augenblicklich zusammen.

»Daran solltet ihr nicht einmal denken«, riet Kerry ihnen. »Nicht, bevor ich es euch erlaube. Es ist an der Zeit, dass ihr beide wahrhaftig verbrüdert werdet.«

Dort, wo die beiden Schwänze sich in Kerrys schleimummantelte Löcher bohrten, hatte der Prozess bereits begonnen. Kerrys Perineum begann zu zerfließen wie zelluläre Lava und zog dabei Anus und Vagina näher zueinander. Somit war Hermeto gezwungen, seine Position zu verändern, indem er die Hüfte absenkte. Nach nur wenigen Sekunden küssten die Umrisse von Kerrys Vulva den Rand ihres Afters, bevor sich beide Löcher wie miteinander verschmelzende Bakterien zu einer Kloake vereinigten.

Nun konnte man auch von außen erkennen, dass die beiden Schwänze im Körper der monotrematischen Frau zwangsläufig unmittelbar aneinanderliegen mussten und Hermetos Eier auf Getulios ruhten wie in einem Nest.

»Bruderherz, ich habe ein eigenartiges Gefühl in meinem Schwanz …«

»Ich auch.«

»Sie schmelzen nur ein wenig«, erklärte Kerry. »So, es ist vollbracht.«

Geschmeidig kletterte sie aus dem menschlichen Sandwich heraus. Ihre Genitalien hatten bereits begonnen, sich wieder in ihre ursprüngliche Form zurückzuverwandeln. Hermeto suchte nach Halt, um nicht aus dem Gleichgewicht zu geraten, und stützte sich mit den Handflächen auf Getulios Brust ab. Dann rutschten und wackelten die beiden Männer hin und her, soweit es ihre eingeschränkte Bewegungsfreiheit erlaubte, um ihre Schwänze zu betrachten.

Ihre besten Stücke waren an den Unterseiten vollständig miteinander verschmolzen und machten die beiden Männer zu einer gänzlich neuen Art siamesischer Zwillinge.

Kerry baute sich über dem hilflosen Pärchen auf und kommandierte: »Setzt euch hin und schlagt die Beine übereinander, sodass ihr euch gegenseitig anschaut. Ich will immer noch euren Saft.«

Getulio heulte und schluchzte. Hermeto entgegnete: »Lieber würden wir krepieren, du Hexe!«

Kerry zuckte mit den Schultern. »Wie ihr wünscht.«

Sie beugte sich hinunter und ergriff die Männer an ihrem Doppelschwanz. Mühelos und ohne sich um ihren Protest zu scheren, zog sie die Brüder wie ein menschliches Travois hinaus in den Korridor und bis zur Bibliothek, unter deren Tür ein dünner Film silbriger Flüssigkeit vorsichtig hindurchsickerte. Kerry lächelte.

Als sie die Tür aufstieß, stach ihr ein scharfer Geruch in die Nase.

Die Bibliothek hatte sich in einen zentimetertiefen weißlichen See aus Samenflüssigkeit verwandelt. Sie kroch die Regale empor, um das Holz und die nie gelesenen Bücher zu vertilgen (allein das nackte Mauerwerk widerstand dem Angriff), und die Schwerkraft ließ die zersetzte Masse in den homogenen, anonymen Spermasee hinabstürzen. Auf der dickflüssigen Brühe trieb entgegen allen Naturgesetzen die marmorne Platte des Bibliothekstisches. Inmitten des Teiches saß Ovid Reymoa und kotzte behäbig unglaubliche Mengen seiner eigenen Wichse, die umgewandelte Essenz seiner sterbenden Organe.

Noch immer leicht nach vorn gebeugt, den Doppelkolben im festen Griff, wandte Kerry sich an die Männer. »Das Sperma wird eure Körper nicht angreifen. Aber ihr könnt ertrinken. Ich hoffe, das entspricht eurem ausdrücklichen Wunsch zu sterben.«

Dann streckte sie ihren kräftigen Rücken – ihre Muskeln räkelten sich unter der pfirsichfarbenen Haut – und zog die Männer empor, sodass diese nun an ihrem verschmolzenen Glied herabbaumelten. Die Brüder jaulten laut auf, als Kerry sie in die Bibliothek schleuderte.

Das laute Klatschen, mit dem sie aufschlugen, wurde von der Detonation eines Gewehrschusses übertönt.

Zwei Ladungen Schrot, die aus nur wenigen Schritten Entfernung abgefeuert worden waren, stachen in Kerrys linken Arm und zerfetzten ihn. Ein Teil der Gliedmaße fiel zu Boden und trieb ihrer Zersetzung im Spermasee entgegen. Doch sogleich begannen die Fleischfetzen, die von Kerrys Schulterstumpf herabhingen, sich zu winden, ineinanderzugreifen und den heraussteherıden Knochen mit einer schützenden Membran zu überziehen.

Kerry schnellte herum.

Darciana trug bereits ihr maßgeschneidertes Debütantinnenkleid und versuchte verzweifelt, das Gewehr neu zu laden. Hastig kämpfte sie mit der Patronenhülse, doch das Messinggehäuse fiel laut scheppernd zu Boden. Sie fluchte.

»Verrecke, du verfluchtes Monster, verrecke!«

Im Bruchteil einer Sekunde war Kerry bei dem Mädchen und schlug ihr das Gewehr aus den Händen. Der Arm der Bruja hatte bereits begonnen nachzuwachsen, Fingerspitzen sprossen aus dem versiegelten Stumpf.

Mit dem unverletzten Arm ergriff Kerry das Mädchen und presste sie an ihren nackten Körper. Darciana zappelte, konnte sich jedoch nicht einmal aus dieser halben Umarmung befreien.

Kerry grinste. »Du gefällst mir. Du gefällst mir sogar sehr.«

Durch die Berührung mit Kerrys spermaüberzogener Haut hatte Darcianas atemberaubendes Kleid angefangen zu zerlaufen und von ihr herabzutropfen. Bis das Mädchen vollkommen nackt war, hatte auch Kerrys Arm sich wieder vollständig nachgebildet.

Die Bruja schlang ihre neue Gliedmaße um das Mädchen und zog es noch näher heran. Sie nahm Darcianas Arschbacken in die Hände und hob sie auf die Zehenspitzen, kleine Brüste hüpften gegen prallere, Schenkel pressten an Schenkel, Schamhaare verflochten sich ineinander.

Kerry brachte ihr Gesicht ganz nah an das des Mädchens.

»Küss mich«, hauchte sie.

Dann rollte sie eine dreißig Zentimeter lange, weiterhin fest verwurzelte Zunge aus und Darcianas Kehle hinab.

Auf wundersame Weise, vielleicht mithilfe ihrer Angreiferin, gelang es dem Mädchen weiterzuatmen. Und so konnte es auch aufkeuchen, als Kerrys Penis sich forschend aufstellte und an den Elfenflügeln ihrer Labia vorbeirauschte.

Plötzlich sprossen überall dort, wo sie und Darciana sich berührten, unzählige fleischige Dornen aus Kerrys Haut, tausend hungrige Mäuler, die in den Körper des Mädchens hineinstießen.

An hunderten von Einstichwunden wanderten nun Flüssigkeiten von einer Frau zur anderen, mit einem bemerkenswerten Ergebnis.

Die beiden begannen ihre Körper zu tauschen.

Kerry schrumpfte, während Darciana wuchs. Brüste schienen von der einen zur anderen zu wandern. Ihre Gesichtskartographie erfuhr eine Veränderung im Zeichen benthosgeborener Stoffgemische. Die Gliedmaßen übernahmen die neuen Formen derjenigen, mit denen sie diesen statischen Tanz des Identitätswechsels tanzten.

Als die Verwandlung abgeschlossen war, löste Kerry/Darciana die Griffe, mit denen sie Darciana/Kerry gehalten hatte; Dornen, Penis und Zunge zogen sich zurück. Das Mädchen im Körper der Bruja taumelte rückwärts.

»Ich weiß, dass ich deine Reputation nur noch stärken werde, meine Liebe«, sagte Kerry. »Aber wirst du auch in der Lage sein, meinem Namen Ehre zu machen?« Das Geschöpf in der Verkleidung von Darciana Reymoa schien zu überlegen. »Ich glaube kaum. In die Bibliothek mit dir.«

Ein einziger Schlag ließ Kerrys alten Körper ohnmächtig zusammensacken. Sie nahm Darciana und warf sie in die Bibliothek. Der Aufschlag dessen, was aussah wie die äußere Hülle der Bruja, ließ eine Welle von Sperma in den Korridor schwappen, wo sich die Substanz sogleich an die nächsten Eroberungen machte.

Leichtfüßig sprang Kerry davon und drehte sich dabei immer wieder kichernd im Kreis. Beinahe schien es, als wäre sie, nun fünfzehn Jahre alt, von mädchenhafter Freude gekitzelt.

* * *

Eine Fledermaus auf Insektenjagd wippte und flatterte wie ein betrunkenes Blatt im Wind. Ein leichter Hauch, angereichert mit dem Duft von Jasmin und frisch gemähtem Gras, umschwebte die Zuschauer der Katastrophe für einen kurzen Moment, bevor er davonwehte. In einiger Entfernung heulte ein Hund traurig das verlockend abweisende Gesicht des aufsteigenden Mondes an.

Im violetten Licht der Abenddämmerung beobachteten Arlindo Quincas und Doktor Flávio Zefiro regungslos wie Statuen und voller Staunen die ersten Augenblicke der Flucht des gesamten Reymoa-Haushalts. Allein die Schreie der vor der unbekannten zähflüssigen Flut Flüchtenden und das grobkörnige Knirschen der Kiesel unter ihren Füßen verrieten den Männern, dass sie nicht träumten.

Doktor Zefiro brach den Bann, indem er rief: »Kommt, Arlindo, wir müssen den Verletzten helfen!«

Quincas rannte los, drängelte sich durch die ihm entgegenstürmende Dienerschaft, bahnte sich rücksichtslos einen Weg durch die ersten Gäste und riss das junge Mädchen empor, das über ihre eigenen Unterröcke gefallen war.

»Seid Ihr verletzt, Senhorita?«

Die Angeredete schien vor Schreck wie erstarrt und antwortete nicht. Quincas nahm sie in seine Arme und trug sie zur nächststehenden Kutsche, wo er sie sanft in die weichen Sitze sinken ließ. Dann wandte er sich wieder dem Haus zu. Zefiro kehrte von seinem eigenen Rettungszug zurück und stellte sich neben Quincas. Sogleich gesellte sich ein dritter Mann aus der Menge zu ihnen, seine kräftige und stattliche Erscheinung wurde durch den Römerkragen noch akzentuiert.

»Hochwürden Texeira, was halten Sie davon?«

Texeira bekreuzigte sich und machte ein finsteres Gesicht, sodass die Spitze seines markanten Kinns sich kräuselte. »Zweifellos das Werk des Teufels.«

Der Exodus war verebbt, nur eine einzelne Frau stand trotzig in der Eingangstür. Verdrießlich und kämpferisch, mit ungehörig nackten Beinen unter ihrem hochgesteckten schwarzen Kleid, blickte sie auf die gaffende Menge. Träge schwappte die weiße Flut gegen diese gebieterische Kriegerkönigin und floss, nur knöcheltief und somit flacher, als sie auf den ersten schockierten Blick erschien, still und leise über die Eingangstreppe der Villa hinab.

»Kommt und helft, Ihr Feiglinge!«, befahl die Frau. »Dieses garstige Zeug ist für Menschen ungefährlich! Es frisst nur bestimmte Dinge. Aber wir müssen Senhor Reymoa retten! Ich fürchte, er ist verletzt!«

Quincas schaute erst zu Texeira, dann zu Flávio, und erhielt von beiden Seiten ein bestätigendes Nicken.

»Senhora Soares hat Recht«, sagte Flávio. »Wir müssen helfen, so gut wir können.«

»Noch niemals hat die Kirche hinter der Medizin zurückgestanden, wenn es darum ging, Beistand zu leisten, Doktor. Lasst uns Gottes Werk verrichten.«

Quincas wählte ein paar der noch immer benommenen Hausknechte aus und befahl ihnen: »Ihr Männer, holt Schaufeln aus dem Werkzeugschuppen und fangt an, einen Graben um das Haus herum auszuheben. Wir müssen verhindern, dass diese seltsame ätzende Masse das Anwesen verlässt.«

Die ausgewählten Männer beeilten sich, seinem Befehl Folge zu leisten, während Quincas, Texeira und Flávio auf den sich langsam vorwärtsschiebenden Rand der Flut zugingen. Nachdem er einige hölzerne Pflanzentöpfe, nicht jedoch deren Inhalt vernichtet hatte, schien der Schleim zumindest für den Moment von den Kieseln der Auffahrt zurückgehalten zu werden.

Senhora Soares hob ihren nackten Fuß aus der widerlichen Brühe, um die Männer auf eine notwendige Vorkehrung aufmerksam zu machen. »Es frisst Kleidung und Schuhe. Zieht Eure Schuhe aus und krempelt die Hosenbeine hoch.«

Die Männer gehorchten und stiegen dann voller Abscheu

in die zähflüssige Flut. Vorsichtig stiegen sie die nassen, glitschigen, wie mit Glyzerin überzogenen Stufen hinauf zu Senhora Soares und warteten auf ihre Befehle.

»Senhor Reymoa hat den Tag in der Bibliothek verbracht. Als das Übel begann, ging ich hinauf, um ihn zu suchen, und kam gerade rechtzeitig, um zu sehen, wie der Boden der Bibliothek einstürzte. Da ich nicht einschätzen konnte, wie sicher der Fußboden im übrigen Teil der oberen Etage war, zog ich mich zurück. Um den Senhor zu finden, müssen wir also im Zimmer unter der Bibliothek nach ihm suchen.«

»Dann führt uns mal dorthin«, sagte Flávio.

Als das Quartett die Villa betrat, rümpften die Männer die Nasen gegen die beispiellose Beleidigung ihres Geruchsinns und zuckten zurück vor den Ungehörigkeiten, die gegen ihren Tastsinn begangen wurden. So schnell es ihnen möglich war, folgten sie der Hausdame durch den stinkenden Schleim.

»Kann dieser Schaum das sein, was ich denke, Flávio? Was sagt der Arzt zu meinem Verdacht?«

»Ich befürchte, du hast recht. Doch über seine Quelle wage ich nicht einmal eine Vermutung.«

»Ich habe einmal eine Teufelsaustreibung durchgeführt, in deren Fall Unmengen von Blut sozusagen *ex nihilo* entstanden waren. Ich kann mir also nicht vorstellen, dass der Teufel Schwierigkeiten hätte, diese Mengen von Samenflüssigkeit heraufzubeschwören, wenn er es wünschte.«

»Schweigt, Ihr Narren!«, befahl Senhora Soares mit schneidender Stimme. »Hier geht es um Leben oder Tod, und Ihr debattiert herum wie ein paar Schulmeister!«

Bald standen sie im Erdgeschoss vor der Tür des kleinen Ballsaals und linsten vorsichtig hinein auf einen See aus Samenflüssigkeit: Das gefräßige Sperma hatte bereits die Holzmöbel des Saals verspeist, sodass nun die Servierplatten, Kerzenhalter, Bowleschüsseln und Kelche aus Silber auf seinen Fluten dahintrieben. Dann eilten die Blicke der Retter ohne Sichtbarriere empor und glitten über die nackten Wände der ehemaligen Bibliothek im Stockwerk über ihnen.

»Wenn all die inneren Stützbalken weggefressen sind, wird das Haus schon sehr bald in sich zusammenfallen«, bemerkte Quincas.

»Schnell, dort drüben sehe ich vier Haarschöpfe herauslugen!«, rief Senhora Soares.

Während sie tiefer hineinwateten, bespritzten die Rettungsschwimmer dieses fremdartigen Tümpels sich selbst und auch die anderen zwangsläufig mit Schleim, sodass ihre Kleidung allmählich begann, sich aufzulösen. Eilig griff jeder von ihnen nach einem der Opfer und zerrte den nackten Körper aus dem Ballsaal. Sie hatten den Raum kaum verlassen, als direkt hinter ihnen ein ohrenbetäubendes Krachen wie von herabstürzenden Balken ertönte.

»Raus hier!«

Wie Holzfäller ihre gefällten Baumstämme, unterstützt von der glitschigen Brühe, zogen die vier Retter ihre makabre Last zum Ausgang.

»Senhor Quincas«, rügte Soares forsch. »Euer Mann und meiner scheinen auf seltsame Weise miteinander verbunden. Zieht nicht so!«

Ihr fluchtartiger Rückzug endete erst, als die Retter die vier Leichen auf dem Rasen abgelegt hatten. Doktor Zefiro beugte sich hinunter und säuberte ihre Gesichter mit seinem monogrammierten Taschentuch.

»Sie sind alle ertrunken«, lautete seine schnelle Diagnose, die von einem überraschend tiefempfunden Wehklagen der sonst so eisernen Senhora Soares beantwortet wurde.

Ovid Reymoa, uro-anal in sich selbst verschlungen wie eine Kleinsche Flasche.

Hermeto und Getulio, an ihren Geschlechtsteilen verschmolzen wie in einem postpartalen Uterus.

Das Antlitz des vierten Opfers erweckte nur fragende Blicke in der Zuschauermenge, die damit gerechnet hatte, Darciana dort liegen zu sehen. Allein ein Mann keuchte erschrocken auf und rief:

»Senhorita Yemana! Oh mein Gott, nein!«

»Kennt Ihr diese Frau, Arlindo?«

Quincas konnte nur schluchzend mit dem Kopf nicken. Er beugte sich herab, um die mit Sperma überzogenen Wangen seiner fremden Wohltäterin und Geliebten zu streicheln.

Ein lautes Donnern riss die Aufmerksamkeit der Zuschauer von dieser liebevollen Szene: Das Dach über der Bibliothek, ebenso wie ein Großteil der Wände in diesem Flügel waren eingestürzt und ließen große Mengen an Ejakulat durch die Luft segeln. Glücklicherweise landeten alle Spritzer innerhalb der ausgehobenen Gräben. Dennoch schaufelten die Männer, die ihre Arbeit zeitweilig ausgesetzt hatten, um die Leichen zu begaffen, jetzt mit doppeltem Eifer und wurden dabei von weiteren Freiwilligen unterstützt.

»All unsere Mühen sind vergebens«, mahnte Doktor Zefiro, »wenn auch nur einer von uns dieses Gelände kontaminiert verlässt. Wir müssen uns unserer Kleider entledigen.« Er betrachtete seinen eigenen im Auflösen begriffenen Anzug mit der Sachlichkeit eines Wissenschaftlers und begann sich zu entkleiden.

Quincas riss sich zusammen und schniefte: »Ihr habt recht, die Sicherheit unserer Gemeinde geht vor.«

Dank des organisatorischen Talents der drei angesehenen und praktisch veranlagten Gemeindemitglieder Quincas, Zefiro und Texeira, ebenso wie der starken Hand einer wieder gefassten Senhora Soares, hatte sich in kürzester Zeit ein Trupp von Ordnungshütern, Inspektoren und Waschkräften gebildet, die alle Zeugen des grausigen Spektakels zusammentrieben und auf Spritzer des ätzenden Schleims untersuchten. Das kalte Wasser des Gartenschlauchs, der über ein Pumpensystem unabhängig von dem des Hauses versorgt wurde, spülte das untätige und doch tödliche Sperma von ihrer nackten Haut. Die infizierte Kleidung warf man zurück in die gefräßige Brühe, deren Weiterfluss mittlerweile von den Gräben gestoppt wurde, und wickelte die nackten saubergewaschenen Überlebenden in Pferde- und Reisedecken, bis die Kleiderspenden der Nachbarn eintrafen.

In seiner bunt gemischten Kombination aus geborgten Kleidungsstücken beobachtete Quincas, wie die Villa der Reymoas in sich zusammenfiel. Im Laufe der nächsten Stunden verschlangen die eingepferchten gefräßigen Kolloide jegliche organische Materie, bis nur noch das steinerne Fundament übrig war, randvoll gefüllt mit verseuchtem Ejakulat, einem mächtigen Eintopf aus Dachziegeln, Backsteinen, Nägeln, Scherben und diversen Metallgegenständen. Wie eine riesige Wanne voll flüssigen Silbers schienen die Kellerräume mit ihrer gefräßigen Brühe darauf zu warten, in eine neue Form umgegossen zu werden.

Mit quietschendem Pferdegeschirr und unter lautem Hufgeklapper hielten jetzt einige Brandwagen vor den Toren des Anwesens. Doktor Zefiro ging den Feuerwehrmännern entgegen, um sie zu begrüßen.

»Ich nehme an, die Tanks sind mit den Chemikalien aus der Gerberei und aus der Papiermühle gefüllt, wie ich es habe ausrichten lassen?«

»Jawohl, Senhor.«

»Na dann mal los.«

Sogleich machten sich einige der Männer mit aller Kraft an der handbetriebenen Pumpe zu schaffen, während andere die Öffnungen der Schläuche auf das Becken voller Spermaflüssigkeit richteten. Wie Lanzen schossen die ätzenden Chemikalien aus den Schläuchen, und wo immer sie auf ihr Ziel trafen, peitschten mächtige Dunstwolken in die Höhe.

Texeira sagte zu Quincas: »Fast erwartet man, dass die zornigen Schreie des Teufels dieses Spektakel begleiten.«

»Ja, so kann man es wohl betrachten.«

»Was bedrückt Euch, mein Freund, abgesehen von den offensichtlichen Dingen?«

»Der Tod dieser Frau. Wir standen uns einmal sehr nahe.«

Texeira schwieg eine Weile nachdenklich. »Ich glaube, Ihr könntet meinen Rat gebrauchen, Arlindo. Bitte begleitet mich doch, sobald diese Angelegenheit hier beendet ist.«

»Ja, Hochwürden.«

Die zelltötenden Chemikalien mischten sich mit dem lebendigen Sperma und zerstörten es, bis nur noch ein widerlicher übelriechender Haufen Abfall übrig blieb, der aussah und roch wie faulender Kohl. Als Doktor Zefiro sich von der unwiderruflichen Denaturierung der Brühe überzeugt hatte, befahl er: »Besprüht die gesamte Fläche innerhalb der Gräben, Männer. Nur zur Sicherheit.«

Durch sein Versprechen, das er Texeira gegeben hatte, noch immer an den Schauplatz gebunden, wanderte Quincas durch die Menge, als hoffte er, mit seinen Gedanken allein sein zu können. Im tiefen gefleckten Schatten eines Baumes traf er auf zwei Frauen, die einander in den Armen hielten, die eine laut schluchzend, die andere auffallend stumm. Behutsam trat Quincas näher.

»Was ist Euch, meine Damen? Wie kann ich helfen?«

Eine rote Haarsträhne glänzte im Mondlicht, als die weinende Frau den Kopf hob. »Oh Senhor, wir sind gleich zweifach traurig. Nicht nur, dass unsere Dienstherren ihr Leben verloren haben, wir Bediensteten haben nun auch keine Arbeit mehr. Was soll denn nun aus uns werden?«

Quincas tätschelte der Frau tröstend die Schulter. »Wie heißt Ihr, Senhorita?«

»Maura. Maura Colapietro. Und das ist Mei-mei. Sie ist stumm.«

»Als was wart Ihr hier angestellt?«

Maura lächelte. »Ich war das Kammermädchen von Senhorita Darciana, und Mei-mei war ihre Schneiderin.«

Quincas überlegte. »Ich könnte Euch wohl beide gut gebrauchen. Kommt am Montag ins Blue Afternoon Hotel.«

Maura kreischte auf und schlang ihre Arme um Quincas, und stumm, aber ebenso erfreut folgte Mei-mei ihrem Beispiel.

»Wie können wir Euch jemals danken, Senhor?«

Quincas, umgeben von den beiden duftenden weiblichen Körpern, schien ein wenig bestürzt, doch voll überraschter

Glückseligkeit. »Ach, das ist doch keine große Sache. Ein guter Unternehmer sollte sich eine solche Gelegenheit, verlässliche Mitarbeiter einzustellen, schließlich nicht entgehen lassen.« Als er erneut einen kurzen Blick auf das Schlachtfeld warf, sah er Texeira auf sie zukommen und löste sich behutsam aus der Umarmung des dankbaren Paares.

»Entschuldigt mich bitte. Werdet Ihr zurechtkommen?«

»Oh ja, *jetzt* ist alles gut. Nach wem sollen wir im Hotel fragen?«

»Senhor Quincas. Bis Montag also.«

Quincas verließ die beiden glückseligen Frauen und gesellte sich zu Texeira. Der Priester sagte: »Lasst uns Euren Wagen nehmen, Arlindo, und meinen dem guten Doktor Zefiro überlassen. Er hat bereits zugestimmt.«

Die beiden Männer schwiegen, während sie das zerstörte und verseuchte Anwesen der Reymoas hinter sich ließen. Irgendwann fragte Quincas: »Wie spät ist es, Hochwürden?«

»Fast zehn. Habt Ihr um diese Zeit etwa noch eine Verabredung?«

»Ja, ich werde tatsächlich noch erwartet. Aber ich bin mir nicht sicher, ob ich noch in der rechten Stimmung dazu bin.«

Texeira lachte leise in sich hinein. »Lasst mich raten. Ihr wolltet zu Senhora Graca, um ihre neuen Mädchen zu verkosten.«

»Woher wisst Ihr das?«

»Ivo hat mich ebenfalls eingeladen.«

»Und … habt Ihr die Einladung angenommen?«

»Selbstverständlich. Die Frauen von Three Lakes sind schließlich für ihre Liebesdienste bekannt.«

»Aber Hochwürden, was ist mit Eurem Gelübde?«

»Ach, papperlapapp! Solche Gelübde hält man allein mit dem Herzen. Ein Mensch kann körperlich keusch sein und im Geiste die schrecklichsten Sünden begehen, und umgekehrt natürlich auch: Man kann körperlich sündigen und dennoch rein bleiben im Geiste. Rom ist weit weg, mein Freund, und der weiße Mann wurde nicht geschaffen, um in diesem lasterhaften tropischen Klima zu leben. Wollt Ihr nach allem, was wir soeben erlebt haben, wirklich behaupten, diese lüsterne Landschaft entspräche auch nur im Entferntesten dem, was man in Europa als normal bezeichnet? Andere Klimabedingungen fordern eine andere Ethik und eine andere Handhabung, Arlindo.«

»Ja, Hochwürden.«

»Arlindo, im Hinblick auf unsere gemeinsame Verabredung heute Abend bitte ich Euch, nennt mich Baltasar.«

»Ja, Hochw… Baltasar.«

»Ich nehme an, Ihr würdet mich zu unserem hochgeschätzten Bordell begleiten, wenn ich es Euch als Buße auferlege?«

»Als Buße? Aber wofür, Hochw… ich meine, Baltasar, bitte sagt mir, was habe ich getan, das eine solch seltsame Sühne fordert? Ich gebe zu, wie alle Sterblichen habe ich viele Sünden begangen, doch welche genau erfordert es, dass ich mich in die Arme einer Hure stürze?«

»Eure Faszination für die tote Hexe … das ist ja beinahe schon Götzenverehrung.«

Um ein Haar wären Quincas die Zügel aus den Händen geglitten. Er schwieg. Texeira gab seinem Begleiter einen Augenblick Zeit, um sich zu beruhigen, und fuhr dann fort.

»Ich kenne die ganze Geschichte, Arlindo. Eure Freunde haben mir alles erzählt. Und heute Abend war es nicht schwer zu durchschauen, dass es sich bei der unbekannten Toten um Eure Bruja handelt. Ohne Zweifel war sie für die ganze Katastrophe verantwortlich, die wir erlebt haben. Wie viel besser wird es uns ergehen, nun, da sie tot ist.«

Quincas schwieg noch immer, und Texeira mahnte: »Ah, Ihr könnt mir nicht zustimmen, nicht wahr? Das allein ist ein deutliches Zeichen Eurer gefährlichen Obsession mit diesem Teufelsweib. Eben das meine ich mit einem weißgetünchten Grabmal: äußerlich weiß, aber tief im Innern ganz und gar verdorben.«

In Quincas' Stimme lag heftige Entrüstung, aber auch ein wenig Zweifel, als er entgegnete: »Baltasar, wenn Ihr sie nur so gekannt hättet, wie ich ...«

»Das brauche ich nicht. Selbst wenn sie die Heilige Jungfrau gewesen wäre, so wäre Eure exzessive Verehrung für sie gefährlich. Ich sehe, dass Ihr mir nicht glaubt. Erlaubt mir deshalb, Euch vom Schicksal eines Kollegen zu erzählen. Vielleicht könnt Ihr seine Geschichte auf Euer eigenes Leben übertragen.

Auf dem Priesterseminar lernte ich Pater Joaquim Cabral kennen, und wir wurden bald gute Freunde. Doch gleich mit unserer ersten Entsendung trennten sich unsere Wege wieder. Mit Gottes Gnade landete ich in São Paolo, während Joaquim nach Pernambuco geschickt wurde, um den dortigen Kakaobauern seelischen Beistand zu leisten. Sein ländlicher Pfarrbezirk konnte keine der Zerstreuungen einer großen Stadt aufweisen, keine urbane Geselligkeit. Joaquim war ein sensibler, hochintelligenter und sexuell entsprechend aktiver Mann. Nun lebte er inmitten von barbarischen Indios und rohen Bauern, ohne eine einzige hübsche Tochter in einem Umkreis von vielen Meilen. Und hätte er es gewagt, auch nur einen Finger an eine der India zu legen, so hätte er seinen Schrumpfkopf am Gürtel eines ihrer Häuptlinge wiedergefunden. Die Eingeborenen jener Gegenden waren nicht so fügsam wie unsere, die seit vielen Jahrhunderten den förderlichen Einfluss unserer Kultur genießen.

Allzu schnell hatte Joaquim den kleinen Vorrat an Büchern, die Gespräche mit den Bauern und die trockenen Freuden des Onanierens satt. Er sehnte sich nach einem weiblichen Wesen, an dem er sich erschöpfen konnte, und ging sogar so weit, die gepflegteste und am wenigsten flohgeplagte Eselsdame mit unverhohlenem Begehren zu beäugen.

Dann schmiedete er einen wahnsinnigen Plan.

Er dachte sich, dass ausgerechnet das Produkt ihm Linderung verschaffen könnte, welches in seiner Gegend im Überfluss vorhanden war. Ich vermute, dass die Legenden über die primitiven Hilfsmittel der einheimischen Arbeiter auf den Kautschukplantagen ihn wohl auf diesen Gedanken brachten.

Joaquim requirierte eine große Ladung Kakaoschoten von der letzten Ernte, und da es sich dabei um Ausschussware von minderer Qualität handelte, nicht geeignet für den Export, kümmerte sich auch niemand weiter darum. Mithilfe einiger einheimischer Arbeiter schälte er die Schoten und hortete genügend Kakaobohnen und alle weiteren Zutaten, um beinahe einhundert Pfund süße Schokolade herzustellen. Dann machte er sich daran, eine detailgetreue Zinnform in Gestalt einer Frau zu gießen. Er versah sie mit ausladendem Hinterteil und Brüsten, weiblicher Taille und Hüften. Zwischen ihren Schenkeln sorgte eine Metallröhre für die Ausformung des entsprechenden Lochs. Der Eingusstrichter befand sich direkt auf ihrem Kopf.

Am Tag der Schöpfung füllten Joaquim und seine Helfer die lebensgroße Form langsam mit der flüssigen Schokolade, so reich an Kakao, dass sie beinahe schwarz war.

Joaquim wusste nicht genau, wie lange die Form auskühlen musste und ließ sie einige Tage im kalten sprudelnden Wasser des Flusses, das er über ein kompliziertes Kanalsystem herbeileitete. Dann endlich, nachdem er die Indios fortgeschickt hatte, öffnete er mit zitternden Händen die Form.

Abgesehen von einem kleinen Stiel, der aus ihrem Kopf ragte, war die Schokoladenfrau mit den ausdruckslosen Augen einfach perfekt, einschließlich der einladenden Öffnung zwischen ihren unbeweglichen Beinen. Und da Joaquim sie nach seinen eigenen Setzungen geschaffen hatte, entsprach sie in allen Dingen dem Ideal seiner Traumfrau.

Nun, Joaquim war sich bewusst, dass er nicht mehr als einen einzigen unzüchtigen Akt mit seiner schokoladigen Geliebten begehen konnte, bevor seine Liebkosungen sie dahinschmelzen lassen würden. Er stellte sich vor, wie er ihre Überreste erneut erwärmen und ein weiteres Mal in Form gießen würde, immer und immer wieder. Dabei eintretende Verluste würde er mit neuem Rohmaterial auffüllen.

Doch es kam anders.

Ob durch die übernatürliche Kraft seiner priesterlichen Geilheit oder irgendeiner Teufelei vonseiten der Indios: Das Schokoladenweib lebte!

Als der nackte Joaquim sie in seine Arme schloss, erwiderte sie die Geste voller Leidenschaft. Sie öffnete ihre Schokoladenlider und blickte ihn aus ihren Schokoladenaugen an. Eine Schokoladenzunge erschien zwischen ihren Lippen und glitt in seinen Mund. Geschmeidig spreizten sich ihre Beine, und ihre Schokoladenmöse umschloss seine steife Männlichkeit wie eine Schraubzwinge.

Sogleich wurde Joaquim von seinen zu lange unbefriedigt gebliebenen Instinkten übermannt und vögelte seine süße Braut wie ein Soldat auf Heimaturlaub. Nachdem er sich in ihr ergossen hatte, zog er sich zurück, und sein weißes Elixier quoll aus der Sackgasse ihrer Möse wie aus einem angebissenen Bonbon.

Seine stumme Partnerin schien Joaquims Ansturm gänzlich unverletzt überstanden zu haben, fast so, als wäre sie in der Lage, jegliche Verletzungen ihrer Substanz sogleich zu reparieren – in einem gewissen Rahmen, versteht sich. Es war also nicht nötig, sie jedes Mal wieder neu zu erschaffen. Nun hatte Joaquim also seine einzigartige Gespielin, und er war glücklich.

Doch es sollte nicht immer so sein.

Monatelang erging er sich in den Freuden, die seine schokoladengeborene Geliebte ihm spendete. Er war so umsichtig, sie in dem kühlen fensterlosen Quellenhaus unterzubringen, wo auch andere verderbliche Güter gelagert wurden, damit sie nicht unter der Hitze litt. Doch er hatte nicht mit der Dürre gerechnet.

Und diese kam, unausweichlich. Eine Phase trockener, regenloser Hitze. Unter dem wolkenlosen Himmel und der brennenden Sonne schwand der Fluss und vertrocknete bald ganz. Die Menschen verließen ihre Plantagen, und Joaquim wurde vom Bischof zurückbeordert, um in eine andere Gegend entsendet zu werden. Da er jedoch wusste, dass er seine Geliebte nicht würde mitnehmen können, widersetzte Joaquim sich den Anweisungen und blieb. Doch bald begann auch die bislang so zuverlässige Quelle zu schwächeln, ihr fröhliches Plätschern wurde immer leiser, bis sie schließlich vollständig versiegte.

Ohne den Schutz der Feuchtigkeit begann das Schokoladenweib zu schmelzen.

Joaquim tobte und geißelte sich selbst, doch es half nichts. Schon bald war von seiner Geliebten nichts mehr übrig als eine fettige schlammfarbene Pfütze auf dem Küchenboden. Und was, denkt Ihr, hat Joaquim getan, Arlindo? In den folgenden vierundzwanzig Stunden aß er alles auf, was er vom Boden kratzen konnte, wie ein Barbar, der eine Opfergabe verspeist. Pfund um Pfund um Pfund von Schokolade. Es hätte ihn beinahe umgebracht; sein Gesicht war über und über mit Schokolade verschmiert, seine Gedärme quittierten den Dienst und sein theobromanisches Herz raste. Doch er überlebte. Er kehrte in die Zivilisation zurück und erzählte mir seine traurige Geschichte, die ich nun wiederum Euch zu Eurer Erbauung geschildert habe.«

Lange Zeit schwieg Quincas, während sie weiter den Berg hinabfuhren, dann schließlich fragte er: »Was ist aus ihm geworden?«

»Sie mussten ihn zu seinem eigenen Besten von hier fortschicken, in ein Land, in dem man keinen Kakao kennt. Heute leitet er eine Gemeinde wilder Patagonier im eisigen Tierra del Fuego. Und nun bringt uns zur Lemon Street, mein Freund, und lasst uns ein wenig feiern, dass wir reichlich echtes Fleisch zu unserer Verfügung haben.«

Das Haus an der Lemon Street 23 1/2 war ein prunkvolles Gebäude mit einer prächtig verzierten Fassade, das einem Konsul zur Ehre gereicht hätte. Die Fenster waren kokett mit schweren dunkelroten Gardinen verhängt. Steinerne

Putten, die aussahen, als hätte man sie aus der Entourage der Venus entliehen, bewachten die Eingangstür, neben der ein unauffälliges Messingschild in kursiver Schrift den Namen der Hausdame verkündete.

Nachdem sie den Pferdewagen einen Block entfernt auf dem nächstmöglichen freien Platz am Straßenrand abgestellt hatten, standen Quincas und Texeira nun vor der Tür des Bordells. Mit langsamen rhythmischen Hufschlägen zog ein müder Klepper einen Wagen über das Kopfsteinpflaster der Lemon Street. Als antwortete er auf dieses Klappern mit Morsezeichen, betätigte Texeira den Türklopfer und ließ mit seinen kräftigen Schlägen drinnen wie draußen ein lautes Hämmern ertönen. Unruhig verlagerte Quincas sein Gewicht von einem Fuß auf den anderen.

»Hochwürden, ich weiß nicht, ob dies wirklich der Ort ist, an dem ich heute Abend sein sollte …«

»Unsinn, Mann! Ivo, ich und Eure anderen Freunde haben Eure niedergeschlagene Stimmung ausgiebig besprochen und beschlossen, dass dies hier genau die Medizin ist, die Ihr benötigt. Als Euer Seelenhirte erlege ich Euch diese ungewöhnliche aber schmerzfreie Buße auf.«

Die Eingangstür wurde lautlos geöffnet, und vor ihnen stand eine große vollbusige Frau im besten Alter. Mit ihrem türkisblauen Satinkleid, das den Blick auf ein ausladendes, stark gepudertes Dekolleté freigab, ihrer schwarzgefärbten, hoch aufgesteckten und wie lackiert glänzenden Lockenpracht und dem stark geschminkten Gesicht verströmte die Frau eine Art fossiler Sexualität – eine üppige Pracht.

»Hochwürden Baltasar«, grüßte die Frau mit nervöser Überschwänglichkeit, »wie wundervoll, Euch heute Abend hier zu sehen. Und Senhor Quincas, welch seltene Freude. Bitte, bitte, tretet ein.«

Im eleganten Foyer des Bordells nahm Texeira die Hand der Dame und küsste sie.

»Gabriela, Eure Schönheit blendet meine Augen wie eh und je.«

Seine Schmeichelei prallte unverrichteter Dinge von Senhora Graca ab, und ihr Unbehagen wurde immer offensichtlicher. »Ich danke Euch, Hochwürden. Aber bitte, begleitet mich doch in den Salon.«

Die Männer folgten der Dame, die jetzt hinter einer schweren Gardine verschwand, die mit ihren arkadischen Darstellungen an eine Stoffkulisse der Eleusinischen Mysterien erinnerte.

In Gracas mit dickem Teppichboden ausgelegten Salon standen ein halbes Dutzend Samtsofas, ein Konzertflügel und unzählige laokoonische erotische Skulpturen. Die kleine Bar bot eine angemessene Auswahl an den beliebtesten Drinks. Doch vor dem Flügel saß kein Pianist, und auch der Barkeeper war nirgends zu sehen. Stattdessen räkelten sich auf jedem Sitzplatz, jeder schnörkeligen Armlehne untätige Huren. Das Licht der bernsteinfarbenen Kugelgaslampen karamellisierte ihre verschiedenen Hauttöne, und in ihrer einstudierten aufreizenden Opulenz erinnerten die Frauen an einen Schwarm der unterschiedlichsten Paradiesvögel, eine Versammlung verwandter Spezies, die sich an einem Wasserloch eingefunden hatten; oder auch, etwas weniger erbaulich, an eine Gruppe von Aasfressern, die sich um eine Leiche scharten.

Die Frauen lächelten verführerisch und schossen eine ganze Salve aufreizender Blicke auf die beiden Neuankömmlinge ab. Bewundernd ließ Texeira seinen Blick über die Ansammlung weiblichen Fleisches gleiten, die dem Harem eines Sultans Ehre gemacht hätte, bevor er sich ein wenig verwirrt an Senhora Graca wandte.

»Aber Gabriela, ich sehe hier alle Mädchen des Hauses versammelt, einschließlich Eurer neusten Zugänge. Doch wer kümmert sich um die Kunden? Nach den Schwierigkeiten zu urteilen, die wir hatten, unseren Wagen abzustellen, ging ich davon aus, dass mindestens fünfzig Gäste hier wären. Und wo ist Euer begnadeter Amerigo, dessen Finger auf den Elfenbeintasten des Flügels grasen wie zarte Lämmer? Und der unglaubliche Mangali, der aus den einfachsten Zutaten wahre Ambrosia zaubert?«

Da begann Graca zu schluchzen, und in den Blicken der Huren im Zimmer spiegelten sich Wut, Angst und Trotz.

»Ach, Hochwürden, es ist alles schief gelaufen! Nach heute Abend bin ich wahrlich ruiniert! Und all das nur wegen dieses abscheulichen Reymoa-Flittchens!«

»Darciana?«, fragte Quincas und strich sich überrascht mit den Fingern über seinen Schnauzbart. »Wir gingen davon aus, dass auch sie in der eingestürzten Villa den Tod fand.«

Senhora Gracas Besorgnis verwandelte sich in Entrüstung. »Die Villa eingestürzt? Wovon sprecht Ihr, Quincas? Es ist so offensichtlich wie der Nippel an meiner linken Titte, was geschehen ist. Das Mädchen ist unter der Verantwortung, die ihr gesellschaftliches Debut für sie bedeutet, zusammengebrochen und durchgebrannt. Vor ein paar Stunden stand sie vor meiner Tür, herrisch wie eine Prinzessin, und verlangte, dass ich sie einlasse und ihr mein größtes Zimmer überließe. Seitdem hat sie jeden einzelnen Kerl gevögelt, der über meine Schwelle getreten ist, einschließlich meiner Angestellten. Sie will sie alle für sich und verwehrt mir und den Mädchen unseren rechtmäßigen Lohn für heute Nacht!«

»Unmöglich! Vielleicht hat die Tragödie auf dem Anwesen sie in den Irrsinn getrieben, und es ist ihr gelungen zu fliehen …«

»Tragödie? Ich frage noch einmal: Welche Tragödie?«

»Ihr habt es tatsächlich noch nicht erfahren? Erzählt es ihr, Hochwürden.«

Die Blicke von Senhora Graca und ihren Huren hingen an Texeiras Lippen wie Fingerspitzen an einem Felsvorsprung, als dieser von dem mysteriösen Untergang des Hauses Reymoa berichtete. Als er geendet hatte, wirkte Senhora Graca noch verwirrter und beunruhigter als zuvor.

»Ich weiß nicht, was ich von der ganzen Sache halten soll.

Doch wenn dieser grässliche Tyrann Ovid Reymoa tatsächlich tot ist, dann werden zumindest die politischen Folgen der heutigen Nacht nicht allzu schwer wiegen. Und Ihr, Hochwürden, nehmt Senhor Quincas mit hinauf und gesellt Euch zu den übrigen brünstigen Keilern. Vielleicht könnt Ihr Darciana trotz ihres nymphomanischen Wahnsinns über das Schicksal ihrer Familie unterrichten. Und wenn nicht, nun, nach dem, was ich bisher gesehen habe, erwartet Euch zum Mindesten ein Wahnsinnsfick.«

Die geschwungene Treppe schien sich ins Unendliche zu erstrecken, ein endloser gefrorener Wasserfall aus Marmor. Schweigend stiegen Texeira und Quincas, dem vor Nervosität der Schweiß über die Stirn rann, die Stufen hinauf. Auf dem Treppenabsatz blieb Texeira einen Moment stehen, um seinen Römerkragen abzunehmen und in der Tasche zu verstauen. Dann gingen die beiden Männer über den Korridor auf die offenstehende Tür zu, aus der Kerzenlicht und leises Gemurmel zu ihnen drangen.

Im Zimmer drängte sich ein solch gigantischer Schwarm nackter Männer, dass die Neuankömmlinge das prächtige Himmelbett in ihrer Mitte kaum ausmachen konnten. Breites Kreuz oder Hängeschultern, muskulöse oder schlaffe Brust, straffer Bauch oder hängende Wampe, die haarigen Ärsche fett oder wohlgeformt, dürre Stelzen oder athletische Waden – im Zimmer befanden sich an die sechzig Männer und erfüllten die Luft mit ihrem spezifischen Geruch. Mit allen nur erdenklichen Techniken bearbeiteten sie beharrlich ihre bereits erschöpften Schwänze in der Hoffnung auf den noch immer verborgenen Preis auf dem Bett vor ihnen: ein- oder zweihändig, die Finger ventral oder dorsal um die Fleischröhren geschlungen, die Aufmerksamkeit auf Schaft oder Kopf gerichtet, die freie Hand an den Eiern oder auf der Hüfte, waren die Onanisten bemüht, auf dem Gipfel ihrer Erregung zu verharren, ohne ihren Samen zu verspritzen. Abgesehen von einem gelegentlichen Grunzen oder einzelnen einsilbigen Ermunterungen gaben sie keinen Laut von sich.

Texeira und Quincas, bislang noch unbemerkt, beobachteten die Orgie eine Weile von der Tür aus. Dann begann der Priester die Knöpfe seines Hemds zu öffnen. Quincas sah ihm voller Entsetzen dabei zu.

»Ihr habt doch sicherlich nicht vor, an diesem schändlichen Bacchanal teilzuhaben, Baltasar?«

»Wann werde ich jemals wieder eine solche Gelegenheit bekommen, Arlindo? Ich sehe hier nichts als ein Memento an die Liebesfeste der frühen Christen.«

»Davon weiß ich nichts, Hochwürden …«

Geschwind hatte Baltasar sich seiner Kleidung entledigt und drängte in die Menge. Quincas, noch immer vollständig bekleidet, folgte ihm instinktiv.

»Der Pfarrer, der Pfarrer!« »Macht Platz für den ehrwürdigen Pfarrer!« »Lasst ihn die Firmung dieses Mädchens vollziehen!«

Die Neuankömmlinge traten durch den Ring, den die Männer um das Bett gebildet hatten.

Nackt, rücklings über das Bett ausgestreckt, sodass ihr Kopf teilweise von der Matratze herabhing und ihre langen Haare über den Boden strichen, räkelte sich vor ihnen Darciana Reymoa. Ihr geschmeidiger mädchenhafter Körper, so dick mit Sperma überzogen, dass es beinahe schien, als wäre sie doch nicht gänzlich unbeschadet aus der Villa entkommen, befriedigte in diesem Augenblick fünf Männer zugleich.

Dieses Quintett bestand – ob zufällig oder nach Absprache war nicht zu erkennen – aus eben den fünf Müßiggängern, die gewöhnlich die Veranda des Blue Afternoon regierten.

Der fette Ivo stand schnaufend zwischen Darcianas gähnenden Beinen und putzte ihre Muschi, wobei sein fleischiger Schwanz ihr bereits gerötetes Loch weit dehnte.

Zu beiden Seiten ihrer Brüste knieten der erklärte Anführer der Gruppe, Ricardo, und ihr jüngstes Mitglied, Belmiro, auf dem Bett und erfreuten sich einer kräftigen Massage von

Darcianas Händen, der Schwanz des einen alt und schon halb schlaff, der des anderen angeschwollen wie der eines Hengstes. Von Letzterem, Belmiros gutem Stück rann ein langer durchsichtiger Faden hinab und spann ein Netz über Darcianas Brustwarze.

An ihrem Kopf schoben der hagere Estevao und der zappelige Januario gleichzeitig beachtliche Stücke ihrer jeweiligen Männlichkeit über Darcianas weit gedehnte Lippen und in ihre Wangentaschen wie zwei gekreuzte Lanzen, die sich in eine Drachenfrau bohren.

Texeira trat hinter Ivo und beobachtete die tatkräftigen Akteure mit einem erwartungsvollen Glanz in den Augen, und wie hypnotisiert betrachtete auch Quincas die sich ihm darbietende Szene.

Ivo kam als Erster. Mit seinen letzten treibenden Stößen, unterstützt von seiner unglaublichen Masse, schaukelte er Darcianas gesamtes Becken. Kurz darauf ergossen sich die beiden oral gemolkenen Schwänze in den Schlund des Mädchens. Belmiro schoss einen Schwall von Wichse quer über Darciana hinweg auf Ricardos Bauch, und als hätte dieser heiße Stoß einen Schalter umgelegt, sprenkelte auch der ältere seine pseudolaktischen Tröpfchen über eine von Darcianas Titten.

Die fünf Männer traten ab, wobei sie sich sogleich wieder für die nächste Runde vorbereiteten, und Darciana setzte sich auf, unbezwungen und unersättlich.

»Ah, unser lieber Pfarrer«, grüßte sie Texeira mit einem aufmunternden spermaverschmierten Lächeln. »Auf einen Mann wie dich habe ich schon gewartet. Willst du meinen Arsch haben?«

Geschmeidig drehte sie sich auf alle viere und präsentierte ihm ihr glänzendes Hinterteil.

Texeira trat vor, den prallen Schwanz in der Hand. Er brachte seine Eichel an ihren Anus, ergriff ihre Hüften und spießte sie auf, wobei er gleichzeitig seine Vorhaut zurückschob.

Darciana gurrte, dann schaute sie nach hinten und stupste dabei leicht mit dem Kinn gegen ihre linke Schulter.

»Küss mich, Hochwürden.«

Ihre Zungenspitze tanzte in der Luft.

Texeira beugte sich vor und legte seinen Mund auf ihren.

Beinahe zu schnell für das menschliche Auge überwand ihre entwurzelte Zunge den schmalen Spalt zwischen ihrer beider Lippen und schoss in seinen Mund.

Texeira würgte kurz und schluckte.

Bis auf Quincas schien keiner der Anwesenden diese anatomische Unmöglichkeit bemerkt zu haben. Er wich zurück, blieb jedoch stehen, als Darciana ihm zuzwinkerte und mit scheinbar derselben Zunge schnalzte, jetzt sicher in ihrem Mund verankert.

Im selben Moment begann Texeira wie eine Marionette mit leerem Blick Darcianas Arsch zu ficken.

»Und jetzt kommt alle her und küsst mich, ihr geilen Böcke! Tut, was ich sage!«

Die muschibesessenen Männer gehorchten, offensichtlich bemüht, das Objekt ihrer Begierde bei Laune zu halten. Der Reihe nach, einer nach dem anderen, küssten sie den verschmierten, unendlich tiefen Mund voll Zungen.

Nach unzähligen vollmundigen Küssen geschah plötzlich etwas mit Texeira.

Quincas beobachtete mit großen Augen, wie der Priester aufhörte zu vögeln, ohne jedoch zum Höhepunkt gekommen zu sein, und auf Darcianas Rücken zusammensackte. An den Stellen, wo die beiden sich berührten, begannen ihre Konturen zu verschwimmen. Dann ging plötzlich eine starke Hitzewelle von ihren vereinigten Körpern aus, und Texeira schien hinabzusacken und teilweise mit der Frau unter ihm zu verschmelzen.

Mit übermenschlicher Kraft und Wendigkeit drehte Darciana sich selbst und den Priester um einhundertachtzig Grad, sodass der Mann nun unter ihr auf der Matratze lag. Doch von Texeira blieb nichts als ein schwindender Rest, während sie ihn mit zunehmender Geschwindigkeit absorbierte; seine Gliedmaßen vereinigten sich mit ihren, sein Gesicht verschwand in ihrem Hinterkopf, und jedes Pfund, das der Priester verlor, vergrößerte Darcianas Masse, verteilte sich auf die perfekten Proportionen ihres wunderschönen Körpers.

Viel zu schnell für eine solch drastische Vereinigung lag die gewaltige Amazone wieder allein auf dem Bett.

»Der Nächste!«, rief sie. »Wer ist der Nächste?«

Willenlos stürzten sich die zungengezüchtigten Männer in sie hinein wie in einen Brunnen.

Die folgenden Absorptionen verliefen nicht annähernd so gesittet wie die erste. Die Männer drängelten, taumelten und kletterten übereinander, um sich an Darciana zu drücken, und das Ergebnis dieses Ansturms war ein Strudel aus nackten Körpern, eine verschlungene Masse von Gliedmaßen. Arme und Beine ragten in einem ungesunden Winkel aus dem lebendigen, zitternden Fleischberg heraus, Rümpfe ohne Kopf verschwanden in dem sich windenden Pulk. Doch kein männlicher Körperteil widerstand der Aufnahme, und mit jeder Minute wurde die Gestalt der immer weiter wachsenden Darciana mit ihrem ekstatischen Blick deutlicher, bis das nächste Opfer ihre Konturen erneut verschwimmen ließ.

Während die Orgie mit zunehmender Geschwindigkeit zu einer One-Woman-Show zusammenfiel, wich Quincas langsam zurück. Grenzenloses Entsetzen stand ihm ins Gesicht geschrieben.

Mit einem lauten Krachen brach das Bett unter dem Gewicht der riesigen Frau in sich zusammen. Doch noch immer verschlang sie einen unglückseligen Liebhaber nach dem anderen und füllte in kürzester Zeit das gesamte Zimmer aus. Und noch immer stürzten sich Männer in sie hinein wie in einen einladenden Swimmingpool. Jeder von ihnen erlag ihr ein wenig schneller als sein Vorgänger, da ihre Körper einen zunehmend kleineren Anteil zum Wirbel ihrer allesverschlingenden Totipotenz beitrugen.

Quincas stolperte zur Tür. Als er sich ein wenig gefangen hatte und noch einmal umwandte, erinnerte nichts an der trägen Gigantin mehr an Darciana Reymoa.

Das Muttermal in ihrem Gesicht, so groß wie ein Fass Bordeaux, schien im Rhythmus ihres gigantischen Herzens, verborgen unter Titten in der Größe preisgekrönter Käseräder, zu pulsieren.

»Senhorita Yemana …«

Die Titanin streckte ihre telefonmastgroßen Arme nach ihm aus und stieß dabei die Kommode mitsamt den darauf stehenden Kerzen um.

»Arlindo!« Die Wucht ihrer Stimme drückte die Scheiben der Fenster aus ihren Rahmen, und der Windstoß, den ihr Einatmen verursachte, ließ die noch zarte Feuersbrunst zwischen den Gardinen hell auflodern. Als sie seinen Namen brüllte, schrie Quincas laut auf.

»Du verlangtest nach mir, und nun hast du mich gefunden! Komm!«

Quincas hielt sich die blutenden Ohren, drehte sich um und rannte davon.

Er stolperte über die letzte Treppenstufe, stürzte, und sein Kinn schrammte über die Marmorfliesen. Als er wieder auf die Beine kam, hätte ihn die Flut kreischender Huren, eine duftende Lawine aus Spitze und Pumps, beinahe wieder zu Boden gerissen.

»Feuer! Feuer!«

Plötzlich fand er sich auf der Straße wieder und blickte auf die Flammen, die das obere Stockwerk des Bordells verzehrten.

Jemand legte ihm eine Hand auf die Schulter.

Quincas blickte in das stoische Gesicht seines Gärtners Ixay. Yeena, das Barmädchen, stand neben ihm, und hinter den beiden warteten über ein Dutzend weitere Dartpipe-Indios.

Ixays Stimme klang ruhig, sein Gesicht wirkte gelassen. »Gehen Sie nach Hause, Senhor. Es ist spät. Wir werden uns um die Sache kümmern.«

* * *

Mechanisch hämmerte die Sonne ihre goldenen Lichtstrahlen in das jadegrüne Dach des Regenwalds. Unerschöpfliche Mengen Wassers, von den Pflanzen zu Aerosolen geatmet, überzogen das Land mit feuchtem Nebel. Schmetterlinge zogen ziellos ihre unsichtbaren Pfade durch die blütenübersäten Zweige, während gigantische Libellen mit glitzernden Flügeln direkteren Flugbahnen folgten. Eidechsen, gepanzert wie die Streitrösser von Spielzeugrittern, übten sich im Zweikampf. Papageien plapperten vor sich hin, Äffchen tollten umher, und die Geschöpfe der Nacht schlummerten mit bangen limbischen Visionen vor ihren inneren Augen.

Unter den Mühen von zehn Pferden rollte ein gewaltiger Karren mit flacher Ladefläche und holzplankenverstärkten Seiten, wie man ihn zum Transport riesiger Stämme, ganzer gefällter Baumriesen verwendet, langsam durch den Wald. Die unbefestigte, von tiefen Fahrtrillen zerfurchte Straße war kaum mehr als ein Tunnel durch das wuchernde Grün, das allein durch regelmäßige Übergriffe mit der Machete gebändigt werden konnte – wie die noch saftigen, frisch abgehackten Zweige am Straßenrand bewiesen. Auf dem Kutschbock des Wagens saß ein einzelner Indio, der immer wieder seinen Strohhut vom Kopf nahm, um damit nach den Fliegen zu schlagen, die um ihn herumschwirrten. Neben ihm liefen einige Dartpipe-Männer und -frauen, unter ihnen Ixay und Yeena. Wie andere aus ihren Reihen trugen die beiden ehemaligen Bediensteten noch immer die Kleidung der Weißen; die meisten der Wanderer jedoch waren traditionell gekleidet. Männer wie Frauen hatten ihre tätowierten Brüste entblößt, zeigten eine Fülle von Schmuck aus Perlen und Knochen, Stirne und Wangen waren mit aufgemalten Mustern verziert; um die Lenden trugen sie nichts als einen leichten Schurz.

Ihre gigantische Fracht lag unter dem gewaltigen ausgefransten und ausrangierten Segel eines kleinen Segelschiffs verborgen, das man mit Seilen auf dem Pferdewagen festgezurrt hatte. Das Segeltuch sah aus, als hätte man es soeben mit einem Wasserschwall getränkt, doch einige dunklere Flecken schienen von einer komplizierteren Flüssigkeit unter der Plane zu stammen.

Yeena, die ohne ein Anzeichen von Ermüdung neben einem der hinteren Räder herlief, begleitet vom hohen Klicken ihrer Vaginalringe, legte eine Hand auf die Ecke des Segeltuchs. »Glaubst du, das Tuch wird feucht bleiben, bis wir an unserem Ziel ankommen, Ixay?«

»Ich denke schon. Wir werden ohnehin keine Gelegenheit haben, es noch einmal anzufeuchten, bevor wir das Dorf erreichen.«

Yeena ließ ihren Blick über die hügelige Landschaft der Abdeckung gleiten, als suchte sie nach einem geheimen Anzeichen für das Wohlergehen ihrer verborgenen Fracht. »Glaubst du, die Heilige ist noch am Leben? Sie war sehr schwer verletzt.«

»Um jemanden von ihrer Art zu töten, bedarf es mehr als der reinsten Flamme. Nein, um ihr Leben habe ich keine Angst. Ich sorge mich um das Überleben unseres Volkes.«

»Was meinst du damit?«

»Ich befürchte, dass Xexeo nur einen Ausweg sieht, diese verwirrte Heilige zu bändigen, und dieser Weg führt uns in fremde Gefilde, aus denen es kein Zurück geben wird.«

Yeena ergriff Ixays Hand. »Ich habe keine Angst vor dem Tod, wenn ich ihm an der Seite von zwei Männern wie dir und Tulikawa begegnen kann, Ixay.«

Ixay lächelte grimmig. »Wer hat von etwas so Einfachem wie dem Tod gesprochen, kleiner Käfer?«

Wie ein begriffsstutziger Pilger, der niemals das Ziel seiner Reise erreichen wird, einerlei, wie viele Monate und Jahre er unterwegs sein mag, zog die Sonne auf ihrer gewohnten Laufbahn über den azurblauen Himmel. Die Männer und Frauen sprachen wenig, während sie ohne Pause voranschritten. Sie hielten nicht einmal an, um etwas zu essen oder zu trinken, sondern verspeisten ihren mit Blättern umwickelten Proviant und leerten ihre in Kürbisflaschen abgefüllten Getränke im Laufen.

Der Weg wurde steiler und zwang die Pferde zu immer größerer Kraftanstrengung. Auf einem besonders langen Anstieg traten die Indios hinter den Wagen, um die Tiere nach Kräften zu unterstützen. Die Muskeln in ihren Rücken und Schenkeln spannten sich, Schweiß erschien auf den Hügeln ihrer nackten bronzefarbenen Haut wie Blumen nach einem Wüstenregen, ihr Atem keuchte.

Ein riesiger Felsbrocken, womöglich Teil eines größeren Felsens, reckte seinen Kopf aus einer der Spurrinnen und vereitelte die Weiterfahrt. Die Geschichte seines von geologischen Katastrophen geprägten Schicksals hatte sich tief in ihn hineingefurcht. Die Indios versammelten sich auf dieser Seite des Karrens und schoben mit aller Kraft, bis er schließlich den streitlustigen Felsen erklomm und auf der anderen Seite wieder hinunterfiel. Der Stoß ließ das gesamte Gefährt und seine Fracht aufhüpfen, und unter der Abdeckung verrutschte etwas.

Durch eine Ritze an der unteren Kante des Segels lugte die Spitze eines Fingers in der Größe eines Einmann-Kanus. Sein pinkfarbenes Fleisch war teilweise gekocht, die Haut schwarz und aufgerissen. Der schillernd grüne Fingernagel, so breit, dass man ein ganzes Spanferkel darauf hätte servieren können, hing nur noch teilweise am Nagelbett.

Die Dartpipes versuchten, den Finger wieder unter die schützende Hülle zu schieben, doch es gelang ihnen nicht, die dazugehörige riesige Hand zu bewegen, ohne zuvor die Plane zu lösen.

»Lasst es so, wie es ist«, riet Ixay. »Wir sind bald am Ziel.«

Nach weiteren fünfundvierzig Minuten erreichten sie die Kuppe des Hügels. Von hier aus schlängelte sich die Straße nun durch die dichte Decke des Regenwalds, der bald einem breiten Küstenstreifen und dem endlosen, artenreichen Meer wich. In der Nähe des Wassers lag das Dorf der Dartpipes, dessen kunstvolle Symmetrie an ein Mandala erinnerte.

Die salzige Luft und der Anblick ihres Dorfes gab den

Reisenden neue Kraft, und sie machten sich an den Abstieg. Es bedurfte zweier Paar Hände, um die Hebel der Bremsen an jedem der Räder unter Anweisung des Fahrers zu betätigen.

Unter den gemurmelten Gebeten und Flüchen seiner Begleiter rollte der Wagen behutsam den langgezogenen Abhang zur Küste hinunter, und als sie das Blätterdach des Regenwaldes erreichten, verschwand das Ziel vor ihren Augen. Mit jedem Schritt wurde die Luft trockener, bis sie schließlich nach kurzer Zeit und ohne weitere Zwischenfälle auf die Ebene kamen, und der Dschungel in salziges Marschland und fruchtbaren Schwemmboden überging, mit Rohrkolben und Seegräsern, die im Wind schwankten, und langbeinigen Vögeln, die den Fischen im Wasser nachstellten. Hier unten glich der Weg eher einem sich dahinschlängelnden Damm, dessen schmaler Grat die Wanderer zwang, hinter dem Wagen zu laufen. Die Prozession schritt zügig voran und erreichte schon bald das Dorf, dessen tiefliegendes Gelände die größte Fläche trockenen Landes im gesamten Umfeld bildete.

Das Zentrum des Dorfes bildete ein großes Langhaus, dessen schilfgedecktes Dach fast zehn Meter über die geflochtenen Wände hinaus in die Höhe ragte. Um das Gebäude herum standen in konzentrischen Kreisen kleinere Hütten, alle sauber und gepflegt, von ihren Ringnachbarn durch Freiflächen unterschiedlicher Größe getrennt und durch schmale geschlängelte Wege aus feinem Muschelsand untereinander verbunden. Die Muscheln glitzerten hauptsächlich in Weiß, aber auch in Rosé, Grün und allen Farben der Meereskorallen. Gegenüber der Stelle, wo die Straße die unsichtbare Palisade des Dorfes durchstach, führte eine breite sandige Zufahrt hinunter zum wenige hundert Meter entfernten Meer.

Yeena schnüffelte genüsslich, als der Fahrer den Karren am Rand des Dorfes zum Stehen brachte. »Sie kochen Affe. Und Tapir.«

»Häuptling Paiwe will uns offensichtlich mit einem Festmahl begrüßen. Erst wenn alle gegessen und ausreichend Mate getrunken haben, erst wenn die alten Lieder ein letztes Mal gesungen sind, wird die Debatte über die verwirrte Heilige beginnen. Xexeo wird sie leiten. Und genau so soll es auch sein. Wer kann schon eine kluge Entscheidung treffen, ohne zuvor die Traditionen zu ehren?«

Dankbar traten Ixay, Yeena und die anderen Dartpipes von dem Wagen mit seiner festgezurrten Fracht zu den Dorfbewohnern, die herbeieilten, um sie zu begrüßen: schlanke, grazile Männer, Frauen mit von Milch geschwollenen Brüsten, hübsche reife Mädchen und pausbäckige Kinder. Der wohlgeformte Kopf und Oberkörper eines einzelnen Mannes erhob sich über die Köpfe der begeisterten Menge, als säße er auf einem verborgenen Pferd, dessen Schweif leicht gegen einige der Dorfbewohner schlug, die sich an seine Flanken gelehnt hatten.

Als Yeena den jungen Mann erblickte, rief sie laut »Tulikawa!«, und auch er winkte, konnte durch das Gedrängel der Dorfbewohner jedoch nicht zu ihr gelangen.

An der Spitze des Begrüßungskomitees standen zwei gänzlich verschiedenartige Männer. Der eine von ihnen, heiter und mit einem strahlenden Lächeln auf den Lippen, war etwa fünfzig Jahre alt und trug ein langes gestreiftes baumwollenes Nachthemd im westlichen Stil über seinem hervorquellenden Bauch und den kräftigen Beinen. Die Ärmel des Nachthemdes waren abgerissen worden und entblößten nun ein Paar Oberarmmuskeln, die herabhingen wie der Bauch einer trächtigen Katze. Die Krönung seiner Garderobe bildete eine schlecht geknotete Seidenkrawatte.

Neben dem gutgelaunten Häuptling stand der Schamane. Unendlich alt und zugleich alterslos, nackt bis auf einen Penisköcher, der mit einer scharfen Nadel aus Knochen an seiner Vorhaut befestigt war, hatte er sich über und über mit Federn und kunstvoll geschnitzten Knochen geschmückt. Seine Haut war von einem Labyrinth aus gemalten Linien überzogen, seine hervorstehenden Rippen und drahtigen Gliedmaßen bildeten einen Irrgarten ohne Anfang und Ende, und sein Gesicht einen Whirlpool aus Farben. Hoch über seinen hängenden Ohren saß eine Art Krone aus Stroh und pigmentiertem Schlamm. Ein rätselhaft unförmiger schwerer Lederbeutel hing an einem Lederband von seinen schmalen Hüften. Mit seinem knorrigen und mit Fetischen verzierten Stab in der Hand, auf dem der Schädel einer großen Katze – möglicherweise eines Jaguars – thronte, wirkte er wie eine Schlingpflanze, die sich an ihrem Spalier festklammerte.

Ixay trat vor und umarmte den dicken Mann im Nachthemd. »Häuptling Paiwe, wir sind sicher zurückgekehrt und haben die verwirrte Heilige mitgebracht, wie unser Schamane es befahl.«

Ixay nickte dem nackten Stammesältesten neben dem Häuptling demütig zu, doch Xexeo bedachte ihn nur mit einem kalten berechnenden Blick.

Häuptling Paiwe dagegen klopfte Ixay freundschaftlich auf den Rücken und rief mit dröhnender Stimme: »Gut gemacht! Dein Name wird noch lange Zeit geehrt werden.«

Xexeo senkte seinen Stab und ließ den bleichen Schädel über Ixays Schulter streichen. Der ehemalige Gärtner sprang zurück, als hätte er einen Stromschlag bekommen. Als Xexeo die Stimme erhob, war es, als hätte sich eine Wolke vor die Sonne geschoben.

»Beinahe wünschte ich, Ihr hättet versagt. Dieser Moment markiert das Ende unseres Lebens, wie wir es kannten.«

Häuptling Paiwe versuchte die düstere Ankündigung zu überspielen. »Das bleibt abzuwarten. Aber eins weiß ich sicher, die Sonne wird gleich untergehen, und die Venusmuscheln dampfen in ihren Schalen und warten darauf, verspeist zu werden! Lasst uns nun zum Langhaus hinübergehen und uns am Reichtum des Landes und des Meeres erfreuen!«

Xexeo erhob seinen Stab. »Wartet! Die Heilige braucht Wasser. Befeuchtet die Plane, doch gebt acht, nur frisches

Wasser zu verwenden. Kein Tropfen Meerwasser darf ihre Hülle benetzen!«

Häuptling Paiwe wiederholte den Befehl, doch seine Imprimatur war eindeutig überflüssig, denn einige von Xexeos Gefolgsmännern beeilten sich bereits, den Befehlen ihres Schamanen Folge zu leisten.

Die übrigen Dorfbewohner strömten zur Festtafel, sodass Xexeo schon bald allein neben dem Karren stand.

Langsam tropfte das Wasser von der rosafarbenen Fingerspitze der Titanin. Der Schamane hielt seine Hand unter das Rinnsal, und als er eine kleine Menge gesammelt hatte, leckte er die Flüssigkeit mit spitzer Zunge auf, schmatzte mit den Lippen, nickte weise und ging davon, um sich seinen Schützlingen anzuschließen.

Mittlerweile war die Nacht hereingebrochen, und bis das Festmahl begann, stand der Vollmond, odinisch okular, am Himmel. Die Wände des Langhauses schienen mit dem duftenden Rauch der Fackeln und der Feuer in die Höhe zu wachsen, und im Innern der Hütte herrschte laute Betriebsamkeit. Auf Platten aus Palmblättern wurde gegrilltes Fleisch gereicht, riesige Garnelen, gedünsteter Fisch, große Schalen mit Gemüse – püriert und am Stück –, Schüsseln mit Grießpudding und fässerweise Matetee. Vor jedem der Festgäste standen jeweils randvolle und teilweise sogar überlaufende kleinere Muschelschalen und Becher aus Kokosfaser. Im Zentrum der Festgesellschaft saßen Häuptling Paiwe, Xexeo und Ixay auf einem Diwan aus Palmwedeln. Der Häuptling war, wie sein Leibesumfang bereits verraten hatte, ein guter Esser; Xexeo dagegen knabberte lediglich an einer harten Wurzel, und Ixay stärkte maßvoll seinen von der Reise ausgezehrten Körper.

An der Tür des Langhauses saß Yeena mit Tulikawa und hatte ihre Arme um seine Hüften geschlungen. Eine Horde Kinder tobte um das glückliche Paar herum, das sich zum Schutz gegen die kühle Brise, die abends vom Meer hereinwehte, eine Decke über die Beine gelegt hatte.

Nachdem sie stundenlang gegessen, getrunken, gesungen, gelacht und mit ihren Heldentaten geprahlt hatten, erhob Häuptling Paiwe sich mühsam und gebot Ruhe.

»Unser Schamane wird uns nun erklären, wie wir mit der Heiligen verfahren sollen.«

Mithilfe seines Stabs sprang Xexeo behende auf die Füße. Er betrachtete die neugierigen Gesichter seiner Zuhörer und machte eine lange Pause, bevor er zu sprechen begann.

»Eine verwirrte Heilige ist zu uns gekommen und hat uns zugleich gesegnet und verflucht. Wir sind gesegnet, denn ihre Ankunft bedeutet, dass unser Volk auserwählt wurde, um eine neue Stufe der Existenz zu erklimmen. Und wir sind verflucht, weil eine solche Ernennung bedeutet, dass wir alle Annehmlichkeiten und Sorgen zurücklassen müssen, die uns bis zum heutigen Tage begleitet haben.«

Ixay nutzte die Pause, um eine Frage zu stellen. »Haben wir denn eine Wahl, Schamane, diese Ehre und damit auch diese Bürde abzulehnen? Der Heiligen den Rücken zu kehren und unser einfaches Leben weiterzuführen?«

»Nein, und ich werde euch auch den Grund nennen. Die Heilige ist unsterblich. Ihre Wunden werden bald heilen, und sie wird aus ihrer Bewusstlosigkeit erwachen, ob wir ihr dabei helfen oder nicht. Und dann wird sie Chaos und Verwüstung über Bahia und den Rest des Landes bringen, denn sie ist verwirrt, sie stammt aus einem fremden Land und hat nie die Lehren des wahren Pfades erfahren, ihre Kräfte sind nicht von Weisheit geleitet. Wir sind es unseren Ahnen schuldig, dass wir die Verantwortung für ihre Zurechtweisung und ihre Ausbildung übernehmen. Und dafür müssen wir uns auf ihre Stufe der Existenz begeben.«

Häuptling Paiwe runzelte die Stirn, als täte er dies zum ersten Mal in seinem Leben. »Und wann wird es so weit sein?«

»Es gibt keinen Grund, unser Schicksal weiter aufzuschieben. Wir sollten es ebenso freudig annehmen, wie wir ein verlorenes Kind mit Freuden begrüßen würden. Eine Woche – ein Monat, ein Jahr – eines menschlichen Lebens wäre nicht mehr als ein kleiner Zweig im Feuer der Weisheit und der Erinnerung. Lasst uns diesen schwierigen und notwendigen Schritt ohne Aufschub gleich morgen vollziehen.«

Ein entsetzter Schrei wie von einer Frau in den Wehen oder einem Krieger im Kampf entwich den versammelten Dorfbewohnern. Einige der jüngsten Kinder begannen zu weinen. Häuptling Paiwe stellte die letzte Frage.

»Können wir der Zustimmung der Götter gewiss sein? Ist es nicht womöglich zu vermessen zu glauben, wir seien würdig, der Heiligen nachzustreben?«

Xexeo lächelte zuversichtlich. »Ich habe alles vorbereitet, um die Zustimmung der Götter zu erbitten. Wir werden nun die Trockene Kröte pflanzen.«

In wenigen Augenblicken hatten Xexeos Anhänger den Diwan aus Palmwedeln zerlegt und darunter ein Stück Erde zum Vorschein gebracht. Mit dem spitzen Ende seines Stabs grub Xexeo ein Loch in der Größe von zwei Fäusten in den harten Boden. Dann nahm er den Beutel von seinem Gürtel, öffnete ihn und ließ dessen Inhalt in die Kuhle fallen.

Eine Kröte purzelte aus dem Ledersack und landete mit einem saftigen Plopp auf ihren Füßen. Doch anstatt sogleich die Flucht zu ergreifen, erwartete sie geduldig den Beginn des Rituals.

Einer von Xexeos Anhängern brachte einen Kübel mit heißen Kohlen.

»Öffne deinen Mund, himmlischer Bote.«

Die Kröte gehorchte und öffnete ihr beutelförmiges Maul, damit Xexeo die glühenden Kohlen in ihren Schlund füllen konnte. Ohne zu zucken schluckte das Tier gelassen die heiße Asche.

»Ich vergrabe dich unter einem Fußbreit Erde«, sang der Schamane mit feierlicher Stimme. »Ich vergrabe dich unter meinen Füßen. Verkünde den Göttern meine Gebete, Trockene Kröte, und überbringe mir bald ihre Antwort. Die Wellen des Meeres sollen meine Erlösung sein, Friede komme zu mir durch den Staub der Erde.«

Nackte schwielige Fußsohlen schoben Erde über das Opfertier, das ohne zu blinzeln an seinem Platz verharrte. Dann wandte Xexeo sich wieder an die versammelten Dorfbewohner.

»Morgen früh werden wir eine Antwort haben. Doch da ich nicht erwarte, dass die Götter unserem Plan widersprechen werden, rate ich euch, die heutige Nacht als eure letzte in der Gestalt von Sterblichen zu betrachten.«

Nach dieser finsteren Ankündigung zerstreute sich die gesättigte und nachdenkliche Festgesellschaft.

Wie ein Komödiant goss der Mond sein Lachen in Form von sardonischem Licht über das Dorf und leuchtete den Dartpipes den Weg zu ihren Hütten. Donnernd schlugen die Wellen gegen den nahe gelegenen Strand. Auch Ixay schritt nachdenklich und allein durch das Dorf, als er plötzlich eine kleine Hand auf seiner Schulter spürte.

»Yeena. Ich dachte, du seist bei Tulikawa.«

Auf dem hübschen, im Mondlicht glänzenden Gesicht des ehemaligen Barmädchens lag ein friedliches Lächeln. »Er wartet im Stall auf mich. Ich habe ihm gesagt, ich käme ein paar Stunden nach Mitternacht. Doch jetzt möchte ich mit dir zusammen sein.«

»Ich auch, doch ich traute mich nicht zu fragen.«

»Du alberner Narr! Ich hoffe doch sehr, dass ich nicht in allen Angelegenheiten die Führung übernehmen muss?«

Ixay kniff ihr in den Oberschenkel und entgegnete: »Keine Sorge, ich weiß schon sehr genau, was ich jetzt tun werde.«

Sie nahmen sich bei der Hand und gingen davon, während die Klänge leidenschaftlicher Liebesspiele durch die Nacht schwebten. Nachdem sie eine Weile schweigend nebeneinanderher gelaufen waren, sprach Ixay.

»Glaubst du, ich habe unser Volk verflucht, indem ich die Heilige hierhergebracht habe? Als ich sie zum ersten Mal erblickte, glaubte ich, sie sei nichts weiter als eine Bruja und könnte nicht viel ausrichten. Doch in Wirklichkeit ist sie so viel mächtiger ...«

»Du machst dir zu viele Gedanken. Wir haben das einzig Richtige getan. Nur wir sind in der Lage, sie zu zähmen. Und wird sie uns nicht ein ruhmreiches Schicksal bescheren?«

»Ruhmreich? Denkbar ist es. Doch werden wir auch in der Lage sein, uns daran zu erfreuen?«

»Vielleicht, vielleicht auch nicht. Deshalb sollten wir die Zeit, die uns noch bleibt, gut nutzen.«

Die spärlich möblierte Hütte, in die das Paar nun trat, war nur von einem glühenden Docht erleuchtet, der in einer flachen Schale mit Palmöl schwamm. Sein schwaches Licht verwandelte Yeenas nackten Körper in eine Leinwand aus Schatten und Gold, tätowierte ihre Brüste, ihren Schamhügel und Po, und ließ Ixays entblößte Muskeln golden schimmern wie mittelalterliches Pergament.

Yeena kniete sich vor den stehenden Ixay, schob sein anschwellendes Glied hoch und drückte es gegen seinen Bauch. Direkt unterhalb seiner Peniswurzel durchstach ein kurzer Holzstab die obere schlaffe Haut seines Hodensacks.

Mit der Zunge liebkoste Yeena Ixays Hoden und die Wurzel seines Glieds und versäumte auch nicht, die knotigen alten Narben an den Austrittstellen des Piercings zu waschen. Dann umhüllten ihre feuchten Lippen die gesamte Länge seines Schwanzes und glitten beinahe bis zum Holzstab hinab. Ixay fasste ihr Kinn und erfreute sich eine kurze Weile an ihrer oralen Massage. Dann drückte er sie sanft auf den Rücken und kniete sich zwischen ihre gespreizten Schenkel. Er führte seinen Schwanz zwischen ihre zarten geschmückten Schamlippen und drang in sie ein, bis sein Piercing an ihrem lag. Dann hielt er inne.

Yeena griff hinab und schob ihre beiden Labialringe über die jeweiligen Enden von Ixays Holzstäbchen.

Durch ihren pudendalen Schmuck verbunden, begannen die beiden nun zu kopulieren, wobei Ixays Bewegungsfreiheit zwangsläufig eingeschränkt war, denn wann immer er sich zurückzog, wurden Yeenas innere Schamlippen und die Haut seines Hodensacks bis zum Zerreißen gespannt. Der Wechsel von Spannung und Entspannung sowie die Konzentration, die nötig war, um sich nicht zu verletzen, schien ihre Lust jedoch noch um ein Vielfaches zu steigern. Als Yeena voller Leidenschaft laut aufzukreischen begann, stieß auch Ixay einen Sturm wortloser Schreie aus, und wenig später kamen sie gemeinsam, aneinandergekettet zum Höhepunkt.

Ixay ließ sich auf Yeena hinabsinken und rollte sie beide auf die Seite. Noch immer miteinander verbunden, fiel er in einen kurzen Schlummer. Yeena wachte über ihn, bis der Schlaf ihn vollständig übermannt hatte. Dann löste sie sich von ihm und verließ, noch immer unbekleidet, die Hütte.

Die Nacht war erfüllt von den Klängen letzter menschlicher Intimität, und auch Yeena führte eine Hand in ihre Möse und griff sich mit der anderen an ihre Brüste.

Durch das hüfthohe Fenster seines Stalls konnte sie Tulikawas bemaltes Gesicht und Brust sehen. Er nähte an einem Stück Stoff; Nadel und Faden flogen auf und ab wie die Flügel eines Kolibris und zogen einen leuchtenden Faden über das Tuch in seiner Hand. Sie trat ein, und als Tulikawa sie erblickte, verwandelte sich sein angestrengt konzentrierter Blick in wahre Freude. Er legte seine Arbeit auf einen kleinen Tisch und erhob sich.

Vier Hufe schnitten in die lockere Erde seines unverkennbar nach Hengst riechenden Stalls. Sein erregt peitschender Schweif fegte einen Becher von einem der oberen Regalböden, sodass dieser zu Boden fiel und zerbarst. Tulikawa lächelte und kratzte sich zerstreut den Bauch an der Stelle, wo die menschliche Haut langsam in das braune Fell eines Pferdes überging.

»Ich hatte schon das Gefühl, du würdest niemals kommen! Schau, ich arbeite nun an diesem Schal, seit du das letzte Mal zu Hause warst! Jetzt ist er fertig – ich habe nur noch ein wenig daran herumgestickt, um mir die Wartezeit zu vertreiben.« Der Zentaur zeigte ihr sein Werk, ein mit kunstvollen Blumenmustern besticktes Tuch. »Es ist für dich.«

Mit feuchten Augen nahm Yeena das Geschenk entgegen. »Es ist wunderschön. Ich danke dir, Tuli. Schau, ich werde es bis zum Ende tragen.« Sie legte sich den Schal um die Schultern und trat dann einen Schritt vor, um den Zentauren zu umarmen. Der gewaltige Größenunterschied zwischen ihnen erlaubte es ihr gerade einmal, seine menschliche Taille zum umfassen.

»Oh nein«, schmunzelte Tulikawa. »So viele Stunden Arbeit verlangen nach etwas mehr als nur einer Umarmung!«

Yeena grinste den Hybriden an. »Nun gut, ich gebe dir einen Kuss. Warte, ich stelle mich auf den Stuhl, den deine Gäste gewöhnlich benutzen.« Sie kletterte hinauf, und Tulikawa trat zu ihr. Nun befanden sich ihre Köpfe auf derselben Höhe, und sie küssten sich leidenschaftlich. Yeenas kalligraphierte Brüste schmiegten sich an die Brust des Zentauren. Nach einer Weile wanderte Tulikawas Hand hinunter und spielte mit Yeenas feuchter Möse. Sie presste sich gegen seine forschenden Finger und drückte ihren Körper noch enger an seinen.

Als sie sich voneinander lösten, seufzte Yeena: »Oh Tuli, ich wünschte wir könnten uns küssen, während wir miteinander vögeln!«

Tuli bemühte sich ein trauriges Gesicht zu machen, doch es gelang ihm nicht. »Mein Körper entspricht nicht der gewöhnlichen Gestalt eines Sterblichen, Yeena. Doch bietet er einige Vorzüge, die du gewöhnlich als adäquate Entschädigung zu bezeichnen pflegtest.«

Yeena stieg vom Stuhl und legte einen Arm über Tulikawas Widerrist. »Dann lass uns mal sehen, welche Entschädigung du zu bieten hast.«

Die Hand noch immer auf seinem Pferderücken, beugte sie sich vor, bis sie sich auf Augenhöhe mit dem Bauch des Hengstes befand.

Der violettfarbene Penis, so lang und dick wie die Wurzel

eines Mangrovenbaums, hüpfte erwartungsvoll im Rhythmus des Blutes, das in ihn hineinpumpte. Aus dem breiten Kopf flossen bereits einige Stränge von Präejakulat.

Geübt löste Yeena ihren Griff vom Widerrist des Zentauren, und dieser stellte seine Vorderhufe auf den Stuhl, damit sie unter ihn gleiten und sich bequem hinhocken konnte.

Yeena rieb erst die eine, dann die andere Wange an seinem Glied und bedeckte dabei ihr Gesicht mit der glitschigen Flüssigkeit. Dann streckte sie die Arme vor und hielt den langen Penis mit sanftem aber zugleich festem Griff zwischen ihren Unterarmen, sodass ihre Fingerspitzen die locker hängenden Pferdehoden kitzelten. Mit dem Mund konnte sie beinahe seine geschwollene Eichel umschließen, und so begann sie ihre sinnliche Frottage, den Mund fest auf die Spitze des Glieds gepresst, um keinen Tropfen seines Safts zu verlieren. Bis Tulikawas Hinterteil schließlich mit unwillkürlichen Stößen nach mehr verlangte.

Yeena glitt unter dem Bauch des Zentauren hervor, und der stieg mit den Vorderläufen vom Stuhl herunter. Sie trat an den kleinen Tisch, breitete ihr Tuch darüber und hievte sich hinauf. Auf dem Rücken liegend bedeutete sie dem Zentauren, sich über sie zu stellen, und Tulikawa trabte begierig näher.

Yeenas Muschi brauchte nur wenig Unterstützung von ihren aufgestellten Füßen, um sich die wenigen Zentimeter bis zu dem hüpfenden Pferdepenis zu heben. Sie ergriff die Ruderpinne des pelzigen Schiffs und verkuppelte sie mit der hübschen Steuerfrau ihrer Möse.

Tulikawa stand jetzt wie ein Baldachin über Yeena. Er trat einen Schritt vor, und sie keuchte auf. Wie eine Rute aus dem dunklen Kernholz eines Tropenbaumes spaltete sein Glied ihre Vagina, als wäre sie eine Grapefruit, und presste ihre Schmucksteine nach außen. Yeena hob die Arme über den Kopf, um sich an der Tischkante festzuhalten. Dann ließ sie die Beine sinken und wickelte sie um die Tischpfosten. So fixiert und durch das massive Möbelstück fest verankert, erlaubte sie dem riesigen Glied tiefer in sie einzudringen.

Zentimeter um Zentimeter schob Tulikawa seinen Schwanz in die selig gekreuzigte Frau und dehnte dabei ihre Vagina immer weiter, bis sie mehr als dreißig dicke fleischige Zentimeter in sich aufgenommen hatte. Im sigillengeschmückten Gesicht des Zentauren spiegelte sich die Freude über diese außergewöhnliche Vereinigung. Nun, da sein Schwanz ihre Aufnahmefähigkeit ausgelotet hatte, begann er mit langsamen Bewegungen, sie zu ficken.

Yeenas ekstatische Schreie zerrissen die nächtliche Stille. Der Tisch wackelte wie ein Schlauchboot im Sturm, aber er hielt.

Als Tulikawa schließlich seinen Samen in sie ergoss, quoll die gewaltige Ladung selbst aus ihrer vollständig ausgefüllten Möse heraus und auf den Tisch. Er zog sich zurück, und mit diesem Dammbruch strömte auch der Rest der reichhaltigen Suppe aus ihr heraus wie überschäumendes Schmelzwasser und durchtränkte das kunstvoll bestickte Tuch.

Tulikawa trat zurück und gab die Frau unter sich wieder frei. Yeena lag noch immer regungslos auf dem Tisch, die Augen geschlossen, Arme und Beine baumelten herunter. Er trabte zum Kopfende, beugte den menschlichen Teil seines Körpers hinunter und küsste sie auf die Stirn. Zwei Wimpernpaare öffneten sich. Sie hob eine Hand und streichelte sein Gesicht.

»Jetzt haben wir deine schöne Stickerei beschmutzt. Dennoch werde ich den Schal wie versprochen morgen tragen und den Duft deines Samens einatmen, wenn wir unserem Schicksal entgegengehen.«

»Zumindest werden wir gemeinsam abtreten, als Volk. Es wäre traurig, wenn zwei alte Kindheitsfreunde wie wir unser Ende allein erleben müssten. Doch gemeinsam mit dir, Ixay und all den anderen werde ich mit Freuden Abschied nehmen.«

»Ja, Tuli, mir ergeht es ebenso.«

Die natürliche Abfolge morgendlicher Freuden unterschied sich nicht von denen an gewöhnlichen Tagen. Eine sanfte Brise verkündete den Sonnenaufgang. Wie Diven lieferten die Wolken einen farbenprächtigen Abgang von der himmlischen Bühne. Mit lauten Rufen erwachten die Tiere des Dschungels und ihre domestizierten Artgenossen; Erstere roh und ungesittet, Letztere mit der höflichen Grazie, die ihre sichere Erwartung täglicher Fütterung sie gelehrt hatte. Die Haustiere jedoch wurden an diesem Morgen nicht mit Eimern und Messern begrüßt, sondern mit der Freiheit. Ställe und Pferche wurden geöffnet, Leinen gelöst und die Tiere fortgetrieben, damit sie von nun an für sich selbst sorgen konnten. Und noch etwas war anders als gewöhnlich: Von den Feuern der einzelnen Familien drangen keine Essensdüfte, keine Geräusche von Menschen, die sich wuschen oder für die Jagd vorbereiteten. Stattdessen traten die Dorfbewohner einer nach dem anderen übernächtigt und zerzaust aus ihren Hütten und machten sich auf den Weg zum Langhaus.

Xexeo erwartete sie bereits, die Altherren-Brust angesichts des göttlichen Segens, den sie erhalten hatten, stolz geschwellt, sein Grinsen so breit wie das des Schädels auf seinem Zepter.

Aus der Trockenen Kröte war über Nacht ein Baum durch das Dach des Langhauses gewachsen und raschelte nun mit vollständigem Blattwerk und exakt drei unterschiedlich starken Ästen in Rot, Weiß und Schwarz bedeutungsvoll im Wind, als flüstere er Geheimnisse aus einer anderen Dimension.

Xexeo versammelte die Menge unter den Schirm seiner souveränen Stimme.

»Die Zeichen sind eindeutig! Ihr wisst, dass der weiße Ast die Liebe symbolisiert, der rote bedeutet Verzweiflung und der schwarze Trauer. Doch beachtet die Größenverhältnisse! Die Liebe ist am stärksten, Verzweiflung mäßig und Trauer nur klein. Heute werden wir aufbrechen, um uns unserem Schicksal zu stellen!«

Vom Rand der versammelten Menge erklang eine Stimme. »Bin ich zu spät? Kann ich noch mitmachen? Lasst mich durch!«

Ein junger Mestizo in der Kleidung der Stadtbewohner drängelte sich durch die versammelte Menge.

»Wer bist du, dass du es wagst, uns zu dieser heiligen Stunde zu stören?«

»Xexeo, ich bin es, Caozinho!«

»Caozinho?«

»Ehemals Caozinha, die Tochter Zetwaras und des weißen Mannes Lazaro Sabino.«

Die Dorfbewohner lachten, bis Xexeo sie zum Schweigen brachte.

»Du siehst der Tochter Zetwaras wohl ähnlich, doch bist du eindeutig keine Frau. Wie kann das sein?«

Caozinho deutete auf die massige Gestalt unter der Plane des Pferdewagens. »Ich bin ihr begegnet. Sie hat das Geschlecht von Vater und mir vertauscht, und jetzt leben wir in der Stadt, wo Vater – meine neue Mutter – nun als Hure für Senhora Graca arbeitet. In der letzten Woche war ich nicht in der Stadt, sondern auf einer Geschäftsreise für meinen Herrn, den Kaufmann Senhor Veloso, und so habe ich erst gestern Abend von Lazara erfahren, was geschehen ist. Ich bin so schnell geritten, wie ich konnte, um noch rechtzeitig zu kommen, denn ich möchte euch helfen, sie zu zähmen.«

Xexeo sann eine Weile über das Angebot nach, bevor er sein unumstößliches Urteil verkündete.

»Das wird nicht möglich sein. Durch deine Adern fließt das Blut des weißen Mannes. Du würdest den Heiligen, den wir zu erschaffen versuchen, kontaminieren und unser Vorhaben vielleicht sogar verhindern.«

Caozinho ließ den Kopf hängen, und Häuptling Paiwe trat herbei und legte dem Jungen versöhnlich seine Hände auf die Schultern.

»Du kannst unser Schicksal nicht teilen, Junge. Und doch kannst du uns einen ebenso ehrenvollen Dienst erweisen.

Bleib als Zeuge und berichte der Welt von unserem Opfer.«

Dieser Vorschlag schien Caozinho aufzumuntern. Er richtete sich wieder auf und strahlte.

Nun begannen die letzten Vorbereitungen für die geistliche Wandlung der Dorfgemeinschaft.

»Wir müssen die Heilige an den Strand bringen«, verkündete der Schamane. »Öffnet eine Schneise durch das Dorf.«

Sogleich begannen Männer, Frauen und Kinder die widerstandsfähigen, aber leichten Hütten abzureißen, die den Weg zwischen dem Karren und der Straße zum Meer versperrten. Ixay trat zu Xexeo.

»Die Räder des Karrens werden im Sand steckenbleiben.«

»Was schlägst du vor?«

»Lass die Räder abnehmen, wir brauchen sie nicht, und benutze die Ladefläche wie einen Schlitten.«

»Dann sorge dafür, dass es geschieht.«

Am späten Vormittag war alles bereit: Als wäre ein ungewöhnlich akkurater Wirbelsturm über sie hinweggefegt, zog sich nun eine Spur der Verwüstung einmal quer durch das Dorf; der Wagen war ohne Räder wie ein Schlitten hinter den Pferden eingespannt, die sich über Nacht von der mühevollen Reise über die Berge erholt hatten.

Eine Peitsche knallte, die Pferde zogen an, und die Heilige begann ihre letzte Reise in ihrer jetzigen Inkarnation. Die kräftigsten der Dorfbewohner stemmten sich mit ihren Schultern gegen die Planken der Ladefläche, um den Pferden zu helfen, während die übrigen feierlich folgten. Musiker spielten auf ihren Trommeln und Flöten eine Melodie, die die drei Gefühle der Äste im Baum der Trockenen Kröte – Liebe, Verzweiflung und Trauer – nach ihren Anteilen miteinander vermischte. Fieberhaft geschwungene Schwirrhölzer überlagerten die Melodie mit einem apokalyptischen Sirren.

Langsam zog die Prozession die kurze Strecke bis zum Meer. Am Rande der höchsten Wellen gab Xexeo das Zeichen, den Schlitten so zum Stehen zu bringen, dass er mit dem Kopfende zum Wasser zeigte, was bedeutete, dass die Pferde in die Brandung getrieben werden mussten. Diese leisteten zunächst einigen Widerstand, bis Tulikawa eingriff und seinen Verwandten zu Hilfe kam. Als der Schlitten endlich in der richtigen Position stand, spannten sie die Pferde aus und entließen diese ebenfalls in die Freiheit.

Schweigend erwarteten einhundert Menschen eng aneinandergedrängt die nächsten Befehle des Schamanen. (Caozinho hielt sich ein wenig abseits am oberen Ende des Strandes.)

»Nehmt die Plane ab!«

Mit geschickten Fingern lösten sie die Knoten, zogen das Segel herunter und enthüllten so die Heilige von Kopf bis Fuß.

Ein verkohltes Gesicht – das dunkelviolette Muttermal wahrlich überwältigend –, versengte Brüste, ein verbrannter Bauch, gekochte Schenkel, schwarze Füße: Ihren Verletzungen nach zu urteilen – jede einzelne von ihnen nässend oder schorfig – hätte sie längst tot sein müssen. Doch die riesige Frau, so groß wie drei Männer, war nur bewusstlos, wie ihr langsamer Atem verriet.

»Gebt mir das Messer.«

Einer von Xexeos Anhängern brachte ihm eine scharfe Machete. Der Schamane wandte sich wieder an die Dorfbewohner.

»Wir dürfen uns jetzt keine Fehler erlauben. Ich werde denjenigen von euch, die auserwählt wurden, das Floß ins Wasser zu schieben, zuletzt von dem Fleisch geben, damit sie genügend Zeit haben, um die Heilige auf ihren Weg zu bringen und sich uns wieder anzuschließen. Tretet zur Seite, ihr mächtigen Krieger, dass ich euch sehen kann.«

Die kräftigsten der Dorfbewohner, unter ihnen Ixay, traten aus der Gruppe heraus.

»Sehr gut. Ihr anderen stellt euch in einer langen Reihe auf.«

Xexeo trat neben die Gigantin, legte eine Hand auf ihr versengtes Fleisch wie ein Metzger, der ein Stück Rindfleisch begutachtet, und begann zu schneiden.

Zögernd nahm die erste Kommunikantin, eine alte Frau mit hängenden Brüsten, die Scheibe entgegen und schluckte sie hinunter. Als keine plötzliche Veränderung an ihr zu erkennen war, wurden die anderen etwas mutiger und taten es ihr nach.

In der Mitte der langwierigen Kommunion erreichte Tulikawa mit Yeena, in ihren Schal gewickelt, auf seinem Rücken den Kopf der Schlange. Ixay schnitt zwei Scheiben ab und gab sie dem Zentauren, der eine davon an seine Reiterin weiterreichte. Lächelnd kauten sie das Fleisch der Heiligen und machten Platz für die nächsten in der Reihe.

Noch vor Mittag hatten alle Dorfbewohner ihren Anteil am Fleisch der Heiligen verspeist, auch die Männer, die auserwählt worden waren, sie in die Fluten zu schieben. Allein Xexeo hatte noch nicht davon gegessen.

Der Schamane ließ seinen Stab und das Messer fallen und erklomm den massigen Körper mit überraschender Behendigkeit. Über den knusprig gebratenen Bauch lief er zum Kinn und schob ohne zu zögern beide Arme in den leicht geöffneten Mund wie in eine Felsspalte. Die Heilige zeigte keine Reaktion. Mit einiger Anstrengung gelang es ihm, die Spitze ihrer Zunge herauszuziehen. Er beugte sich vor, biss mit scharfen Zähnen ein großes Stück davon ab und schluckte es.

»Lasst sie zu Wasser!«

Unter großer Kraftanstrengung schoben die Männer das behelfsmäßige Floß in die Brandung.

Die ersten Spritzer des Salzwassers ließen ein titanisches Zittern über den Körper der Gigantin laufen, und Xexeo stürzte mit einem lauten Platscher hinab. Als man ihm wieder auf die Beine geholfen hatte, rief er, noch immer Salzwasser ausspuckend: »Sie muss noch weiter hinein!« Die Männer gehorchten und schoben das Floß tiefer in die Brandung, bis sie keinen Boden mehr unter den Füßen spürten. Als es sicher auf den Wellen trieb, paddelten und stolperten sie zurück an den Strand.

Draußen auf dem Wasser begann die Heilige sich hin und her zu wälzen, als wüte in ihr ein tosender Sturm. Wie zu erwarten gewesen war, überschwemmte schon bald ein großer Brecher das primitive schaukelnde Floß, sodass es umkippte und der geschundene Körper der riesigen Frau ins Wasser fiel und unter der Oberfläche verschwand.

Auf dem Strand gab der sandüberkrustete Xexeo den mittlerweile unruhig gewordenen Dorfbewohnern seinen letzten Befehl.

»Kommt her und versammelt euch um mich! Ich bin der Samen.«

Aus alter Gewohnheit, aber auch aus einem neuen übermächtigen Impuls heraus gehorchten die Dorfbewohner und versammelten sich um ihren Schamanen, bis er in der Menge verschwunden war. Wie klebrige Reiskörner drückten sie sich immer fester aneinander, und die Außenstehenden drängten nach innen wie Spermien um ein Ei.

Wie gelähmt von den Ausmaßen dieser Transformation beobachtete Caozinho das Geschehen aus der Entfernung.

Allmählich verlor das chaotische Getümmel seine menschliche Qualität. Die einzelnen Körper verschwammen, verschmolzen miteinander, so wie die hurenhafte Heilige ihre Freier in sich aufgesogen hatte. Die fleischliche Gravitation der protoplasmischen Kugel sicherte schließlich die vollendete Isotropie: Wie eine gigantische Qualle bildeten die Mitglieder des Stammes nun eine unförmige Masse aus lebendiger Materie. Ihre durchsichtige Hülle war mit fettigen Striemen überzogen, und in ihrem Innern schwammen schemenhafte Organellen, die einmal Menschen gewesen waren.

Und dann begann die Agglomeration, die neue Proto-Heilige, sich zu verwandeln.

Tatzen formten sich, Krallen wurden ausgefahren, der

ummantelte Penis ausgerollt. Ohren stellten sich auf, Tasthaare sprossen, der Schwanz peitschte die Luft, und bald war auch die quadratische Schnauze zu erkennen. Die Wirbelsäule schlängelte sich heraus, die Augen öffneten sich mit einem grünen Leuchten, und schwarzes Fell überzog die gesamte Kreatur.

Der riesige Jaguar, so groß wie etwa einhundert Menschen, richtete sich auf in eine sitzende Position. Ruhig wie eine Hauskatze vor dem Mauseloch blickte er auf die Stelle, wo das Floß im Meer versunken war. Allein das langsame Hin- und Herpeitschen seines Schwanzes über den Sand bezeugte seine Anspannung. (Auch Caozinho, auf Zehenspitzen und zitternd vor Aufregung, schaute aufs Meer.)

Nach einer Weile begann das Wasser zu brodeln.

Die Spitze eines krakenähnlichen Tentakels durchbrach die Oberfläche und ließ den Jaguar blitzartig aufspringen. Der lange elastische Fangarm reckte sich noch höher hinaus und spürte nach der Luft. Schon bald erschütterten weitere feinfühlige Ranken die Wasseroberfläche. Teile des faltigen Mantels und das gerüschte Gewand zartgetönten nautiloiden Fleisches kamen zum Vorschein. Fadenförmige Körperausläufer wickelten sich umeinander und gaben sich wieder frei, tausende feiner Härchen peitschten die unschuldigen Wellen.

Die Rückkehr in sein natürliches Element hatte das künstliche Benthos, alias Kerry Hackett, mit neuer Lebenskraft erfüllt; es wälzte sich im Wasser und schwelgte in dem Bewusstsein seiner wiedergewonnen Freiheit.

Wie ein Stubenpanther auf Beutefang machte der Jaguar einen großen Satz und landete weit hinter der Brandung im Wasser. Er watete noch ein wenig tiefer, bis sein glänzender Bauch in den Wellen verschwand und er in Reichweite seiner Beute angelangt war, dann schnappte er entschlossen nach dem Benthos und hielt es mit den Zähnen fest. Die Kreatur, kleiner als ihr Angreifer, wehrte sich heftig und wickelte sich um den Kopf des Jaguars.

Blind aber gänzlich unerschüttert watete der Kater zurück an den Strand. Als er seichtes Wasser erreicht hatte, öffnete er seine Fänge und schüttelte gleichzeitig kräftig mit dem Kopf. Das Benthos flog durch die Luft und landete in einem kleinen Fleckchen dichter litoraler Vegetation.

Als es über Caozinhos Kopf hinwegschoss, zuckte dieser heftig zusammen, hielt jedoch weiterhin die Stellung.

Eine Minute lang war nichts weiter zu hören als ein Knacken und Murmeln aus der Richtung, wo das Benthos gelandet war. Dann regte sich etwas:

Mit Ohren so groß wie die Giebel eines Hauses, Augen wie Dachluken, Zähnen, wie Zaunpfosten, schaute ein zweiter Katzenkopf aus dem Wirrwarr umgestürzter Bäume, rasch gefolgt vom restlichen Körper eines zweiten schwarzen Jaguars.

Eine unendliche Sekunde lang standen sich die beiden olympischen Kreaturen gegenüber; der einzige Austausch zwischen ihnen ein tiefes Knurren wie weit entfernter Donner. Dann drehte Kerry Hackett, die kleinere der beiden, sich um und sprang davon. Die östrusrote Pforte ihrer Möse leuchtete.

Das männliche Tier, das sich aus den Mitgliedern der Dartpipes zusammengefügt hatte, folgte ihr.

Die Ballen ihrer Tatzen so groß wie Sofas, ihr spritzender Speichel wie eine Dusche, ihr Geruch so stark wie eine ganze Moschusfabrik: Die beiden Jaguare streiften so nah an Caozinho vorbei, dass es ihn zu Boden warf. Als er sich wieder aufgerappelt hatte, waren nur noch die Spitzen ihrer peitschenden Schwänze über dem Blätterdach des fernen Regenwalds zu sehen, begleitet vom lauten Knarren umstürzender Bäume.

Caozinho schaute hinaus aufs Meer, auf den leeren Strand und dann zurück in Richtung des verlassenen Dorfes, als wollte er die Bilder für immer in seine Erinnerung brennen. Dann machte er sich langsam und nachdenklich auf den Heimweg.

Die Schneise, die die beiden riesigen Jaguare im Wald hinterließen, war breiter als die Straße zur Stadt, allerdings nicht so festgetreten. Zertrümmerte Baumkronen, umgestürzte Stämme, zertrampelte Tiere und in der feuchten Erde Tatzenabdrücke so groß wie ein Swimmingpool.

Über viele Meilen hielt der kleine Jaguar die Führung, durch Dickicht und Unterholz, über Flüsse und Rinnsale. Doch die Schritte ihres Verfolgers kamen stetig näher. Kerrys Lungen hämmerten beinahe gegen den geschmolzenen Amboss ihres Herzens. Ihre Augen wurden von einem Schleier der Verzweiflung überzogen.

Plötzlich endete der Dschungel, und der kleinere Jaguar stand am Rande einer weitläufigen Savanne. Meilenweit erstreckte sich die grasbewachsene Ebene ohne Versteck oder irgendetwas, das ihren Verfolger aufhalten könnte.

Sie trat nur wenige Schritte vor, dann wandte sie sich um und wartete auf das Männchen.

Der Dartpipe-Jaguar sprang aus dem dichten Blattwerk und stand nun direkt vor der Kätzin.

Im Bruchteil einer Sekunde hatten beide Tiere sich auf die Hinterpfoten gestellt und überragten nun die Kronen der höchsten Bäume. Mit einem wilden Schrei schleuderte das Weibchen ihre Tatze gegen das Männchen. Ihre Krallen gruben sich in sein Gesicht und ließen das Blut hervorquellen, doch er antwortete ihr mit einem mächtigen Prankenhieb, die eigenen Krallen eingezogen, der sie zu Boden warf. Sogleich war er über ihr. Sie rollte sich auf den Rücken, um ihm mit ihren Krallen den Bauch aufzuschlitzen und die Eingeweide herauszureißen, doch er sprang zur Seite und biss ihr sanft und ohne sie zu verletzen in den weichen Nacken. Im Gegenzug legte sie ihre Vorderpfote gegen seine Schulter.

So verharrten sie eine Weile, unfähig, sich in die Augen zu schauen; und doch kommunizierten sie – vielleicht durch das Medium seiner Zähne in ihrem Nacken oder ihrer bohrenden Pranke an seiner Schulter – ihre Absichten und Begierden, prüften ihre jeweilige Entschlossenheit und Stärke, ihre Schwächen und Komplementarität.

Eine einzelne Bewegung beendete den stummen Austausch.

Das Weibchen zog die Krallen ein.

Ohne seine Gefangene gänzlich freizugeben, lockerte das Männchen seinen Griff so weit, dass sie sich auf den Bauch rollen konnte, während er sich gleichzeitig über sie stellte. Ihr Rücken dehnte sich ins Hohlkreuz, seine Hinterläufe pressten sich an ihre.

Der Jaguarpenis streckte sich und fand den Weg durch die Pforte der Jaguarmöse.

Als der knorpelige Knoten weit am unteren Ende des langen spitzen venenüberzogenen Glieds den feuchten Eingang passierte, entließ das Männchen seine Partnerin aus seinen Fängen, während sie sich ihm zugleich mit einem siegestrunkenen Brüllen ergab, in dem Lust sich mit Verzweiflung, Liebe mit Trauer vermischten.

Ihr erster Fick war schnell und heftig. Doch der ersten feuchten Lektion folgten sogleich eine zweite und eine dritte.

Schließlich sanken sie befriedigt ins saftige Gras. Zwei geschmeidige schwarze Jaguare lagen ineinander verschlungen und leckten sich gegenseitig die Mäuler unter der warmen Sonne.

Dritter Teil

Große weiße Hände mit feinen blonden Härchen und einem goldenen Ring, die Nägel kurz und gepflegt, halten ein dickes in Leder gebundenes Buch. Als sie den zerlesenen Folianten mit den scharlachroten Lesebändchen mit einem lauten Knall zuschlagen, kann man in Gold geprägte gotische Lettern auf dem von vielen Händen glänzend polierten Einband erkennen.

Der Priester trägt einen blauen Regenmantel aus Plastik, die Schultern übersät von kleinen schmelzenden Schneeflocken. Seine Schuhe versinken im Schlamm neben dem frischen Grab. Wie ein Athlet seine Uniform trägt der Priester auf seinem quadratischen geröteten Gesicht den professionellen Ausdruck berufsmäßiger Trauer.

Unaufhörlich fällt der Schneeregen aus den düsteren aschfarbenen Wolken, ein zarter kalter Pelz, der nach und nach kleine Hügelgräber gefrorenen Wassers auftürmt, immer im Begriff zu schmelzen und doch unfähig, dem eisigen Griff des Winters zu entfliehen.

Am Grab stehen, wie ein Fries aus erbaulichen Äffchen, drei Trauergäste:

Der narbengesichtige Peter Jarius im eleganten Burberry-Tweedmantel hält einen großen unpassend gestreiften Golfschirm über sich und seine Empfangsdame, Oreesha Presser. Tränen rinnen der schwarz gekleideten Afroamerikanerin übers Gesicht. Immer wieder wischt sie sich mit einem feuchten Taschentuch über die Augen und verschmiert dabei ihr Make-up jedes Mal ein wenig mehr. Neben diesen beiden, jedoch einige Schritte entfernt, steht Tango, sein ausgezehrter aber noch immer massiger Körper ist in sich zusammengesackt, der Schnee rieselt auf seinen unbedeckten Kopf. Er schaut zu Boden, die Hände tief in den Taschen seiner flammenverzierten Motorradjacke vergraben.

Ein wenig abseits steht mit laufendem Motor ein kleiner Bagger, sein Fahrer verborgen hinter den beschlagenen Scheiben. Zwei Totengräber in Arbeitskleidung treten auf ein Zeichen des Priesters heran und ergreifen die Kurbeln der Versenkvorrichtung.

Der Sarg liegt in seinen Stoffschlingen direkt über dem von Matsch umrandeten Grab und verdeckt den Stein, der bereits an seiner Kopfseite prangt.

»Wenn wir dann unser Gebet beendet haben …« Da die Umstehenden nicht reagieren, gibt der Priester den Totengräbern das verabredete Zeichen, und diese beginnen den Sarg hinabzulassen.

Nun können die Trauergäste die Inschrift auf dem Grabstein lesen:

KERRY HACKETT
1990-2015

»Engel geraubten Edens!
Sie erkennt nicht, daß von ihm sie war; wie fleckenlos
sie schwand, wie eine Wolk', die weinend sich ergoß.«
Shelley

Mit einem dumpfen Schlag kommt der Sarg auf dem Boden auf. Die Totengräber haben bereits begonnen, die Seile wieder herauszuziehen, und der Baggerfahrer lässt den Motor ungeduldig aufheulen.

»Die Messe ist beendet«, erklärt der Priester. »Danke, dass sie Ms. Hackett auf ihrem letzten Weg begleitet haben. Ich werde noch eine kurze Weile hier in der Kapelle sein, falls jemand mit mir reden möchte. Ansonsten erreichen Sie mich in meiner Pfarrei in der Stadt. Fahren Sie vorsichtig. Man sagt, die Übergriffe hätten wieder zugenommen.«

Mit wippendem Schirm folgt Jarius seiner verzweifelten

Angestellten, die schnell, aber blind vor Tränen zu der Limousine eilt, die an der nächsten Kreuzung der Friedhofswege wartet. Tango geht nicht mit ihnen, sondern läuft über den nassen Rasen zum Haupttor.

Bis die Limousine auf den engen Wegen gewendet hat und die kurze Strecke über den rutschigen Schotter zum Ausgang zurücklegen kann, hat Tango den Friedhof bereits durch das Haupttor verlassen und läuft Richtung Straße. Als der Wagen ihn eingeholt hat, verlangsamt der Chauffeur das Tempo, und das Heckfenster gleitet hinunter.

»Sie beabsichtigen hoffentlich nicht, den ganzen Weg in die Stadt zurückzulaufen, Mr. Santangelo?«

»Etwa eine halbe Meile von hier ist eine Bushaltestelle. So bin ich auch hergekommen.«

»Es wäre wahrlich unmenschlich von mir, wenn ich Ihnen nicht anböte, Sie in meinem Wagen mitzunehmen, und äußerst unhöflich von Ihnen, dieses Angebot abzulehnen.«

»Wollen Sie mir einen philosophischen Vortrag halten oder mich auffordern, ins Auto zu steigen?«

Jarius lächelt gezwungen. »Welch herrliche Formlosigkeit! Und eine wunderbare Einleitung für das vertrauliche Gespräch, das ich mit Ihnen führen wollte. Ich bitte Sie, Mr. Santangelo, steigen Sie ein.«

Jarius öffnet die Wagentür, und eine Wolke warmer Luft drängt in die gierige Kälte. Tango gleitet hinein.

Die beiden Männer teilen sich den breiten Rücksitz; Oreesha Presser sitzt hinter einer schalldichten Glasscheibe auf dem Beifahrersitz neben dem Fahrer Anselmo. Noch immer weint sie verhalten und, dank der Glasscheibe, seltsam stumm vor sich hin, während der Chauffeur den Gang einlegt und den Wagen langsam über die lange Zufahrt Richtung Hauptstraße steuert.

An der Kreuzung von Friedhofszufahrt und Hauptstraße stehen zwei riesige Bäume, uralte Eichen. Als die Limousine um die Ecke biegt, taucht hinter einem der Bäume, als wüsste sie nicht recht, ob sie sich verstecken sollte oder nicht, eine in Lumpen gekleidete menschliche Gestalt auf, das schmutzige Gesicht unter einer blauen Polyesterdecke verborgen, die auch den Rest der Gestalt gegen die Elemente schützt. Der Chauffeur gibt Gas, und der Wagen lässt den seltsamen Eindringling hinter sich zurück.

Jarius bietet Tango die Hand, und der ergreift sie flüchtig.

»Trotz der traurigen Umstände, die uns nun zusammengeführt haben, sind wir uns niemals offiziell vorgestellt worden, Mr. Santangelo. Und doch habe ich das Gefühl, als wären wir uns bereits sehr vertraut.«

»Zu vertraut, vielleicht.«

»Oh, aber das ist gänzlich unmöglich zwischen zwei Männern, denen die Liebe einer Frau wie Ms. Hackett zuteilwurde. Und dabei ist mir bewusst, wie sehr ich mir mit dieser flüchtigen Selbsterhebung schmeichle, obgleich gewisse Ereignisse mich sehr wohl zu diesem privilegierten Status berechtigen. Wie dem auch sei, ich bin der Ansicht, wir beide sollten einander noch ein wenig besser kennenlernen.«

Unrasiert, mit rot unterlaufenen Augen, brütet Tango eine halbe Minute, dann platzt es aus ihm heraus. »Sie verdammter Bastard haben sie umgebracht! Geben Sie's wenigstens zu! Nur unter uns, hier und jetzt! Sie allein sind schuld an Kerrys Tod.«

»Ah, Mr. Santangelo, eben darüber wollte ich mit Ihnen sprechen. Lassen Sie mich Ihnen versichern, dass niemand über Ms. Hacketts frühen Tod betrübter ist als ich. Ein heller und strahlender Engel wurde diesen armseligen irdischen Verstrickungen entrissen. Doch die Bürde ihres grausamen Ablebens liegt beinahe ausschließlich in den Händen von Ms. Hacketts eigener starrköpfiger Unberechenbarkeit. Ich gebe zu, mich ein wenig verschätzt zu haben, als ich ihr Zugang zum Hochsicherheitstrakt von Diaverde gestattete, doch lag dies ohne Zweifel im Rahmen meiner Befugnisse. Wie konnte ich jemals annehmen, dass *Ihr* animalisches Betragen sie dazu verleiten würde, unsere unendlich kostbare

Schöpfung für ihren elaborierten Suizid zu missbrauchen?«

»Wovon zum Teufel reden Sie da? Ich soll Kerry in den Tod getrieben haben?«

»Wie Sie sich sicherlich denken können, Mr. Santangelo, wurde aufgrund dieses extraordinären Todesfalls eine umfangreiche Autopsie durchgeführt. Nachdem die DNA der Diaverde-Schöpfung, die Ms. Hackett im Wahn befreite und ohne nachzudenken ergriff – wir gaben ihr den Namen Benthos, die Einzige ihrer Art, nun gemeinsam mit Ms. Hackett verschieden und für immer verloren – nachdem also diese fremde Materie von Ms. Hacketts doch etwas unappetitlichem Leichnam, der den Boden des Labors schmückte, als der Nachtwächter ihn fand, abgelöst worden war, nun, da fanden wir weitere Spuren einer fremden DNA in den Überresten unserer unglückseligen Dame. Soll ich es ganz frei heraus sagen, Mr. Santangelo, so wie Sie es offensichtlich bevorzugen? Es war Ihre verseuchte Wichse, die wir aus Kerry Hacketts Arsch geholt haben.«

Tango sitzt ganz still, der schmelzende Schneematsch auf seinen Schultern hinterlässt dunkle Flecken auf dem Leder der Sitze.

»Ah, Sie waren sich dieses interessanten Fundes gar nicht bewusst, nicht wahr? Das habe ich erwartet. Sehen Sie, ich wünschte nicht, dass man davon erfährt. Diaverde hat bereits genug negative Presse, da brauchen wir keine weiteren Gerüchte über Vergewaltigung und schwere Körperverletzung. Und das war es doch, Mr. Santangelo, Vergewaltigung und schwere Körperverletzung, nicht wahr? Ich kann mir nicht vorstellen, dass Ms. Hackett einem Mann wie Ihnen mit einer viralen Infektion von diesem Grad gestattet hätte, sie ungeschützt anal zu penetrieren. Selbst wenn derlei Intimität nicht gesetzlich verboten wäre – ein Gesetz, dass Ihnen sicherlich wohlvertraut ist –, bin ich davon überzeugt, dass Ms. Hackett zu viel Verstand und Respekt vor ihrer eigenen Gesundheit besaß, um sie zuzulassen. Es muss ein rechter Schock für sie gewesen sein, als Sie sich in der Nacht, in der sie sich selbst zerstörte, auf diese abartige Weise an ihr vergingen.«

»Warum erzählen Sie mir das alles?«

»Ich hielt es für notwendig, dass wir beide uns unserer jeweiligen Verantwortung in dieser traurigen Angelegenheit bewusst sind. Ich werde in Zukunft mit dem Gedanken leben müssen, dass ich Ms. Hackett Zugang zu einer tödlichen Waffe verschafft habe, während Sie damit leben müssen, dass Ihr Verhalten Ihre Geliebte womöglich um den Verstand gebracht hat.«

»Und?«

»Ganz einfach: Falls Sie mit dem Gedanken spielen, legale oder illegale Schritte jedweder Art gegen Diaverde oder mich selbst zu unternehmen, dann sollten Sie wissen, dass die ganze Sache wie ein Bumerang auf Sie zurückfallen wird, Mr. Santangelo. Keinem von uns beiden ist wohl daran gelegen, unsere Rolle in dieser Geschichte öffentlich zu machen. Was freilich nicht bedeutet, dass wir nicht zu einer gewissen Übereinkunft kommen könnten. Ms. Hackett war mir eine wertvolle Mitarbeiterin, und als ihr Lebensgefährte sollen Sie eine moderate aber angemessene Hinterbliebenenrente erhalten – obwohl natürlich kein Gesetz eine solche Vergütung vorschreibt. Was halten Sie von fünfundsiebzigtausend?«

Tango reibt mit den Fingerspitzen seiner linken Hand über sein rechtes Handgelenk, als hätte er dort Schmerzen. »Klar, warum nicht? Mir bleibt ohnehin nicht mehr viel Zeit, und das Geld kann ich gut gebrauchen.«

Jarius verzieht seine antiken Narben zu einem Grinsen. »Ich war so frei und habe den Scheck bereits vor der Trauerfeier vorbereitet. Hier, nehmen Sie.«

In Sekundenschnelle wechselt der Scheck den Besitzer. Die Anspannung, die während des gesamten Gesprächs beinahe sichtbar in der Luft gehangen hat, löst sich. Auf dem Beifahrersitz hat Oreesha aufgehört zu weinen und starrt nun nach vorn. Der Wagen rollt jetzt über den fast leeren

Freeway, und in der Ferne ragt die Skyline der Stadt in den Himmel, ein brutalistisches Gedicht aus Beton und Glas. Jarius und Tango sitzen beinahe freundschaftlich nebeneinander, bis Tango bemerkt:

»Was war das eigentlich für ein Geschwafel auf dem Grabstein? Kerry hatte es nämlich nicht so mit Gedichten.«

»Ah, nur eine kleine Geste meinerseits, Mr. Santangelo. Da ich für diesen Stein aufgekommen bin, habe ich mir erlaubt, einen passenden Vers eingravieren zu lassen. Hielten Sie es für unangemessen?«

»Sie verarschen sich selbst, wenn Sie sich einreden, Kerry wär sowas wie'n Engel gewesen. Sie war ein ganz normaler Mensch, wie Sie und ich.«

»Das wird wohl so sein, auch wenn es meinen romantischen Vorstellungen ein wenig widerstrebt. Und dennoch bewahrte sie sich auch diesen bescheidenen Status nur bis zu ihrem Tod. Sie haben den Körper in der Leichenhalle gesehen, Mr. Santangelo, als das Benthos mit ihr fertig war. Würden Sie diese zerschmetterten Reste als menschlich bezeichnen?«

Tango überläuft ein Schaudern, und er gibt keine Antwort.

* * *

Fahles Licht, bleiche Gesichter: ein neuer stumpfsinniger und klaustrophobischer Morgen in der Stadt. Fußgänger, Verkaufswagen und Soldaten schlurfen, rollen oder marschieren über die Gehsteige, die wenigen Fahrzeuge der Oberschicht teilen sich die leeren Straßen. Mit der Mildtätigkeit eines Geizkragens scheint die glanzlose Februarsonne auf die schmutzigen Haufen aus altem Schnee und Eis. Eine einzelne Taube trippelt in Brownschen Kurven über den Asphalt, ihre abrupten Richtungswechsel vom Hunger bestimmt.

In einer menschenleeren, von nackten, fensterlosen Fassaden verlassener Häuser gesäumten Seitenstraße zwischen zwei Hauptverkehrsstraßen (AMADOR STREET steht auf dem halb abgerissenen Schild), sitzen ein paar Penner auf der Treppe eines unbewohnten, mit Brettern vernagelten Wohnhauses und lassen eine Flasche süßen Portweins hin- und herwandern. Während sie trinken, kommt es zum Streit über eine angeblich ungerechte Verteilung der Ressourcen: Mehrere schmutzige Hände greifen gierig nach der Flasche und verlieren den Halt, die Flasche fällt, zerbricht, und der kostbare Wein ergießt sich auf den Boden. Die Säufer schlagen und knuffen sich gegenseitig mit linkischen Bewegungen, rappeln sich auf die Beine und stolpern davon auf der Suche nach Nachschub oder ein paar NU-Dollar, die sie dagegen eintauschen können.

Die scherbenübersäte Pfütze aus Wein, die sie in der Gasse zurücklassen, gefriert nicht sogleich und verdunstet auch nicht in den ersten Minuten nach ihrer Befreiung. Eine Windböe fegt durch die Straße und kräuselt die Oberfläche des Weintrubs, bedeckt sie mit einem Tuch aus goldenem Staub wie Blütenpollen auf einem See und überzieht sie mit fruchtbarem Treber.

Sobald sie feucht werden, enthüllen die Sporen ihr neuartiges Erbgut. Die Pfütze wird dunkler, kräuselt sich, erzittert, schleudert ein Lasso aus ihrer neuen Materie und fängt einen Schnipsel Papier wenige Zentimeter entfernt. Die Lache saugt das Papier in sich auf und wagt sich nun an eine größere Herausforderung: Sie stülpt eine ihrer Ausbuchtungen über eine tote Ratte, die über der Bordsteinkante hängt. Die Ratte sublimiert und lässt die Pfütze weiter anschwellen.

Bis zum Mittag ist der unförmige maulbeerfarbene Fleck in der Gasse auf eine Größe von mehreren Quadratmetern angewachsen. Nur etwa einen Zentimeter tief, schmiegt er sich ebenso problemlos an senkrechte Flächen – Treppenstufen, Hauswände, den ramponierten Feuerhydranten – wie an horizontale Ebenen.

Der erste Passant, ein Fahrradkurier, wirft nur einen

schnellen Blick auf den transsubstanziierten Wein und lenkt sein Gefährt dann instinktiv um die Außenseite des Flecks. Nummer zwei und drei, ein Mann und eine Frau, die sich angeregt unterhalten, waten unabsichtlich durch eine im Schatten verborgene Ausbuchtung der Pfütze, bevor sie stehenbleiben und erschreckt aufschreien.

»Was ist das für ein klebriges Zeug?«

»Wein?«

»Jemand muss eine ganze Kiste davon verschüttet haben.«

»So viel Geld möchte ich auch mal haben.«

Als sie weitergehen, bleibt ein Teil der Masse unter ihren Schuhen haften.

Die vierte Passantin, ein pickeliges junges Mädchen im Teenageralter mit einem Sack voll leerer Dosen über der Schulter, erlebt eine etwas andere Szene.

Der Fleck übt sich in unterschiedlichen Formen.

Durch die Oberfläche der seltsamen Weinlache sprießen wie die Fruchtkörper kolonisatorischer Schleimpilze erkennbare, aber monotone Gebilde auf der Spitze thallophytischer Stängel: eine Orchideenblüte, eine Melone, ein gefiedertes Blatt, eine Banane, eine Kokosnuss. Für einen kurzen Moment schwanken die einzelnen Formen auf ihren Stängeln, bevor sie wieder eingesaugt und von neuen Auswüchsen an einer anderen Stelle ersetzt werden. Das ganze Schauspiel wirkt wie die animierte Mikroaufnahme einer Flüssigkeit, die auf das beharrliche Bombardement kleiner Kügelchen mit der Errichtung flüchtiger Burgen und Türmchen aus ihrer eigenen Materie reagiert.

Mit einem lauten Scheppern fallen die Dosen auf den Asphalt, befreien sich aus ihrer Gefangenschaft und rollen in alle Richtungen davon. Das Müllmädchen lässt ihre Beute zurück und flieht, so schnell ihre Beine sie tragen.

Wenig später erscheinen einige Soldaten, werfen einen kurzen abschätzenden Blick in die Gasse und verschwinden wieder, jedoch nicht ohne zuvor jeweils einen nervösen Wachposten an beiden Enden des Blocks zu positionieren.

Nach nur einer halben Stunde haben die Soldaten Straßensperren aufgestellt. Webcaster – Freelancer und andere mit festen Auftraggebern –, zu ihrem Verdruss durch die offizielle Abtrennung zurückgehalten, kämpfen mit ihren Kameras um die beste Sicht, während ein ganzer Trupp von Technikern in seine Overalls schlüpft. Die durchsichtigen Plastikvisiere an ihren Kapuzen sehen aus wie Computermonitore und bieten nichts als eine beständige Makroaufnahme ihrer nervösen Gesichter.

* * *

Langsam rollt ein gepanzerter Lautsprecherwagen durch die eisigen Straßen der nächtlichen Stadt.

»Nächtliche Ausgangssperre bis sechs Uhr. Bei jeglichen Verstößen wird sofort geschossen. Nächtliche Ausgangssperre …«

Nur wenige der Sicherheitskräfte laufen zu zweit. Manche Trupps sind bis zu zwölf Mann stark, und jeder von ihnen hat einige Exemplare der neuentwickelten Granaten am Patronengurt.

Zwei Frauen mit angespannten Gesichtszügen, eine Hispana und eine Weiße, bilden eines der mit Splitterschutzwesten ausgestatteten Mutt-and-Jeff-Duos. Tapfer, doch mit nicht ganz überzeugendem Selbstvertrauen patrouillieren die beiden durch die einsamen Straßen. Stiefel stampfen städtische Stille ins Grab. Die beiden schweigen. Bis die zierliche Hispana das silberne Ei mit dem ausfallsicheren Zündmechanismus anstupst, das an ihrer Brust baumelt.

»Glaubst du, diese Dinger machen die Ratten tatsächlich fertig?«

»Wohl kaum. Hat der Bürgermeister Amador Street mittlerweile für sterilisiert erklärt?«

»Warum zum Teufel schleppen wir sie dann überhaupt mit uns rum?«

»Das ist so was wie 'ne Hasenpfote: Streichle sie, und schon fühlst du dich besser.«

»Verdammt, wenn sie wenigstens dafür taugten.«

Spektrale Bewegung auf der anderen Seite des dunklen Häuserblocks: Die schwarze Gestalt eines einzelnen Soldaten robbt von Deckung zu Deckung.

»Halt! Keine Bewegung!«

Als die Gestalt sich aufrichtet und anschickt zu fliehen, heben die beiden Frauen ihre Gewehre und eröffnen das Feuer. Doch der einsame Soldat sprintet davon und verschwindet in einer finsteren Gasse.

»Das war doch der Falsche Soldat!«

»Meinst du? Der alte … wie heißt er noch gleich?«

»Shangold.«

»Ist an der Geschichte wirklich was dran? Ich kann mir kaum vorstellen, dass er so lange allein überlebt hat. Die ganze Stadt ist hinter ihm her.«

»Er ist ein mieser und gerissener Bastard, vergewaltigt Frauen und nimmt ihnen ihr Geld ab. Er lebt auf der Straße und ist ständig high vom Honig.«

»Sollen wir ihm folgen?«

»Auf keinen Fall! Ich hab zwei Kinder zu Hause, und für den Sold, den sie uns zahlen, werde ich sie nicht zu Waisen machen!«

Der Flüchtende sprintet durch die Gasse, von der ein Labyrinth aus weiteren moderigen müllverseuchten Gängen abzweigt, und lässt so die Patrouille weit hinter sich zurück. Einzelne Strahlen gänzlich überflüssiger Sicherheitsbeleuchtung, Straßenlaternen und Penthouse-Wohnungen werfen ihre Muster auf kräftige Schultern, hektisch um sich blickende Augen, schwarze Wangen und den kaputten, mit einer Sicherheitsnadel zusammengehaltenen Reißverschluss eines Hosenschlitzes. Neben einem graffitibesprühten Müllcontainer hält der Mann an, öffnet eine Seitentür und greift hinein. Nach einigem Wühlen zieht er ein mit Plastik umwickeltes Paket hervor, und als er es öffnet, kommt eine wächserne Honigwabe zum Vorschein, deren einzelne Kammern mit einer künstlichen roten gallertartigen Masse verschlossen sind. Gierig beißt Private Shangold hinein, und das teuflische Gold rinnt ihm übers Kinn. Er schlingt die Wabe hinunter, wischt sich mit Zunge und Fingern über den Mund und leckt noch die letzten Tropfen seiner Droge von dem schmutzigen Papier.

»Private Shangold, du hast mir gefehlt.«

Mit weit aufgerissenen Augen in seinem schwarzen Gesicht wirft Shangold sich herum und feuert in die leere Dunkelheit.

»Nein, Private. Hier bin ich, direkt hinter dir.«

Zehn triefende Nadeln, zwei Paar grüner Fingernägel, stoßen in Shangolds Hals. Er erstarrt, lässt die Waffe fallen und sackt auf dem Asphalt zusammen, die Augen unter seinem Helm noch immer geöffnet.

Kerrys Atem formt Dunstwolken in der kalten Luft, und doch scheint die Kälte ihr nicht das Geringste anhaben zu können. Nackt wie reines Erz, das gerade aus der Erde gerissen wurde, tritt sie in Shangolds eingeschränktes Blickfeld, eine leicht verzerrte Montage aus Schenkeln, Möse, Bauch, Brüsten und Gesicht.

»Erinnerst du dich an diese Larve, Soldat? Viele von mir sind eine Weile fortgegangen, in viele Welten, und viele von mir sind geblieben, in vielen anderen Welten. Denjenigen, die blieben, ist es nicht sehr gut ergangen, doch diejenigen, die fortgingen, haben sich prächtig entwickelt. Kannst du dich an all diese Welten erinnern? Ich kann es. Doch vielleicht wird mein Mund dir helfen, sich an alle zu erinnern, die ich bin.«

Kerry tritt vor und hockt sich über den gelähmten, auf dem Rücken liegenden Soldaten. Unwiderstehliche Finger öffnen die Sicherheitsnadel und den Bund seiner Hose und ziehen sie bis zu den Knien herab. Gleich darauf ist auch seine Unterhose zerrissen, und sein zitternder Penis hängt schlaff in der kalten Luft.

Mit einer nassen Fingerspitze gleitet Kerry den fleischigen Schwanz entlang, und es scheint beinahe, als sauge dieser das Blut in sich hinein, ein schwarzer Schwanenhals, der sich aus dem Schlaf aufrichtet. Kerry massiert ihn, beugt sich herab und bringt nur die mit Zähnen besetzte Spitze ihrer Zunge an sein Loch. Diese heftet sich an die Eichel, löst sich von ihrer Wurzel und beginnt sich in die fleischige Röhre hineinzuarbeiten. Selbst eng zusammengerollt ist die eigenständige Zunge noch beinahe so breit wie Shangolds Schwanz. Schon bald verschwindet auch die Wurzel der Zunge in der deformierten Eichel, während ihre Spitze sich immer tiefer hineinarbeitet. Von außen erinnern ihre gleitenden, buckelnden Bewegungen, mit denen sie den Penis hinabwandert, an die Reise eines Schweins durch den Magen einer Python.

Kerry zerreißt Shangolds Jacke und Hemd wie die Folie eines Mikrowellenfertiggerichts und tritt einen Schritt zurück.

Nach wenigen Minuten zeigt sich auf der entblößten Haut des Mannes ein feines reptilienartiges Muster, ein epidermales Mosaik, als wäre der Falsche Soldat eine Art Krokohanuta. Doch bald wird deutlich, dass er sich nicht in ein einzelnes neues Wesen verwandelt, sondern in viele.

Auf Shangolds gemustertem spangrünen Rumpf und seinen Schenkeln erscheinen, zuerst wie Basreliefs, lebendige Eidechsenköpfe mit geblähten Nüstern und alles verschlingenden Augen. Den Köpfen folgen Echsenkörper, die mit flinken, geschmeidigen Bewegungen wie aus einem membranbedeckten Teich aus Shangolds Fleisch herausklettern und, sobald die letzte Kralle sich von ihm gelöst hat, eine stabile, opportune Dreidimensionalität erlangen.

Die peitschenschwänzigen Echsen nehmen einen großen Teil von Shangolds Körpermasse mit sich, sodass er wie ein angestochener Luftballon in sich zusammenfällt. Nachdem die erste Generation seinen Körper vollständig verlassen hat, ist dieser auf ein Drittel seiner ursprünglichen Masse zusammengeschrumpft.

Auf wundersame Weise – offensichtlich dank der wohl

kalkulierten Bewahrung seiner inneren Organe, so wie Wespen den Wirt ihrer Eier am Leben erhalten – beweisen Shangolds zitternde Atemzüge und sein verängstigter Blick, dass er noch lebt.

Doch die Geburt der zweiten Generation (ihre älteren Geschwister sind bereits mit dem Geschmack der Freiheit auf der Zunge in den Straßen der Stadt verschwunden) kostet ihn schließlich das Leben, und nichts weiter bleibt übrig als ein amorphes funktionsloses Klümpchen am Kopf eines erwachsenen Mannes.

Die dritte Generation – gerade einmal drei kleine Echsen – hinterlässt nur noch den toten Kopf und eine Schnur von zuckendem Knorpel, die entfernt an eine Wirbelsäule erinnert.

Mit einem schallenden Lachen schießt Kerry Shangolds menschliche Überreste wie einen Fußball in die Luft, und sein Helm schlägt mit einem dumpfen Knall gegen den Müllcontainer, bevor er zu Boden fällt. Barfuß schreitet sie davon und zertritt dabei unbekümmert eine kleine Glasflasche unter ihren Füßen.

* * *

Im Foyer von Kerrys ehemaligem Wohnhaus – das Schloss der Haustür ist noch immer nicht repariert, die einzige Lichtquelle eine schwache Glühbirne – liegt fest in eine Decke gewickelt ein menschliches Knäuel. Lautes Schnarchen dringt durch die blaue Polyesterdecke, die allmählich beginnt, sich grün zu verfärben, und schwache oneirische Zuckungen erschüttern die verborgenen Muskeln des Schlafenden, lassen die Ränder der Decke verrutschen und die mit Klebeband reparierte Spitze eines alten Stiefels zum Vorschein kommen.

Barfuß schreiten zarte und doch gänzlich unempfindliche Füße über zerkratztes, mit einer dicken Schmutzschicht bedecktes Linoleum und bleiben neben dem Schlafenden stehen. Eine Hand mit grünen Fingernägeln greift hinab und zieht die Decke herunter.

Augen, die alles gesehen haben, was die Straße kennt, blinzeln aus einem bärtigen, eingefallenen Gesicht, dessen Farbe und Textur unter der dicken Schmutzschicht, die es bedeckt, nicht zu erkennen sind. Der Mann lächelt.

»Sie haben mir mal 'n bisschen Geld gegeben. Aber man sagt, Sie sind tot.«

»Du hast mir mal geholfen. Und ich bin nicht tot.«

»Warum sind Sie nackt? Träume ich? Fühlt sich zumindest an wie ein Traum.«

Kerry hockt sich neben den Mann. »Stell mir keine Fragen. Ich werde nicht antworten. Lass mich deine Brust hören.«

»Sind Sie so was wie 'ne Ärztin oder Sozialarbeiterin? Oh, 'tschuldigung, keine Fragen, hab ich vergessen ... Okay, meinetwegen.«

Fünf Lagen speckiger Kleidung verweigern den unbeholfenen, vor Kälte steifen Fingern die Zusammenarbeit, lassen sich jedoch unter Kerrys Händen bereitwillig öffnen.

»Hey, ich brauche die Hemden! Sie halten mich warm! Und außerdem bin ich ja ganz nass! Was ist das denn für 'n Zeug, das Sie da über mich geschüttet haben?«

»Sei ganz ruhig, ich bringe dir gleich ein paar trockene Sachen. Und jetzt leg dich wieder hin.«

Die mit Blasen übersäte Brust des Bettlers bildet einen wahren Hügel Golgatha eitriger Fumarole, eine Ebene des Verfalls; fauliger Gestank schwebt über diesem verfluchten Land.

Kerry legt ihr Muttermal auf die Verwüstung und lauscht aufmerksam, bevor sie den Kopf wieder hebt.

»Küss mich.«

»Hören Sie, Lady, ich will wirklich keine Schwierigkeiten ...«

»Sei still.«

Weiche unbehaarte Lippen pressen sich auf spröde, rissige. Eine peristaltische Welle spült die Kehle des Penners hinab und stößt gegen seinen knorrigen Adamsapfel. Die Lippen trennen sich wieder, und der Mann sagt: »Hey, was war das?« »Es wird dich von innen heraus heilen. Nun lass mich auch deine Haut behandeln.«

Kerry beginnt, seine verwüstete Brust ausgiebig zu massieren, und der Penner lässt sich nach hinten sinken und schließt die Augen. Sie arbeitet sich langsam von oben nach unten und überzieht dabei seine Wunden mit einem durchsichtigen autokatalytischen Film. Mühelos schiebt sie mehrere Lagen an Hosen über seine knochigen Hüften.

Nachdem sie das Gel aus ihren Handflächen auf den dürren Schenkeln des Penners verteilt hat, ergreift Kerry sein schlaffes Glied.

»Da ist nicht mehr viel zu wollen, Lady …«

»Halt den Mund.«

Innerhalb weniger Sekunden begleitet das überraschte Grunzen des Penners das Wiederaufblühen seiner Erektion.

Kerry hockt sich über ihn, saugt seinen Schwanz bis zu den verschrumpelten Eiern in ihre Möse und beginnt mit der bewegungslosen Extraktion seines Spermas.

Sobald sie hat, was sie will, ist Kerry auch schon wieder auf den Beinen.

»Warte hier auf mich.«

»Lady, selbst wenn ich wollte, könnt' ich jetzt nicht weg. Ich fühl mich so eigenartig, und außerdem hab ich ja nichts an …«

Ein Webcast flimmert aus den haarfeinen Glasröhrchen in Tangos dämmrigem Apartment durch einen Monitor und zeigt eine Straßenszene im grellen Scheinwerferlicht: Kunststoffabsperrungen vor schwankenden tropischen Baumriesen in leuchtendem Jade- und Limettengrün, Oliv und Chartreuse.

»… weitere verseuchte Gebiete. Nachdem sie allen Exterminierungsversuchen widerstanden haben, zeigen die ältesten der kontaminierten Gebiete nun ein neues Verhalten, das Experten als ›Ökopoiesis‹ bezeichnen. Dort, wo bislang nur undifferenzierte violettfarbene Lachen von Umwandlerflüssigkeit beobachtet wurden, entstehen nun ganze Gebiete komplexer Vegetation …«

Tango erscheint nackt in der Tür zum Badezimmer und trocknet sich die Haare an einem Handtuch ab. Sein Körper zeigt noch die Spuren von Kraft und Anmut, beides zerstört durch die Krankheit. Er stellt sich vor den Bildschirm und verfolgt die Nachrichten.

Plötzlich umschlingen zwei Arme von hinten seine Hüften, und Kerry schmiegt sich an ihn, ihr Busch an seinem Arsch, die Titten an seinem Rücken.

»Hast du mich vermisst, mein Schatz?«

Nach einer kurzen Schrecksekunde zerfällt Tangos Gesicht schließlich in panische Einzelteile.

»Du … du bist tot.«

»Wie kommt ihr nur alle darauf, dass ich tot bin? Hätte eine Tote wirklich so einen warmen, harten Schwanz wie ich?«

Tangos Atem setzt für einen Moment aus, und seine Hüften zucken nach vorn. Er versucht sich zu befreien und wird nur noch fester gehalten: seine Rippen ächzen, und er zuckt zusammen.

»Ich weiß nicht, wie es kommt, dass du lebst, oder warum du hier bist, aber ich bitte dich, was auch immer du da hast, nicht in mich reinzustecken.«

»Wieso nicht? Gefällt dir das etwa nicht? Sieh nur, du bist ja selbst schon steif.« Während sie ihr Opfer mit einem Arm festhält, greift sie nach vorn, nimmt Tangos von der Krankheit deformiertes Glied und beginnt zu pumpen. »Dein Arsch will mich. Schau, ich beweis es dir.«

Kerry stößt mit dem Becken nach vorn und damit ihren Schwanz in Tangos Anus. Ihr ehemaliger Mitbewohner schreit auf.

»Stell dich nicht so an. Mein Schwanz war schön nass. Und jetzt entspann dich, Süßer.«

»Kerry, wenn du mich liebst ...«

»Oh, ich liebe dich, Tango. Nur nicht so, wie du bist.«

Ohne weitere Stöße entlädt Kerry schon bald ihre Ladung in Tangos Arsch, und ein oder zwei Tropfen des Ejakulats rinnen heraus auf den Boden.

»Ich will dich in meinen Armen halten, während mein Samen in dir arbeitet. Warte, ich besorg's dir, während wir warten. Ein allerletztes Mal, um dir zu zeigen, dass ich nicht nachtragend bin.«

Aufgespießt und starr vor Angst kann Tango sich nicht wehren. Währenddessen bearbeitet Kerry seinen unförmigen Schwanz, bis der sich quer über den Monitor entlädt. Die Wichse läuft über den Bildschirm, spaltet die Bilder in alle Farben des Regenbogens und lässt das Gesicht des Nachrichtensprechers wie Wachs zerlaufen.

Plötzlich beginnt der Körper ihres Gefangenen sich zu verändern. Flügel erblühen auf seiner nun pergamentartigen Haut, kleine papierne Insektenflügel mit den spezifischen Kennzeichnungen von einem Dutzend verschiedener Spezies.

Tango zerfällt in Schmetterlinge, so wie der Falsche Soldat sich in Eidechsen verwandelte.

Anfangs noch widerstrebt es den scheuen Tieren, weit zu fliegen, und so bleiben sie an der Stätte ihrer Geburt oder flattern zaghaft um sie herum wie eine Ansammlung von Monarchen in einem Eukalyptuswald. Bald schon verschwindet Tango in einem Schwarm von Schmetterlingen. Zwar hält Kerry noch immer ihre Arme um ihn geschlungen, doch es scheint, als hielte sie nur noch einen zitternden farbenfrohen Schwarm von Schmetterlingen in Menschengestalt, dessen Flügel in wirren Mustern schillern.

Nach einer Weile tritt Kerry zurück und zieht ihre Arme ohne sie zu öffnen durch den bunten Schwirrflüglerschwarm, der einmal Tango gewesen ist. Die Masse der Schmetterlinge erzittert, doch noch bleibt die menschliche Form, die sie bilden, bestehen. Kerry tritt ans Fenster und öffnet es. Eisige Luft strömt ins Zimmer, und die Schmetterlingssäule zerfällt. Kein Mann bleibt darunter zurück. Flatternd fließt der Schwarm aus dem Fenster in die Nacht hinaus.

Kerry geht in ihr altes Schlafzimmer, kehrt mit ihrer heutigen wohltätigen Spende, Tangos Kleidern, in den Armen zurück und verlässt die Wohnung.

* * *

Peter Jarius sitzt in Hausmantel und Pantoffeln auf seinem Ledersofa, nippt an einem Brandy und liest im Licht einer Tiffany-Stehlampe, deren arkadischer Schirm wie durch ein Fenster den Blick auf eine helle elysische Wiesenlandschaft zu bieten scheint. Im Hintergrund spielt leise symphonische Musik, nicht laut genug, um das plötzliche Scheppern zu übertönen, als wäre etwas zu Boden gestürzt und zerbrochen. Jarius lässt das Buch in seiner Hand fallen und springt auf.

»Wer ist da? Ich werde augenblicklich den Sicherheitsdienst rufen!«

Eine Bewegung in der Dunkelheit: Für einen kurzen Moment funkeln zwei bernsteinfarbene Katzenaugen ungewöhnlich weit vom Boden entfernt auf und verschwinden wieder.

Ein nervöses Lachen entfährt ihm. »Eine Katze! Nur eine Katze!«

Jarius bemerkt, dass er noch immer seinen Cognacschwenker in der Hand hält, nimmt einen großen Schluck der bronzefarbenen Flüssigkeit und lässt sich wieder auf das Sofa sinken, direkt auf Kerrys Schoß.

»Was zum …« über und über mit Brandy bekleckert, rappelt der Mann sich vom Teppich (wo schon ein etwas älterer Fleck prangt) auf und kommt mühsam auf alle viere, bevor der Anblick von Kerrys Möse ihn erstarren lässt.

Kerry sitzt mit gespreizten Beinen auf dem Sofa und lächelt ihn an. Als sie sich vorlehnt, tanzen ihre Brüste auf und ab. Sie hält etwas in der Hand.

Weißes Leder, silberner Reißverschluss, ungewöhnlicher Ausschnitt.

»Heute werde ich deine Maske aufsetzen, Peter. Der Gedanke daran ängstigt mich ganz und gar nicht.«

Jarius ist wie erstarrt, und es dauert ein wenig, bis er seine Zunge gefunden hat. Dennoch gelingt es ihm, einen kümmerlichen Rest seiner gewohnten Selbstsicherheit zusammenzukratzen. »Die Berichte über deinen Tod waren ein wenig übertrieben, wie ich sehe. Ich hoffe, der Grabstein hat deinen Geschmack getroffen, schließlich habe ich mich nicht lumpen lassen. Ich nehme an, das Benthos …«

»Du kannst annehmen, was auch immer dir beliebt. Die eigentliche Frage ist doch, ob du mich noch willst?«

»Aber natürlich, natürlich, meine Liebe. Selbstverständlich will ich dich, vielleicht sogar noch mehr als zuvor. Eine Frau, die dem Tod erlegen und wieder zurückgekehrt ist … Ich spüre deine positive Energie, beinahe wie eine Aura. Und doch frage ich mich, ob dies der richtige Zeitpunkt ist. Sind die Umstände tatsächlich förderlich für …?«

»Du hast dich entschieden. Ich werde jetzt die Maske aufsetzen.«

Eine cremefarbene Kalbsledermaske mit zwei kleinen Löchern zum atmen als einziges Zugeständnis an die menschliche Gebrechlichkeit verdecken die weiblichen Gesichtszüge. Mit einem leisen Ratschen schließt Kerry den fein gearbeiteten Reißverschluss an ihrem Hinterkopf.

Wie ein Fleck thyrenischen Purpurs auf einer Schneewehe – ihr nicht verdecktes Auge blickt, als gehörte es zu einem Lawinenopfer, das auf die arktische Decke blutet – leuchtet ihr Muttermal in dem dafür vorgesehenen Fenster.

Jarius ist wie gelähmt. Kerry erhebt sich vom Sofa und tritt zu ihm. Sie greift hinunter in seine Haare und zieht sein Gesicht an ihre Möse.

Anfangs noch zaghaft, dann zunehmend erregter, beginnt

Jarius zu lecken und presst seinen Mund gegen Kerrys innere Schamlippen. Doch als er seine Position verändern möchte, um noch besser heranzukommen, als er versucht, seinen Kopf zurückzuziehen, muss er feststellen, dass sein Gesicht an ihrer Möse klebt wie an Fliegenpapier. Er ist festgeschleimt.

Nun beginnen Kerrys feuchte orchideenförmige Schamlippen zu wachsen und sich auszudehnen, bedecken seine Nase und sein Kinn, kriechen über seine Wangen. Verzweifelt stemmt Jarius seine Hände gegen Kerrys Schenkel und versucht sich wegzudrücken. Endlich trennt er sich mit einem reißenden Geräusch von seiner maskierten Henkerin, doch die kriechende Glückshaube aus Fotzenfleisch gleitet noch immer über sein Gesicht. Er versucht sie abzuziehen, doch die stetig vorwärtsstrebenden Ränder dieser lebendigen Maske bieten seinen Fingern keinen Halt, so fest sind sie mit seinem eigenen Fleisch verbunden. Als der wallende Überzug sich über seine Augen legt, sinkt Jarius sich verzweifelt windend zu Boden.

Kerrys Haut absorbiert die Ledermaske, und nur der Reißverschluss, noch immer ineinander verzahnt, fällt zu Boden. Sie greift sich zwischen die Schenkel und knetet die neu gewachsenen Schamlippen in eine angenehme und geeignete Form.

Jarius liegt jetzt ganz still. Unter der verzehrenden Glückshaube verliert sein Kopf an Kontur und Substanz. Und auch unter seinem Hausmantel tobt ein Kampf: Etwas Rundes drückt und stößt nach außen in dem Versuch, der Enge des edlen Stoffes zu entfliehen. Dann ein Stich, und die Spitze eines großen scharfen Schnabels arbeitet sich an die Luft, gefolgt vom Kopf eines großen Papageis in leuchtendem Blau, Gelb und Rot, ein gefiederter Regenbogen. Mithilfe seiner Flügel befreit sich der Vogel aus dem zerrissenen Stoff. Er hüpft flatternd über den Boden und zu dem umgestürzten Glas, nippt einige Tropfen von Jarius' Brandy, schüttelt den Kopf und beginnt sich zu putzen.

Mit jedem Vogel, der aus ihm herausschlüpft, lässt Jarius etwas von seiner Menschlichkeit zurück und verwandelt sich in simplere Seelen.

Sieben Papageien für einen Mann.

Kerry empfiehlt ihre tropische Schar der städtischen Winterluft, und die Papageien fliegen eilig davon in Richtung der nahe gelegenen ökopoietischen Oase.

* * *

Wie weinrote Muttermale auf einem Gesicht aus Beton sprenkeln Teiche purpurner Umwandlerflüssigkeit in allen Entwicklungsstadien die Stadt. Luftbilder zeigen, wie die einzelnen Oasen danach streben, sich mit ihren Nachbarn zu einem einzigen großen Dschungel zu vereinen.

In der magischen Stunde kurz vor der Morgendämmerung schreitet eine nackte Frau durch ein Viertel mit schmucklosen aber gepflegten Wohnhäusern. Vor einem der Gebäude bleibt sie stehen, geht hinein und über die Treppe in den zweiten Stock, wo sie höflich an eine der Wohnungstüren klopft.

Die Tür öffnet sich, soweit die Sicherungskette es zulässt, und in dem schmalen Spalt erscheint ein Streifen des Gesichts einer jungen Afroamerikanerin – ein Auge, eine Hälfte von Nase und Mund – gefolgt vom plötzlichen Verschwinden desselben und einem dumpfen Knall.

Kerry greift in den hängenden Bogen der Messingkette und zieht. Die einzelnen Glieder bersten. Sie drückt mit der Tür gegen den bewusstlosen Körper und schiebt die Frau über die Bodendielen, bis der Türspalt groß genug ist, um sie eintreten zu lassen.

Kerry hebt Oreesha Presser vom Boden und trägt sie hinüber zum Schlafsofa, wo sie die junge Frau auf die dünne Matratze legt. Oreesha trägt nichts als einen mittlerweile völlig verrutschten Flanellbademantel, und Kerry öffnet die beiden Hälften des Mantels und enthüllt den Körper ihrer

Freundin: kegelförmige Brüste mit Aureolen in der Farbe von schmutzigem Graphit, das dunkle Delta ihrer Lenden. Dann beugt Kerry sich vor und leckt ihr mit der Zunge durch den Mund.

Oreesha öffnet die Augen und setzt sich unbeholfen im Bett auf.

»Du hast mich wirklich vermisst.«

Die Frau antwortet mit weit aufgerissenen Augen. »Mädchen, wenn du kein Geist bist, dann hast du mir einiges zu erklären.«

»Ich kann dir nicht erklären, was mit mir geschehen ist, ich muss es dir zeigen. Ich war an einem besonderen Ort, und ich möchte, dass du mit mir dorthin gehst.«

»Ist es besser als dieses verdammte Drecksloch hier?«

»Ja, eine wunderschöne grüne Welt.«

»Und was muss ich tun, um in dieses wundersame Land zu kommen? Meine Seele verkaufen?«

»Nein. Du musst bloß meine Muschi lecken.«

»Na, das ist ja mal was ganz Neues«, schnaubt Oreesha.

»Oh, aber es wird anders sein, als du denkst. Schau.«

Kerrys Hände und Knie ruhen auf den harten zerkratzten Bodendielen, und ihre verlockende Möse zerteilt Oreeshas Blick auf ihr Hinterteil. Entgegen ihrer ersten abweisenden Reaktion lehnt die junge Frau sich jetzt nach vorn, fasziniert von Kerrys Muschi.

»Noch nicht«, mahnt diese.

Die Konturen ihres Körpers haben begonnen zu flimmern.

Füße und Hände verwandeln sich in krallenbewehrte Tatzen, ein Schwanz rollt sich spielerisch aus ihrem Steiß, Schenkel und Unterarme ordnen ihre Muskulatur neu, schwarzer Pelz überzieht die menschliche Haut.

Doch direkt unterhalb ihrer Brüste stoppt die Transformation, und so kauert Kerry nun, oben Mensch, unten Jaguar, wie eine Sphinx in hybrider Pracht.

Sie dreht den Kopf, um Oreeshas Reaktion abzuschätzen.

Diese starrt noch immer wie gebannt auf ihre verzauberte Freundin.

»Okay. Jetzt kannst du mich lecken.«

Wortlos kniet Oreesha sich hinter Kerry auf den Boden, sodass ihre schwarzen Brüste herunterbaumeln. Kerry hebt ihr Hinterteil, und Oreesha schließt die Augen, schiebt ihr Gesicht nach vorn und drückt ihre vollen Lippen gegen die duftende Katzenfotze, als wollte sie mit dieser impulsiven Bewegung alle Zweifel und Ängste für immer besiegen.

»Oh ja, das ist gut. Jemand anders hat mich schon in Fahrt gebracht, aber nichts zu Ende gebracht. Nimm deine Zunge.«

Oreesha lehnt sich ein wenig zurück, um mit der Zunge weiterzumachen, doch es ist bereits nicht mehr ihre.

Es ist der breite geschmeidige Streichriemen eines Jaguars.

Während sie leckt, verliert auch Oreesha Welle für Welle ihre menschliche Form und ähnelt zunehmend ihrer Freundin. Eine letzte Woge der Veränderung rollt über die Frauen hinweg und fährt von der Schnittstelle zwischen Mensch und Tier empor, bis die beiden sich in zwei formvollendete Jaguare verwandelt haben.

Die hintere Jaguardame leckt noch immer die Muschi der vorderen und lässt diese bald schnurren, dann knurren und schließlich laut aufheulen.

In diesem Moment schwingt die Wohnungstür weit auf, und ein dritter, größerer Jaguar erscheint. Die beiden Weibchen beenden ihr Liebesspiel für den Moment und laufen ihm entgegen. Er dreht sich um, und alle drei traben die Treppe hinab.

Die Tür des Wohnhauses, bereits von Kletterlianen überwachsen, öffnet sich auf ein Dickicht wild wuchernder Vegetation. Im Licht der aufgehenden Sonne huschen Eidechsen über die Zweige, Schmetterlinge flattern umher und Papageien begrüßen plappernd den neuen Tag. Unter den

Pfoten der drei Jaguare verwandelt sich der Asphalt in feste Erde. Erhobenen Hauptes schlendern sie davon.

In diesen tiefen, dunklen, gefährlichen Traum.

Providence,
Februar-Juli 1999.

suhrkamp taschenbücher
Eine Auswahl

Tschingis Aitmatow. Dshamilja. Erzählung. Mit einem Vorwort von Louis Aragon. Übersetzt von Gisela Drohla. st 1579. 123 Seiten

Isabel Allende
- Eva Luna. Roman. Übersetzt von Lieselotte Kolanoske. st 1897. 393 Seiten
- Fortunas Tochter. Roman. Übersetzt von Lieselotte Kolanoske. st 3236. 486 Seiten
- Das Geisterhaus. Übersetzt von Anneliese Botond. st 1676. 500 Seiten
- Im Reich des Goldenen Drachen. Übersetzt von Svenja Becker. st 3689. 337 Seiten
- Paula. Übersetzt von Lieselotte Kolanoske. st 2840. 488 Seiten
- Die Stadt der wilden Götter. Übersetzt von Svenja Becker. st 3595. 336 Seiten

Ingeborg Bachmann. Malina. Roman. st 641. 368 Seiten

Jurek Becker
- Amanda herzlos. Roman. st 2295. 384 Seiten
- Bronsteins Kinder. Roman. st 2954. 321 Seiten
- Jakob der Lügner. Roman. st 774. 283 Seiten

Samuel Beckett
- Molloy. Roman. Übersetzt von Erich Franzen. st 2406. 248 Seiten
- Warten auf Godot. Deutsche Übertragung von Elmar Tophoven. Vorwort von Joachim Kaiser. Dreisprachige Aussprache. st 1. 245 Seiten

NF 266c/1/6.08

Louis Begley
- Lügen in Zeiten des Krieges. Roman. Übersetzt von Christa Krüger. st 2546. 223 Seiten
- Mistlers Abschied. Roman. Übersetzt von Christa Krüger. st 3113. 288 Seiten
- Schiffbruch. Roman. Übersetzt von Christa Krüger. st 3708. 288 Seiten
- Schmidt. Roman. Übersetzt von Christa Krüger. st 3000. 320 Seiten
- Schmidts Bewährung. Roman. Übersetzt von Christa Krüger. st 3436. 314 Seiten

Thomas Bernhard
- Alte Meister. Komödie. st 1553. 311 Seiten
- Heldenplatz. st 2474. 164 Seiten
- Holzfällen. st 3188. 336 Seiten
- Wittgensteins Neffe. st 1465. 164 Seiten

Peter Bichsel
- Eigentlich möchte Frau Blum den Milchmann kennenlernen. 21 Geschichten. st 2567. 73 Seiten
- Kindergeschichten. st 2642. 84 Seiten

Ketil Bjørnstad. Villa Europa. Übersetzt von Ina Kronenberger. st 3730. 536 Seiten

Volker Braun. Unvollendete Geschichte. st 1660. 112 Seiten

Bertolt Brecht
- Dreigroschenroman. st 1846. 392 Seiten
- Geschichten vom Herrn Keuner. st 16. 108 Seiten
- Hundert Gedichte. Ausgewählt von Siegfried Unseld. st 2800. 188 Seiten

NF 266c/2/6.08

Lily Brett
- Einfach so. Roman. Übersetzt von Anne Lösch. st 3033. 446 Seiten
- New York. Übersetzt von Melanie Walz. st 3291. 160 Seiten
- Zu sehen. Übersetzt von Anne Lösch. st 3148. 332 Seiten

Antonia S. Byatt. Besessen. Roman. Übersetzt von Melanie Walz. st 2376. 632 Seiten

Truman Capote. Die Grasharfe. Roman. Übersetzt von Annemarie Seidel und Friedrich Podszus. st 3135. 208 Seiten

Paul Celan. Gesammelte Werke 1-3. Gedichte, Prosa, Reden. Drei Bände. st 3202-3204. 998 Seiten

Clarín. Die Präsidentin. Roman. Übersetzt von Egon Hartmann. Mit einem Nachwort von F. R. Fries. st 1390. 864 Seiten

Sigrid Damm. Ich bin nicht Ottilie. Roman. st 2999. 392 Seiten

Marguerite Duras. Der Liebhaber. Übersetzt von Ilma Rakusa. st 1629. 194 Seiten

Karen Duve. Keine Ahnung. Erzählungen. st 3035. 167 Seiten

Hans Magnus Enzensberger
- Ach Europa! Wahrnehmungen aus sieben Ländern. Mit einem Epilog aus dem Jahre 2006. st 1690. 501 Seiten
- Gedichte. Verteidigung der Wölfe. Landessprache. Blindenschrift. Die Furie des Verschwindens. Zukunftsmusik. Kiosk. Sechs Bände in Kassette. st 3047. 633 Seiten

Hans Magnus Enzensberger (Hg.). Museum der modernen Poesie. st 3446. 850 Seiten

NF 266c/3/6.08

Laura Esquivel. Bittersüße Schokolade. Mexikanischer Roman um Liebe, Kochrezepte und bewährte Hausmittel. Übersetzt von Petra Strien. st 2391. 278 Seiten

Max Frisch
- Andorra. Stück in zwölf Bildern. st 277. 127 Seiten
- Biedermann und die Brandstifter. Ein Lehrstück ohne Lehre. st 2545. 95 Seiten
- Homo faber. Ein Bericht. st 354. 203 Seiten
- Mein Name sei Gantenbein. Roman. st 286. 288 Seiten
- Montauk. Eine Erzählung. st 700. 207 Seiten
- Stiller. Roman. st 105. 438 Seiten

Carole L. Glickfeld. Herzweh. Roman. Übersetzt von Charlotte Breuer. st 3541. 448 Seiten

Norbert Gstrein
- Die englischen Jahre. Roman. st 3274. 392 Seiten
- Das Handwerk des Tötens. Roman. st 3729. 357 Seiten

Fattaneh Haj Seyed Javadi. Der Morgen der Trunkenheit. Roman. Übersetzt von Susanne Baghestani. st 3399. 416 Seiten

Peter Handke
- Die drei Versuche. Versuch über die Müdigkeit. Versuch über die Jukebox. Versuch über den geglückten Tag. st 3288. 304 Seiten
- Kindergeschichte. st 3435. 110 Seiten
- Der kurze Brief zum langen Abschied. st 172. 195 Seiten
- Die linkshändige Frau. Erzählung. st 3434. 102 Seiten
- Mein Jahr in der Niemandsbucht. Ein Märchen aus den neuen Zeiten. st 3084. 632 Seiten
- Wunschloses Unglück. Erzählung. st 146. 105 Seiten

NF 266c/4/6.08

Christoph Hein
- Der fremde Freund. Drachenblut. Novelle. st 3476. 176 Seiten
- Horns Ende. Roman. st 3479. 320 Seiten
- Landnahme. Roman. st 3729. 357 Seiten
- Willenbrock. Roman. st 3296. 320 Seiten

Marie Hermanson
- Muschelstrand. Roman. Übersetzt von Regine Elsässer. st 3390. 304 Seiten
- Die Schmetterlingsfrau. Roman. Übersetzt von Regine Elsässer. st 3555. 242 Seiten

Hermann Hesse
- Demian. Die Geschichte von Emil Sinclairs Jugend. st 206. 200 Seiten
- Das Glasperlenspiel. Versuch einer Lebensbeschreibung des Magister Ludi Josef Knecht samt Knechts hinterlassenen Schriften. st 2572. 616 Seiten
- Siddhartha. Eine indische Dichtung. st 182. 136 Seiten
- Unterm Rad. Erzählung. st 52. 166 Seiten
- Steppenwolf. Erzählung. st 175. 280 Seiten

Ödön von Horváth
- Geschichten aus dem Wiener Wald. st 3336. 266 Seiten
- Glaube, Liebe, Hoffnung. st 3338. 160 Seiten
- Jugend ohne Gott. st 3345. 182 Seiten
- Kasimir und Karoline. st 3337. 160 Seiten

Bohumil Hrabal. Ich habe den englischen König bedient. Roman. Übersetzt von Karl-Heinz Jähn. st 1754. 301 Seiten

Uwe Johnson
- Jahrestage. Aus dem Leben der Gesine Cresspahl. Einbändige Ausgabe. st 3220. 1728 Seiten
- Mutmassungen über Jakob. st 3128. 308 Seiten

NF 266c/5/6.08

James Joyce
- Dubliner. Übersetzt von Dieter E. Zimmer. st 2454. 228 Seiten
- Ulysses. Roman. Übersetzt von Hans Wollschläger. st 2551. 988 Seiten

Franz Kafka
- Amerika. Roman. st 2654. 311 Seiten
- Der Prozeß. Roman. st 2837. 282 Seiten
- Das Schloß. Roman. st 2565. 424 Seiten

André Kaminski. Nächstes Jahr in Jerusalem. Roman. st 1519. 392 Seiten

Ioanna Karystiani. Schattenhochzeit. Roman. Übersetzt von Michaela Prinzinger. st 3702. 400 Seiten

Bodo Kirchhoff. Infanta. Roman. st 1872. 502 Seiten

Wolfgang Koeppen
- Tauben im Gras. Roman. st 601. 210 Seiten
- Der Tod in Rom. Roman. st 241. 187 Seiten
- Das Treibhaus. Roman. st 78. 190 Seiten

Else Lasker-Schüler. Gedichte 1902-1943. st 2790. 439 Seiten

Gert Ledig. Vergeltung. Roman. Mit einem Nachwort von Volker Hage. st 3241. 224 Seiten

Stanisław Lem
- Der futurologische Kongreß. Übersetzt von I. Zimmermann-Göllheim. st 534. 139 Seiten
- Sterntagebücher. Mit Zeichnungen des Autors. Übersetzt von Caesar Rymarowicz. st 459. 478 Seiten

NF 266c/6/6.08

Hermann Lenz. Vergangene Gegenwart. Die Eugen-Rapp-Romane. Neun Bände in Kassette. 3000 Seiten. Kartoniert

H. P. Lovecraft. Cthulhu. Geistergeschichten. Übersetzt von H. C. Artmann. Vorwort von Giorgio Manganelli. st 29. 239 Seiten

Amin Maalouf
- Leo Africanus. Der Sklave des Papstes. Roman. Übersetzt von Bettina Klingler und Nicola Volland. st 3121. 480 Seiten
- Die Reisen des Herrn Baldassare. Roman. Übersetzt von Ina Kronenberger. st 3531. 496 Seiten
- Samarkand. Roman. Übersetzt von Widulind Clerc-Erle. st 3190. 384 Seiten

Andreas Maier
- Klausen. Roman. st 3569. 216 Seiten
- Wäldchestag. Roman. st 3381. 315 Seiten

Angeles Mastretta. Emilia. Roman. Übersetzt von Petra Strien. st 3062. 413 Seiten

Robert Menasse
- Selige Zeiten, brüchige Welt. Roman. st 2312. 374 Seiten
- Sinnliche Gewißheit. Roman. st 2688. 329 Seiten
- Die Vertreibung aus der Hölle. Roman. st 3493. 496 Seiten
- Das war Österreich. Gesammelte Essays zum Land ohne Eigenschaften. st 3691. 464 Seiten

Eduardo Mendoza. Die Stadt der Wunder. Roman. Übersetzt von Peter Schwaar. st 2142. 503 Seiten

Alice Miller
- Am Anfang war Erziehung. st 951. 322 Seiten

NF 266c/7/6.08

- Das Drama des begabten Kindes und die Suche nach dem wahren Selbst. st 950. 175 Seiten

Magnus Mills
- Die Herren der Zäune. Roman. Übersetzt von Katharina Böhmer. st 3383. 216 Seiten
- Indien kann warten. Roman. Übersetzt von Katharina Böhmer. st 3565. 230 Seiten

Adolf Muschg
- Der Rote Ritter. Eine Geschichte von Parzivâl. st 2581. 1089 Seiten
- Sutters Glück. Roman. st 3442. 336 Seiten

Cees Nooteboom
- Allerseelen. Übersetzt von Helga van Beuningen. st 3163. 440 Seiten
- Die folgende Geschichte. Übersetzt von Helga van Beuningen. st 2500. 148 Seiten
- Philip und die anderen. Roman. Übersetzt von Helga van Beuningen. st 3661. 168 Seiten
- Rituale. Roman. Übersetzt von Hans Herrfurth. st 2446. 231 Seiten

Kenzaburô Ôe. Eine persönliche Erfahrung. Roman. Übersetzt von Siegfried Schaarschmidt. st 1842. 240 Seiten

Sylvia Plath. Die Glasglocke. Übersetzt von Reinhard Kaiser. st 2854. 262 Seiten

Ulrich Plenzdorf. Die neuen Leiden des jungen W. st 300. 140 Seiten

NF 266c/8/6.08

Marcel Proust. Auf der Suche nach der verlorenen Zeit. Frankfurter Ausgabe. Herausgegeben von Luzius Keller. Übersetzt von Eva Rechel-Mertens. Sieben Bände in Kassette. st 3641-3647. 5300 Seiten

João Ubaldo Ribeiro. Brasilien, Brasilien. Roman. Übersetzt von Curt Meyer-Clason und Jacob Deutsch. st 3098. 731 Seiten

Patrick Roth
- Corpus Christi. st 3064. 192 Seiten
- Die Nacht der Zeitlosen. st 3682. 150 Seiten

Ralf Rothmann
- Hitze. Roman. st 3675. 292 Seiten
- Junges Licht. Roman. st 3754. 238 Seiten
- Milch und Kohle. Roman. st 3309. 224 Seiten

Carlos Ruiz Zafón. Der Schatten des Windes. Übersetzt von Peter Schwaar. st 3800. 565 Seiten

Jorge Semprún. Was für ein schöner Sonntag! Übersetzt von Johannes Piron. st 3032. 394 Seiten

Arnold Stadler. Mein Hund, meine Sau, mein Leben. Roman. Mit einem Nachwort von Martin Walser. st 2575. 164 Seiten

Andrzej Stasiuk. Die Welt hinter Dukla. Übersetzt von Olaf Kühl. st 3391. 175 Seiten

Jürgen Teipel. Verschwende Deine Jugend. Ein Doku-Roman. Über den deutschen Punk und New Wave. Vorwort von Jan Müller. Mit zahlreichen Abbildungen. st 3271. 336 Seiten

Hans-Ulrich Treichel
- Der irdische Amor. Roman. st 3603. 256 Seiten

NF 266c/9/6.08